RENDEZ-VOUS À NAPLES

JEAN-PIERRE CABANES

RENDEZ-VOUS À NAPLES

roman

ALBIN MICHEL

À la lumineuse Maëlle Guillaud, terrible éditrice

En 1848, l'Italie, composée de huit ou neuf États solidaires ou concurrents selon les situations, n'existe pas. Elle n'est, comme dit Metternich, qu'une entité géographique.

De Milan à Venise, l'Autriche occupe tout. Seul le Piémont, royaume indépendant, dispose d'une armée. En dessous, les États du pape et le royaume de Naples, jaloux, arrogants et impérieux. Le premier coup de canon retentit à Milan, c'est le début de la résurrection, le Risorgimento…

1.

Milan, 18 mars 1848. Les complots se multiplient. Les espions ne savent plus où donner de la tête, les cafés ne désemplissent pas de coteries révolutionnaires. Louis-Philippe, le roi des Français, est tombé, Metternich a dû fuir Vienne en ébullition, Venise se soulève. Les rumeurs annoncent que quarante mille fusils, promis par nos voisins piémontais, attendent dans une réserve, et les discours sont brûlants.

J'ai vingt ans. Je suis audacieux et un peu inconscient. Longtemps j'ai cru que la vie m'était indulgente, car je suis issu d'une des meilleures familles, celles qui remontent aux Sforza (des palais, des fermes, une banque), et j'ai, me dit-on, des traits plutôt avenants et un esprit assez vif. J'ai rencontré il y a peu, dans un salon où j'ai mes habitudes, la comtesse Krista Carovska, la cousine de Radetzky, le gouverneur impérial. On s'est croisés et recroisés avant de se retrouver plusieurs fois par semaine dans son palais. Moi, sémillant jeune homme, elle, superbe, mais inquiète des premières marques du temps.

Une nuit, alors que je m'attarde jusqu'au matin, c'est un concert de cloches qui nous éveille. Celles de San Damiano et, plus loin, celles de Santa Maria del Carmine et de San Simpliciano. Puis toutes celles de Milan sonnent ensemble. Il y a dans ce vacarme quelque chose d'inquiétant, d'excitant aussi. La comtesse ne dit rien. Elle s'en moque, des cloches. Elle veut une étreinte. Elle exhale les odeurs de l'amour mêlées aux parfums dont elle s'est inondée. Puis tonne le canon des Autrichiens. Sept coups à intervalles réguliers, comme une alerte. Dans la rue, on entend des grondements de roues, des appels, des chants et des coups de feu.

– C'est ton peuple, murmure-t-elle, ce n'est rien.

En même temps, elle me retient de ses deux mains, griffant mes hanches de ses bagues. Dehors, le vacarme de plus en plus fort, dans la chambre, les soupirs de la comtesse. C'est la fin. Elle s'abat sur le drap. Je saute du lit, m'habille en hâte. J'aime, sans jamais y avoir participé, les insurrections, les révolutions, et même si je ne le sais pas encore, j'aime la guerre. J'aime Milan aussi, d'abord, surtout peut-être.

– N'y va pas ! crie-t-elle. Tu vas te faire tuer ! Comme ton père !

Mais déjà je dévale l'escalier, un valet court derrière moi. Il me tend mon écharpe oubliée.

À peine sorti, une odeur âcre de poudre me prend à la gorge. Dans l'air flotte une épaisse fumée. La barricade est au bout. Je m'y précipite et aide comme je peux à garnir le sommet. Les gens jettent par les fenêtres des tables, des chaises, tout ce qu'ils trouvent pour bâtir une montagne. Ce n'est pas fini. De l'église, on porte des bancs et même un confessionnal à bout de bras.

– Prends ça ! me dit quelqu'un en me glissant une vieille hallebarde dans la main.

Je la reconnais, elle vient du magasin d'antiquités Poldi Pezzoli. Certains brandissent des arquebuses, d'autres de vrais fusils. Je lève ma hallebarde, la pointe atteint le sommet de la barricade. On m'applaudit.

– Qu'est-ce qu'il fait ici, le fils du traître ? lance quelqu'un.

– Laisse-le, répond un autre. Il n'est pas son père ! Il vient se battre avec nous. C'est son droit !

Soudain, un fracas de sabots.

– Les voilà ! hurle-t-on en désignant les shakos des uhlans autrichiens par-dessus la crinière de leurs chevaux.

Aujourd'hui, c'est le premier des cinq jours de Milan. Il est une heure de l'après-midi. Il commence à pleuvoir. Je viens d'entrer dans l'âge adulte et dans la révolution pour l'indépendance et l'unité de l'Italie. Mais cela, je ne le sais pas encore.

– Feu !

La salve frappe les premiers rangs. Hennissements des chevaux. Certains sont blessés et se cabrent, renversant leur cavalier, et les suivants reculent. Quelques cris victorieux résonnent sur la barricade, mais déjà la foule derrière fournit de nouveaux combattants qui, le fusil en position de tir, s'allongent sur l'entassement héteroclite. D'autres, à mi-hauteur, côté assaillants, plient le genou. En face, une nouvelle charge se prépare. Les uhlans viennent de recevoir de nouveaux chevaux, des lipizzans gris, me semble-t-il.

Encore le fracas des sabots sur le pavé de la via San Damiano. Ils sont plus nombreux que tout à l'heure. Une salve, puis deux. Cela ne suffit pas. Les chevaux escaladent la pente. Surgissent sur la crête des piques et des shakos, je tiens ma hallebarde à deux mains, la pointe inclinée vers les assaillants. Des coups de feu encore. Certains s'effondrent sur le côté, d'autres réussissent à passer. Un uhlan dirige sa pique vers moi. Ma hallebarde suffit à l'écarter, mais il l'abaisse encore, et je le vois qui éperonne sa monture. Sa pique et ma hallebarde s'entrecroisent. Il lâche son arme et saisit un pistolet qu'il pointe sur ma poitrine. Un coup de feu claque sur ma droite. Il est touché, mais reste en selle. Un nouveau tir sur ma droite. Le uhlan fait feu et sa balle brise la hampe de ma hallebarde. Il bascule et je me retourne. Une fille, deux pistolets fumants, un dans chaque main, me regarde sans un mot avant de glisser ses armes vides dans sa ceinture.

– Nina, dit-elle brusquement.

– Giacomo.

Elle hoche la tête, m'envoie son premier sourire et une rafale de son regard gris.

– Bienvenue dans la révolution, Giacomo.

Je vais passer avec Nina les cinq jours de Milan, et les cinq nuits aussi.

2.

JOURNAL DE MARIE-SOPHIE

Aujourd'hui, j'ai joué avec mes frères et sœurs dans les jardins de Possenhofen. C'est notre château sur le lac de Starnberg en Bavière, complètement immergé dans la nature, un refuge, un asile, un nid. On le surnomme Possi. J'ai sept ans, et je m'appelle Marie-Sophie, je suis à Possi avec ma famille. Les Wittelsbach. Ma mère, Ludovica, est la fille de l'ancien roi de Bavière, et la sœur du roi actuel. Cela m'est égal, tout cela, je ne pense qu'à jouer dans le château de Possi où tout le monde est si gentil. Surtout mon père, le bon duc Max. Ma mère l'a épousé à défaut de trouver un autre parti royal. Il est de la même famille qu'elle, mais issu d'une branche cadette, de sorte que son titre de duc en Bavière ne se transmet pas et ne correspond à aucune possession, à aucun pouvoir. Un titre pour rien. Mais je lui voue la plus profonde des affections. Il faut dire que si mon père n'est pas souvent là, lorsqu'il arrive, c'est la fête. Il est si joyeux, si drôle. Avec lui, Possi devient le pays des jeux et de l'insouciance. On interrompt les leçons pour se baigner dans le lac, se promener dans le verger, monter à cheval ou partir en pique-nique. Parfois même accompagnés d'un joyeux orchestre ! Dans ces moments-là, on danse et on chante de vieux chants bavarois jusqu'à point d'heure. Pour nous, ce père est un enchanteur, et le château familial, un paradis.

3.

La nuit tombe. Il pleut toujours et le feu n'a pas cessé sur les nombreuses barricades. Plus de mille cinq cents, dira-t-on plus tard. Via San Damiano, les uhlans ont fini par se retirer. Des quarante mille fusils promis par les Piémontais, aucune nouvelle. Mais des caves, on sort des armes, des détonateurs, des cartouches, cachés par les patriotes libéraux et les disciples de Mazzini, le chantre de l'indépendance. Cette fois, je reçois un fusil et des balles. Nina recharge ses pistolets. Nous errons tous les deux, main dans la main, alors que nous nous connaissons depuis quelques heures seulement. Des femmes nous offrent des tranches de jambon et une fiasque de vin. Nous filons dans les *vicoli*, étroits, sombres, puants parfois. Mais ça ne fait rien. Du ciel, le martèlement des cloches recouvre tous les bruits, puis soudain, le silence. On n'entend que nos pas sur les pavés. Je lui dis tout à coup :

– Si tu n'avais pas été là, cette balle m'aurait transpercé.

Elle hausse les épaules sans répondre. Au fur et à mesure que nous marchons, la fatigue nous ralentit. Là, une porte battante sur un trou noir. Nina bat le briquet, on descend un escalier, elle devant et moi derrière. Nous voici dans une cave. Des bouteilles, des hardes et de vieux matelas remisés contre le mur. On en fait tomber un au sol dans une explosion de poussière. Le briquet est éteint. À peine distingue-t-on les contours grâce à un soupirail. Sa main cherche la mienne. Elle chuchote :

– Je ne te demande rien. Ni qui tu es ni comment tu es arrivé parmi nous.

– Ça vaut mieux.

Je la serre contre moi. Je m'endors, elle aussi je crois. C'est une nuit chaste. Au matin, une lueur traverse le soupirail. Son visage est penché sur le mien. Elle a un sourire que je lui rends. Nous parlons tous les deux. Je ne sais plus ce qu'on se dit, mais ça ne fait rien. Nina et moi, on s'est trouvés.

Via San Damiano, la barricade s'est renforcée. Des femmes distribuent du lait, du pain et du café. Une fontaine sert aux ablutions, on répartit de nouvelles armes, des boîtes de cartouches. Personne ne demande d'où elles viennent. De la ville montent des bruits d'explosions, des coups de feu. La guérilla des Milanais contre les Autrichiens a repris dès l'aube. La pluie a cessé, le soleil enflamme les uniformes blancs des hussards qui chargent à cheval sur les boulevards et les places. On dit que leurs tireurs d'élite sont couchés sur les toits de la cathédrale et font mouche sur les imprudents qui s'aventurent sur la place. Côté insurgés, même les enfants font pleuvoir des rafales de cailloux sur tout ce qui porte l'uniforme ennemi. Des orphelins servent d'estafettes et d'agents de liaison sur les barricades. Boutiquiers, vieillards, mères de famille, patriciens et plébéiens, artistes et vagabonds, des nobles, des riches et des pauvres, tout Milan a pris les armes. On tire depuis les fenêtres et on jette des tuiles, on pousse les barricades mobiles montées sur des échafaudages roulants. Le bruit court que tous les révoltés ont déjà reçu l'extrême onction.

Nina est allongée à côté de moi sur l'amoncellement de meubles qui constitue notre rempart. Subitement, les hussards cessent de nous charger. Au bout de la rue, on aperçoit un petit canon monté sur roues. Les tireurs tentent aussitôt d'abattre l'artilleur qui le sert. En vain. Nina m'attrape par le bras et m'entraîne en bas du rempart avant qu'un premier boulet ne le troue. Partout, de la poussière, des corps au sol, des cris, les hennissements des chevaux des uhlans qui reviennent piques abaissées. Des lames entrechoquées. On recule pied à pied. Nina s'est emparée d'un sabre et pare les coups. De l'autre côté de la rue surgissent des renforts armés. De ma manche coule du sang. J'ai tué deux hommes tout à l'heure, je crois. Ce sont mes premiers morts. Encore des coups de feu, le choc clair des lames et des hurlements. Un portail s'ouvre sur le côté et j'aperçois la comtesse Carovska qui me fait signe.

– Giacomo, par ici !

Je détourne la tête et replonge dans la mêlée. Un claquement de porte. La comtesse l'a refermée. Et ce bruit sec, c'est celui de ma rupture avec le monde que je viens de quitter, celui des nobles inféodés à l'Autriche.

Les uhlans reculent. Sur le sol, des uniformes blancs ensanglantés, des femmes qui meurent en silence, d'autres qui crient. La pluie de tuiles a cessé. Du sang partout. Nina s'approche de moi, les yeux brillants.

– C'était bien.

Puis elle me saisit par la taille, appuie sur ma nuque de l'autre main et m'embrasse sur la bouche.

*

JOURNAL DE MARIE-SOPHIE

À Possi, l'archevêque vient d'arriver. Ludovica, notre mère, baise sa main bien qu'il soit son demi-frère. Il la relève et l'embrasse sur la joue. C'est le tour des enfants. On y passe tous en essayant de masquer notre réticence envers cet ecclésiastique sec et froid, tout en dents et en os, qui ressemble à son nom, Ulrich von Tuerk. On sait que tout à l'heure, nous aurons droit à une interrogation sur les sept péchés capitaux et les commandements divins. Après, l'archevêque expliquera les péchés. À chaque visite, un péché. L'orgueil, la gourmandise, c'est fait. Les garçons se débrouillent assez bien, nous sommes plus hésitantes. Je trébuche sur la luxure. L'archevêque lève les yeux au ciel.

– Ma petite fille, nous reprendrons cette question plus tard…

Il échange un regard avec notre mère, qui pousse un soupir. En attendant, nous louchons vers la fenêtre. Dans quelques minutes, il va nous entendre en confession. Nous lui racontons toujours les mêmes péchés, tous véniels, tous inventés. Après un *pater* et un *ave* en pénitence, nous le raccompagnons enfin jusqu'à sa voiture et la regardons disparaître au bout du chemin avec soulagement. Et à chaque fois, le même commentaire maternel :

– Quel saint homme !

Je crois que c'est depuis ce moment que je me méfie des saints.

*

Les Autrichiens n'avancent plus. Des renforts venus de Brescia, de Pavie, de Mantoue peuplent nos rues. Il paraît que le gouverneur Radetzky a fait chercher à son domicile ses décorations accumulées en soixante ans de service, mais son épée a été oubliée. On l'apporte à Cattaneo, qui dirige le conseil des révoltés. Il la conservera avec lui et ce sera d'ailleurs son seul gain tiré des cinq journées. Dans le ciel, la lune se voile. Une éclipse. Les soldats autrichiens la contemplent d'un mauvais œil. Nina et moi traversons les quartiers conquis durant la journée. Des cocardes tricolores ont été accrochées sur les édifices libérés. Sur le palais royal flotte une bannière cousue de nappes vertes, d'un drap blanc et de châles rouges.

Il reste une auberge ouverte. Le patron, deux crosses de pistolets dépassant de son tablier, nous voit arriver. Dès qu'il aperçoit les traces de poudre, les taches de sang et nos sabres, il nous accueille à bras ouverts et refuse la bourse que je lui tends. À l'intérieur, d'autres insurgés nous interpellent. Nous sommes tous épuisés. Une serveuse prend Nina par la main et la conduit dans une chambre à l'étage. Quand elle revient, elle me dit :

– Monte dans un quart d'heure.

En attendant, je m'installe à leur côté. J'entends certains dire : « C'est Cesari, le fils du traître, il se bat avec nous. » D'autres évoquent Radetzky, le gouverneur autrichien, que les Milanais apprécient même s'ils le combattent. Sa maîtresse italienne, Giuditta Meregalli, qui lui a donné quatre enfants, est repasseuse de son état, cuisinière, confidente et gouvernante. Au début de la révolte, les insurgés l'ont arrêtée, puis relâchée parce que c'est une femme honnête. On parle de Casati, le *podestà*[1] de Milan, prêt à se rallier au plus fort. Un lâche. On parle de Cattaneo, le chef des insurgés, un héros,

1. Le maire non élu, mais désigné par le pouvoir.

celui-là. La serveuse s'approche de moi et désigne l'escalier. Je pousse une porte entrouverte à l'étage. Il s'échappe de la vapeur.

– Baigne-toi d'abord.

Nina est étendue, nue, sur le lit.

L'amour se vit, il ne se raconte pas. Le feu dans la cheminée envoie ses lueurs mouvantes.

– Tu es le fils du comte Cesari, n'est-ce pas ?

– Oui, et alors ?

– Alors rien.

– Tu sais qu'on m'appelle « le fils du traître » ?

Elle baisse la tête en répondant que tout Milan en est informé. Les Cesari sont cul et chemise avec les Autrichiens depuis des lustres. Je réplique en citant mon père, qui disait que les militaires autrichiens se croyaient chez eux.

– Ton père était passé de notre côté !

– Tu en es sûre ?

Elle acquiesce.

– On ne m'en a jamais parlé, lui dis-je. Que s'est-il passé ?

– Je n'en sais rien.

– Tu sais comment il est mort ? Personne ne me l'a jamais dit.

Nouveau signe de dénégation.

– Tout ce que je sais, c'est qu'il a été tué.

Elle s'approche de moi.

– J'ignore ce qu'il a fait, mais tu as tout racheté.

– Et toi, qui es-tu ?

Avec un sourire étrange, elle me répond :

– Je suis comme Ulysse, je ne suis personne.

Elle a un accent milanais très prononcé.

– Ce n'est pas une réponse.

– Je suis une fille que tu as rencontrée sur une barricade lors de la révolte de Milan.

Elle n'en dira pas plus. Je ne suis pas son premier homme mais elle n'a pas grande expérience, me semble-t-il. Je l'accepte comme elle est, avec ses beaux yeux gris. Je les ai remarqués dès le premier jour. Elle est grande et mince, avec de petits seins et un joli sourire qui éclaire son visage. On reste longtemps comme ça. L'amour, le sommeil, les bavardages et encore l'amour. Curieuse, elle me pose plein de questions, que j'élude.

– Je ne suis qu'un garçon ordinaire sans talent particulier.

Elle passe un doigt sur ma bouche.

– Ce n'est pas vrai. Je pressens chez toi des qualités qui te mèneront loin si tu survis.

– Tu viendras avec moi.

– La guerre ne fait que commencer. Nous ne savons pas si nous serons encore vivants ce soir.

Puis elle se tait. L'amour revient entre nous. Encore une fois, avant la guerre.

*

JOURNAL DE MARIE-SOPHIE

Après l'archevêque, voici notre père, le duc Max. Il a guetté le départ du prélat pour faire son entrée. On raconte qu'une femme l'attend dans une auberge du village, mais peu importe. La fête, les rires, les chants l'accompagnent. Le duc Max, c'est le bonheur. Nous nous jetons dans ses bras, et Ludovica dépose un baiser sur sa joue. Sitôt arrivé, il nous emmène nous baigner au lac. Il nous a appris à nager comme à tirer à la carabine, et surtout à monter à cheval. Bref, il nous a tout appris. Il entonne une chanson et nous reprenons le refrain. De sa main droite il tient Hélène, Sissi de la gauche, et moi sur ses épaules. Ça dure un moment, ce bain dans les eaux fraîches du lac. On sert un pique-nique sur l'herbe. La bière coule à flots et le duc raconte des histoires drôles de Nice ou de Monte-Carlo.

L'après-midi, on va chasser. Notre père nous répète qu'il est très fier de nous, ses filles, de notre redoutable adresse avec les carabines, et les garçons sont un peu jaloux. À notre retour, dans la cour du château, une tente de cirque a été montée. Jongleurs, trapézistes, dompteurs sont venus, et des clowns. Toute la domesticité applaudit. Le duc disparaît un instant puis revient, déguisé en monsieur Loyal, et présente chaque numéro.

– Tu en as encore pour longtemps ? l'interrompt notre mère, que personne n'a vue arriver. Je dois te voir.

Il pousse un soupir d'ennui. Il sait qu'elle veut lui montrer les comptes. Dans le bureau, elle ouvre les livres et lui demande :

– Combien ça coûte, ce cirque ?

– Je n'en sais rien. On ne vit qu'une fois, non ?

Elle pince les lèvres. À chacune de ses visites, ce sont les mêmes mots. Mieux vaut ne pas insister.

Après le spectacle, il est en tenue de Bavarois, culotte courte en cuir, chemise à carreaux et chapeau à plume. Tout le monde l'acclame. Je suis la première à lui sauter au cou. On apporte des tourtes, encore de la bière. Un orchestre local s'installe et tout le monde se met à danser.

Notre père reste une semaine. À nouveau le lac, les chevaux et les orchestres. Chacun des enfants veut lui raconter son histoire. Il nous écoute avec attention et nous donne toujours raison. Parfois, il passe la soirée au village, mais Ludovica feint de ne s'apercevoir de rien. À son départ, il nous embrasse avec force. Je sais que Sissi et moi, nous sommes ses préférées. Il nous chuchote des mots d'amour à l'oreille. Notre mère ne lui demande pas quand il reviendra. Lui-même n'en sait rien. Le silence retombe. J'ai les larmes aux yeux, mais il fait volte-face et m'embrasse encore.

– Je serai toujours là pour toi.

4.

L'aubergiste frappe à la porte. Il m'annonce qu'une délégation du conseil de guerre me réclame. Nina et moi échangeons un regard.

– Je te suis, dit-elle d'une voix ferme.

Ils sont trois à piétiner au rez-de-chaussée, armés jusqu'aux dents.

– Giacomo Cesari, c'est toi ?

– Oui.

– Le conseil de guerre veut te voir. Tu dois donner ton avis.

– Quel avis ? De quoi s'agit-il ? Qui suis-je pour donner un avis ?

Ils sont coiffés d'un chapeau à la Hernani avec la plume en arrière.

– Ta famille appartient à la haute noblesse de Milan. Cattaneo veut que tu participes au conseil avec les commerçants, les bourgeois, les curés et les ouvriers.

– Mon père…

– Nous le savons, Cattaneo t'attend.

Nina se colle à moi.

– Je l'accompagne.

– Comme tu voudras, camarade.

Elle glisse ses pistolets dans sa ceinture, prend un sabre et m'en tend un autre.

– La confiance règne, marmonne l'un des délégués.

– Avance, on te suit.

Nous traversons le cœur de la ville. Les drapeaux aux trois couleurs flottent partout. Des insurgés, avec cocardes et faisceaux tricolores ainsi qu'un signe de reconnaissance sur le chapeau, se hâtent vers les barricades qui barrent maintenant rues, avenues et boulevards. Le ciel est bas. Le palais du vice-roi est criblé de balles, les vitres sont brisées.

À la Casa Taverna, le siège du conseil de guerre, il y a beaucoup de monde. Des prisonniers autrichiens sont attachés, des collaborateurs italiens aussi. Parmi eux, le comte Bolza, un gradé de la police, aux ordres des Autrichiens.

Il me dévisage, surpris.

– Aide-moi, me dit-il à voix basse, en souvenir de ton père.

– Que veux-tu dire ?

Il n'a pas le temps de répondre, Cattaneo entre avec d'autres membres du comité. Il a un visage maigre et de longues moustaches qui retombent autour de sa bouche. Il est connu, c'est un intellectuel de haute volée, un adepte du fédéralisme, mais qui ne s'est jamais engagé en politique. Peut-être faut-il un homme pareil pour être le chef. Il y a aussi Casati, le *podestà* de Milan.

– Que faut-il faire de lui ? demande-t-on à Cattaneo en désignant Bolza.

On murmure qu'il s'est fait prendre alors qu'il se cachait dans une meule de foin, les poches bourrées de pain et de fromage. Cattaneo observe cet adjoint déchu du chef de la police, qui réclame un prêtre à mi-voix.

– Si vous le tuez, finit-il par dire, vous accomplirez un acte juste. Si vous l'épargnez, ce sera un acte saint.

Il se tourne vers moi.

– À toi de décider.

– Je préfère les actes saints aux actes justes.

Il acquiesce. Les liens sont défaits et Bolza me lance un regard de gratitude en sortant dans la rue.

– Faites venir le baron, lance Cattaneo.

Un homme se présente, les yeux bandés, solidement encadré. C'est le baron Sigismond Ettinghausen, accompagné d'un hussard. Je l'ai croisé dans des réceptions. Il est à la tête d'un prestigieux régiment autrichien. On lui retire son bandeau.

– Je veux parler à celui qui commande, dit-il.

– C'est moi, répond Cattaneo.

– Je suis porteur d'une offre de Radetzky. Notre gouverneur propose une trêve de quinze jours pour lui permettre d'informer Vienne de la situation et d'accorder des concessions. Durée nécessaire à l'aller-retour de son émissaire, le vice-roi Ranieri.

Cattaneo m'entraîne à l'écart avec les autres pour délibérer. La discussion est houleuse.

– Si on accepte, les troupes autrichiennes resteront consignées dans leurs casernes, affirme Casati.

Échanges de regards entre les membres du comité. Le *podestà* insiste, propose que les Milanais abandonnent progressivement les barricades. On sent en lui la volonté de se rallier à celui qui représente la force régulière, officielle. Casati n'a rien d'un révolutionnaire. C'est un conformiste. On fait entrer le major autrichien.

– Qu'est-ce qui nous prouve, demande Cattaneo, qu'à la première nuit passée dans nos lits, nous ne serons pas arrêtés et pendus dans l'instant ?

Ettinghausen en appelle à l'honneur militaire, à la parole donnée, puis on le fait sortir. Cattaneo secoue la tête, et m'interroge du regard. Je fais un signe de dénégation, les autres aussi. Sauf Casati.

– Quelle est la formule de Radetzky, celle qu'il emploie souvent ? demande Cattaneo en feignant de s'interroger. « Trois jours de massacre garantissent trente ans de paix », c'est ça ?

Casati ne cache pas sa désapprobation.

Le comte Borromeo s'approche de moi. Il appartient à la branche de l'aristocratie qui n'a jamais pactisé avec l'occupant.

– Bienvenue chez nous, Giacomo. J'aimais beaucoup ton père.

Puis, se tournant vers Cattaneo :

– Les nobles de Milan sont prêts à être ensevelis sous les ruines de leurs palais.

– Transmets notre réponse au major, ordonne Cattaneo.

Le major était à la réception de la comtesse Carovska. Il m'a vu repartir avec elle. Borromeo s'exécute.

– Le conseil de guerre se déclare opposé à une trêve.

Casati prie l'Autrichien de rapporter à Radetzky la divergence des opinions alors qu'il est le seul de son avis. Il transpire la veulerie. Surgit alors un prêtre de San Bartolomeo. Il rappelle au major autrichien le massacre des siens et l'exécution barbare de leur abbé, don Lazzarini.

Le major hoche la tête et jette un coup d'œil méprisant à Casati avant de repartir.

– Adieu, *signori*, dit-il en se retournant. Vous êtes valeureux et courageux.

Puis il reprend son chemin, avec un air hautain.

– Retournons aux barricades, exhorte Cattaneo.

*

JOURNAL DE MARIE-SOPHIE

Dans notre enseignement, notre mère se réserve l'histoire et la géographie des dynasties d'Europe. Mais derrière cette leçon de rois, de reines, de royaumes et d'empires se dissimule le grand projet de sa vie : placer ses filles par le mariage sur les trônes les plus prestigieux. Elle-même a raté sa carrière de reine, contrairement à deux de ses sœurs, l'une reine de Saxe, l'autre, reine de Prusse. Quant à Sophie, elle est archiduchesse d'Autriche et mère de François-Joseph, le nouvel empereur.

Il s'ensuit d'interminables leçons sur l'empire des Habsbourg, le rigide et complexe protocole de la cour de Vienne. Tout y passe. Notre mère connaît le moindre détail. En réalité, ces leçons sont destinées à Hélène, pour la préparer à son futur rôle d'impératrice. Avec l'archiduchesse Sophie, Ludovica ourdit le complot de l'unir à François-Joseph. Hélène, qui a dix-huit ans, écoute attentivement, Sissi, qui a quinze ans, beaucoup moins, et moi, qui en ai douze, pas du tout.

Il n'empêche, Ludovica poursuit imperturbablement son œuvre. Hélène répète révérences, salutations et titres. Sissi et moi échangeons des clins d'œil en coulisse. Dans sa tête, notre sœur est déjà une impératrice. Sissi l'adolescente rêve vaguement à un cousin, moi aux chevaux.

5.

La quatrième journée, Milan est couverte de barricades. Les paysans ont fini par arriver armés, les prêtres s'y sont mis, arborant des cocardes tricolores, le sabre au poing. On se croirait au carnaval. Certains ont puisé dans les réserves de la Scala et se sont habillés en personnages d'*Ernani*, l'opéra de Verdi, ou costumés comme ceux des tableaux de Vélasquez ou de Véronèse. Ils portent d'immenses chapeaux ornés d'une longue plume d'autruche, tandis que les bourgeois ont choisi le sombrero et la cape à la vénitienne, comme les chanteurs.

Radetzky renvoie un émissaire pour une nouvelle trêve d'autant plus urgente que de nouveaux contingents d'insurgés sont en train d'arriver. On me rappelle à la Casa Taverna au motif qu'il faut prendre des décisions au nom des aristocrates de Milan.

– Je t'attends, me dit Nina.

Le comte Hübner, diplomate d'expérience, présente l'offre au *podestà* Casati.

– Trois jours de trêve. Vos alliés piémontais ne sont toujours pas arrivés et s'ils ne viennent pas, votre situation sera désespérée.

Hübner ajoute que les troupes autrichiennes, installées sur les bastions, encerclent la ville. Casati diffère sa réponse. Une fois de plus, j'ai le sentiment qu'il se ralliera au plus fort. Un nouveau messager, travesti en paysan, franchit les lignes pour rencontrer le roi piémontais, Charles-Albert de Savoie, sur l'autre rive du Tessin avec son armée.

En attendant le retour de l'émissaire, le conseil se réunit dans un salon de la Casa Taverna. À son retour, l'émissaire annonce que le roi réclame une demande d'aide écrite, et qu'en échange de son intervention il exige la Lombardie.

Cattaneo rédige aussitôt la réponse attendue par le roi du Piémont. Il accepte l'intervention, mais refuse de céder la Lombardie. Les dents serrées, Casati signifie à Hübner le rejet de la trêve. Entre Cattaneo et lui, c'est maintenant la haine. Le *podestà* traite l'autre de canaille, Cattaneo lui répond qu'il n'est qu'un chambellan des Autrichiens ou des Piémontais, selon ce qui arrivera. Il ajoute alors à son message cette précision : « Si le Piémont intervient immédiatement, les Milanais renonceront à constituer une république. » L'émissaire, le comte Martini, toujours travesti en paysan, s'apprête à franchir les lignes une nouvelle fois.

– C'est aussi votre réponse, mon ami ? me demande Cattaneo.

J'acquiesce.

– Alors, retournez aux barricades avec les autres.

Je retrouve Nina devant le palais du Génie militaire. Il est une heure de l'après-midi. Elle ne me demande pas de nouvelles des tractations, et me tend un fusil prolongé d'une baïonnette. Ce qu'elle veut, c'est le combat.

Face à nous, cent soixante militaires armés et entraînés. Nos hommes tombent. J'entends un cri. Nina ! Elle se relève, le bras droit transpercé par un projectile autrichien, mais elle repart à l'assaut. Je la suis. Je comprends subitement qu'elle commande, et que j'obéis. Elle est mon chef. Échange de feux nourris des deux côtés. Partout, des morts, des blessés. Trois heures d'un combat interminable. Enfin, un certain Pasquale Sottocorno nous apporte la victoire. Il boite, mais réussit à rejoindre la porte du palais du Génie, muni de fagots de paille imbibés d'essence de térébenthine auxquels il met le feu. Il est évidemment touché par la fusillade des *kaiserjäger*, mais parvient à nous rejoindre en rampant. La porte s'embrase et les Autrichiens se rendent. On se précipite. Le palais du Génie est à nous.

Direction Porta Tosa, le dernier poste tenu par Radetzky. La défense autrichienne est intense, massive, absolue. Tous les Milanais nous viennent en aide, hommes, femmes, enfants. Ils tombent, se relèvent, mais même blessés, ils continuent. Ils meurent aussi. On a récupéré nos barricades mobiles ainsi que les bouches à feu abandonnées par les Autrichiens. Qui reculent, mais s'arc-boutent dans les jardins, se cachant derrière les fenêtres et les portes, épuisant leurs munitions. Nina tombe une seconde fois, touchée à la cuisse. Je la prends dans mes bras pour la ramener à l'arrière, mais elle exige que je la pose à terre. Elle dit que la victoire est à portée de main. La nuit tombe, ténébreuse. Les défenses autrichiennes sont maintenant encerclées. Soudain, je ressens une douleur fulgurante au flanc, mais j'emporte Nina dans mes bras. Elle noue ses mains à mon cou, je titube à cause de ma blessure. Nous errons jusqu'à un hôpital improvisé. Coups de feu, explosions, cris, fumée et odeur de poudre. Nina et moi, on brinquebale, l'un à côté de l'autre maintenant. C'est la révolution, on va gagner, on s'aime.

6.

22 mars 1848. Cinquième jour. Nuit difficile dans cet hôpital improvisé, rempli de douleurs et de réveils brutaux. Au matin, c'est mieux. Une fois nos blessures soignées et bandées, on nous montre la sortie. Un nouvel afflux de blessés vient d'arriver. Les combats ont repris. Les insurgés veulent à toute force s'emparer des derniers bastions autrichiens qui encerclent la ville. Il faut conquérir les portes pour que les renforts des autres cités puissent entrer.

Dans le quartier du Ticinese, vers la Porta Tosa, on assiste à de déchirants adieux entre femmes et enfants d'un côté, et de l'autre les hommes qui vont se battre sur les barricades. On croise Cattaneo qui appelle à l'action. Les combats durent deux heures. Nina et moi, on pousse de nouveau des barricades mobiles. En fin d'après-midi, la Porta Ticinese est entre nos mains, la caserne Sant' Eustorgio est tombée, mais la Porta Tosa a été reprise par les Autrichiens. Si nous parvenons à les chasser, les colonnes de paysans et de volontaires accourus depuis les autres villes feront leur entrée. On doit prendre l'immeuble de la douane. Cet édifice fortifié résiste, mais Luciano Manara, un des chefs insurgés, se met à notre tête. Les renforts se précipitent, ils piétinent les cadavres. La douane tombe à son tour. La Porta Tosa devient la porte de la victoire.

Les Autrichiens ont perdu. À l'intérieur du château des Sforza, Radetzky a fait allumer un immense bûcher de paille où l'on jette les cadavres pour camoufler l'ampleur de la défaite. Un long cortège d'uniformes blancs maculés de sang et de poudre s'écoule lentement par la Porta Ticinese et la Porta Romana. En tête, le carrosse blindé de Radetzky. La pluie recommence à tomber tandis que les cloches sonnent à toute volée. Il faut trois heures aux troupes de l'empereur pour évacuer Milan. Une proclamation de liberté annonçant l'Italie unie est lancée. Les Piémontais ne sont toujours pas arrivés. Milan s'est libérée seule.

La fête dure toute la nuit. Chants, cortèges, orchestres, bals, alcools et feux d'artifice. Tout. Nina et moi retournons à l'auberge. Au rez-de-chaussée, le vacarme des soûleries. À l'extérieur, le chahut du bonheur. Dans notre chambre, le chuchotement des amants. La guerre, si l'on peut dire, est terminée, au moins provisoirement. Depuis cinq jours, nous alternons les combats et l'amour. Les deux vont ensemble.

– Et maintenant ? demande-t-elle.

– Que veux-tu dire ?

– Maintenant que nous avons posé les armes, qu'allons-nous devenir ?

– On va s'aimer, Nina.

– Ce n'est pas si simple.

Je réponds que tout a toujours été simple entre nous, il n'y a aucune raison pour que cela change.

Elle secoue la tête.

– Tu es le comte Cesari, Cattaneo te consulte, tu donnes l'avis de la haute aristocratie dans le conseil.

– Et… ?

Je la regarde sans comprendre.

– Moi, on ne m'a rien demandé. Je te l'ai déjà dit, je ne suis personne.

– Tu es celle qui m'a sauvé la vie, celle que j'aime. Tout me plaît en toi.

– Tu m'aimeras combien de temps ?

– Toute la vie.

Elle a son sourire espiègle.

– Le premier matin, je t'ai vu sortir du palais de la *contessa* Carovska. Vous aviez passé la nuit ensemble.

– Oui.

– Après, elle a essayé de te faire rentrer, mais tu as refusé.

– Parce que tu étais là, Nina.

Elle n'a pas l'air convaincue. Je la trouve très jolie avec son sourire et ses yeux gris. Elle lève son visage vers moi.

– Giacomo, je suis pauvre, je suis une fille de la rue.

J'éclate de rire.

– Je m'en moque. Mais si tu veux, je t'appellerai Nina de la rue. Ça te va ?

Nous roulons sur le lit.

– Oublie ce que je t'ai dit, murmure-t-elle. Tout cela n'a aucune importance.

Au matin, l'aubergiste frappe à la porte. On me demande en bas.

– Encore Cattaneo, râle Nina.

Je m'habille et descends. Ce n'est pas Cattaneo, mais Luigi, le chambellan de ma mère, qui s'incline.

– La comtesse est rentrée hier, monsieur. Elle vous a fait chercher, et me demande de vous ramener.

Je remonte auprès de Nina.

– Viens avec moi.

Elle me suit jusqu'au carrosse armorié des Cesari. Le cocher me salue, ainsi que les deux valets debout à l'arrière.

Effarée, Nina hésite, mais je la pousse à l'intérieur et la serre contre moi.

Une heure plus tard, nous sommes devant la grille du parc. Cela fait au moins une semaine que je ne suis pas rentré. Un siècle, me semble-t-il. Ma mère nous attend en haut du perron, elle se fige en apercevant Nina. Je l'embrasse et lui présente mon amie. Elle la salue d'un mouvement de tête. Le hall d'abord, puis le salon avec tous les portraits en pied des ancêtres.

– Il faut que je te parle, me dit-elle. Mademoiselle, pourriez-vous nous attendre quelques instants ?

On lui présente un fauteuil, le valet lui apporte une orangeade. Ma mère me fait entrer dans le bureau.

– Qui est cette fille ?

– Nina. Je l'ai rencontrée sur les barricades. Elle est avec moi.

Elle a son sourire de grande dame, condescendante sur ce genre d'affaire. Elle veut me parler de ce qui s'est dit au conseil de guerre, du roi Charles-Albert. Je raconte ce que je sais. Quand je sors du bureau, le verre d'orangeade est plein et le fauteuil, vide.

– Où est passée la jeune fille ?

– Elle est sortie brusquement, monsieur le comte.

Je descends dans la cour, j'arpente le parc. Personne ne l'a vue. La grille est ouverte, le chemin est désert. Un sanglot me monte à la gorge. Nina est partie.

Je la fais chercher dans tout Milan et alentour. En vain. Une semaine plus tard, le régisseur vient me trouver, désolé.

– Cette jeune fille a dû quitter la ville. Tous les quartiers ont été fouillés, les gardes aux bastions interrogés, personne ne l'a vue. Seule explication : elle a quitté Milan.

Il hésite.

– Voici tout ce que j'ai pu récupérer.

Il me tend une feuille de papier où l'on distingue des silhouettes. C'est un daguerréotype. C'est assez flou. On distingue pourtant clairement la barricade où nous figurons tous les deux, Nina et moi, nos fusils à la main. J'observe son visage, ses traits semblent contractés.

– Tous ceux qui ont été interrogés l'ont reconnue, mais personne ne l'a revue.

Je glisse la feuille dans une poche de ma veste, mais l'image est mal fixée, et avec le temps les détails se brouilleront. C'est ainsi que peu à peu son visage s'estompera.

7.

Plusieurs mois passent, et j'entre dans l'armée piémontaise où je suis accepté au grade de sous-lieutenant. Cette guerre, je ne la raconte pas car nous allons la perdre. Au début, on gagne à Pastrengo, à Valeggio, à Goito. Peschiera, une des forteresses du quadrilatère autrichien, tombe entre nos mains. Mais à Custoza, le 25 juillet 1848, c'est la défaite. Le 6 août, Radetzky, triomphant, toutes médailles battantes, monté sur un cheval blanc, rentre par la Porta Romana, celle par laquelle il avait quitté Milan le 22 mars.

Les événements s'enchaînent. En France, Louis-Napoléon devient président de la République. Quelques jours avant, Pie IX, qui a refusé de nous soutenir contre les catholiques autrichiens, a quitté Rome pour Gaète où l'a rejoint Léopold II, le grand-duc de Toscane chassé par Mazzini. Mais au Piémont, Charles-Albert dénonce l'armistice avec les Autrichiens. Je suis de son armée quand il les affronte à Novare. C'est encore la défaite. Après avoir cherché vainement la mort, il abdique sur le champ de bataille au bénéfice de son fils, Victor-Emmanuel. Celui-ci, roi depuis une heure, veut aussitôt rencontrer Radetzky pour négocier de meilleures conditions. Je fais partie de son escorte. C'est la pire manière d'inaugurer un règne. Mais le maréchal se montre grand seigneur. Il embrasse le nouveau roi, l'appelle mon cousin. Enfin, il lui consent des clauses moins humiliantes que celles accordées à son père. Depuis les cinq jours de Milan, une année s'est écoulée. Au sénat de Turin, l'infâme Casati, le *podestà* qui voulait arrêter la révolte pour céder à Radetzky ou aux Piémontais, a réussi à se faire élire. On lui prédit un bel avenir de ministre. Je n'ai plus rien à faire avec ces gens. Il reste un endroit où l'on se bat encore au nom du Risorgimento, c'est Rome, aux mains de Mazzini, de Garibaldi qui ont créé la République romaine. Je vais à Rome.

8.

– C'est toi, Cesari ? Tu nous rejoins ? J'aurais dû m'en douter.

C'est le comte Dandolo, un ami de Milan. Nous tombons dans les bras l'un de l'autre. Emilio est arrivé depuis trois jours. Il me décrit la situation de la République romaine :

– Nous sommes totalement isolés. Le pape s'est réfugié à Gaète chez les Napolitains. Et ces mêmes Napolitains de Ferdinand II arrivent par le sud avec douze mille hommes. Ils remontent vers Rome. Au nord, les Autrichiens sont encore à Bologne mais ne tarderont pas. Le pire, ce sont les Français. Oudinot a obtenu une trêve soi-disant pour discuter, en réalité pour recevoir des renforts. On est encerclés.

Tout en discutant, on traverse le camp des légionnaires en chemises rouges.

Le spectacle est pittoresque. Tous ces hommes sont vêtus de blouses écarlates. Aucun ornement militaire. Les cheveux sont hirsutes, parfois surmontés de chapeaux coniques d'où pendent de longues plumes noires. Je regarde leurs visages tannés, couverts de poussière et encadrés de barbes foisonnantes. Dandolo me raconte que si le ravitaillement ne leur parvient pas, ils s'empareront, comme ils le font dans leur Uruguay ou leur Argentine natals, des moutons et des bœufs qu'ils trouveront et les feront rôtir. Tous ont des pantalons coupés aux genoux. Leurs chevaux sont équipés de selles à l'américaine.

– Voilà Garibaldi !

L'homme descend de son cheval en grimaçant. Il porte un foulard de pirate dont les pointes retombent sur sa nuque. Rapide poignée de main. Échange de regards. Jamais je n'oublierai cet instant.

– Tu es prêt à te battre ? me demande-t-il.

– Je suis venu pour ça.

– Il faudra peut-être mourir, tu sais.

– Je sais, mon général.

– Alors ça va.

Il nous fait faire le tour du camp sur le Janicule. À ses côtés, un géant. Son aide de camp noir, Andrea Aguyar, le suit partout. Il désigne l'endroit où les Français ont attaqué pour entrer par la Porta Cavallegeri. Il les a pris à revers par le parc du Janicule, où il a été blessé d'un coup de fusil. Les Français ont laissé plus de cinq cents morts sur le terrain, nous, deux cents environ.

Le soir, il nous admet à son feu de camp. Ses hommes jouent de la guitare en chantant des airs uruguayens. À l'arrière, un comité de dames organise l'aide médicale. Garibaldi parle de Mazzini, l'homme du triumvirat avec Saffi et Armellini. Ce sont eux, les dictateurs nommés pour la durée de la guerre comme dans l'Antiquité. Une autre femme vient d'arriver. C'est Enrichetta, la compagne de Mazzini.

– Je vénère Mazzini, poursuit Garibaldi. Je le lui ai dit, et je le lui ai écrit. C'est un bien meilleur politique que moi, mais il ne sait pas faire la guerre.

Il s'arrête, rêve un peu, puis parle d'Anita, sa femme qui attend leur enfant. Ils se sont mariés en Uruguay et ont eu quatre enfants. Ils en ont déjà perdu un. À Montevideo, ils étaient si pauvres qu'ils n'avaient ni chaises ni bougies. Anita était tellement jalouse qu'elle montrait parfois deux pistolets : le premier pour une rivale, le second pour elle-même.

– Mais c'est une femme d'exception, toujours prête à m'aider et à me consoler.

Dans la nuit, on apprend que les Napolitains sont à Frascati et à Albano. La légion se rassemble Piazza del Popolo. Il y a là Luciano Manara, que je salue avec affection, Dandolo et d'autres. J'ai revêtu moi aussi une chemise rouge. Et on m'a donné deux sabres, deux pistolets et même un cheval avec sa confortable selle américaine. Les unités se mettent en marche les unes derrière les autres. Silence dans les rues de Rome, seul le claquement des sabots sur le pavé. Un appel derrière moi soudain :

– Eh, l'aristo !

Je me retourne. Un cavalier surgit, la carabine dépassant de la selle. Ce cavalier s'approche, me dévisage. C'est Nina !

Avec Garibaldi, avec Dandolo, Manara, les volontaires milanais, et surtout avec Nina, on combat les Napolitains du roi Ferdinand. Notre chef se dispute avec son homologue, Roselli, trop prudent, trop timoré pour ce genre de manœuvres qui exige rapidité et surprise. Nina se bat comme un homme, comme les autres femmes à nos côtés. Les Napolitains reculent, et évacuent dans la nuit leur camp. Au matin, la cité de Velletri est déserte.

– On rentre à Rome, ordonne Garibaldi.

Un émissaire arrive. Ferdinand de Lesseps, un ingénieur porteur d'une offre des Français : le peuple romain disposera de son sort, tandis que l'armée française restera cantonnée hors des murs.

Soulagement général. Les Français offrent leur protection. Les Napolitains ont reculé. Il reste les Autrichiens, qui depuis Bologne ont repris leur marche. Les triumvirs signent le projet d'accord que Lesseps va porter à Oudinot. En attendant, Nina et moi profitons de ces quelques jours pour nous retrouver, déambuler dans Rome. C'est une parenthèse d'une félicité extrême. Elle ne dit rien de son brusque départ de chez moi, ni de son existence depuis. Elle ne se confie pas et je ne pose pas de questions. Dans ce temps suspendu de la vie, je m'aperçois que ce n'est pas important. Seul compte l'instant présent. Rome est belle, Nina aussi.

C'est alors qu'éclate la nouvelle : le général français, Oudinot, refuse de signer le projet présenté par Lesseps. Il nous laisse quatre jours pour capituler. Mazzini, Garibaldi et les autres ont compris que cette affaire de pacte et de trêve n'avait pour seul but que d'attendre les renforts promis par la France. On répète l'ultimatum de Garibaldi à Mazzini : « Vous me demandez ce que je veux, dictateur aux pouvoirs illimités ou simple soldat, choisissez. » Et la réponse de Mazzini : « Dites ce que vous exigez pour la défense. Ce sera fait. Ne pensez à rien d'autre qu'à sauver Rome ! »

9.

Oudinot attaque par surprise sans attendre les quatre jours. Les villas Corsini et Pamphili sont prises. On les reprend et les perd à nouveau. Enrico Dandolo, le frère de mon ami Emilio, tombe parmi les premiers. Goffredo Mameli, l'auteur du *Canto degli Italiani*, le chant préféré des patriotes italiens, est mortellement blessé. Commence le siège de Rome. Nina et moi sommes auprès de Garibaldi, en haut du Janicule, ce qui permet d'observer les mouvements français, mais fait de notre groupe des cibles. Les combats ont lieu la nuit, coûteux en hommes. Mazzini exige une attaque frontale, mais ce serait suicidaire. Garibaldi s'y oppose. Les Français progressent et réduisent nos pièces au silence une à une. Des diplomates interviennent auprès d'Oudinot pour éviter un massacre annoncé. Il refuse. Le prince-président veut faire vite pour sauver la civilisation ! Mazzini et Garibaldi ne cessent de se heurter. Anita vient d'arriver à Rome avec son ventre qui enfle.

Le 30 juin, c'est l'affrontement en pleine nuit. Les Français montent à l'assaut, les Italiens font bloc sur la brèche. Il n'y a pas un endroit où poser le pied si ce n'est sur un mort ou un blessé. Oudinot a ordonné de ne pas faire de quartier. Luciano Manara, le chef des *bersaglieri* lombards, est tué, de même que Andrea Aguyar, l'ordonnance noire du général. Je suis blessé, on m'emmène. J'appelle Nina, en vain. Elle a disparu dans l'enfer du combat. J'ai alors la certitude que je ne la reverrai plus.

Dans la nuit du 3 juillet, les garibaldiens quittent Rome. À cause de ma blessure, je bénéficie d'un cheval à côté d'Anita, elle en uniforme d'officier de la légion, sa carabine en travers de la selle et les cheveux au vent. Je ne sais toujours rien de Nina. Où est-elle ? A-t-elle été tuée ? On finit par me dire qu'elle a probablement été touchée par l'obus qui m'a blessé. Je ne suis plus qu'une silhouette fantomatique qui chevauche entre Anita et Garibaldi. La République romaine n'existe plus.

Après la défaite, la fuite. Le but, c'est Venise, la dernière cité qui résiste encore. Il nous reste un seul canon, baptisé « le porte-bonheur ». Pas question de prendre la route, mais des sentiers muletiers. Ce ne sont plus les Français qui nous poursuivent, mais les très catholiques Autrichiens. C'est une marche ardue, difficile, sur des voies escarpées au plus fort de l'été. Les désertions se multiplient.

Depuis le retour du grand-duc, les villes toscanes nous refusent l'entrée. San Marino nous offre l'asile, mais les Autrichiens sont sur nos talons. La légion se débande, certains jettent déjà leurs armes. Surgit Anita sur son cheval, enceinte de cinq mois. Debout sur la selle, la cravache dans une main, le fusil dans l'autre, elle appelle son homme à la rescousse.

Il arrive au galop, le sabre levé, hurlant l'ordre de le suivre. Il est obéi et les voltigeurs autrichiens abandonnent la poursuite. Le soir même, assis sur les marches de l'église entre Anita et les officiers, il rédige un dernier ordre du jour : « Soldats, je vous libère de l'obligation de me suivre. »

Les Autrichiens nous présentent de fielleuses offres de reddition. Personne ne les croit. À l'aube, nous quittons la citadelle pour prendre la route d'Acquaviva. Nous ne sommes plus que deux cent cinquante. En quittant Rome le 3 juillet, nous étions cinq mille.

Les colonnes autrichiennes pullulent sur les routes et les sentiers. Il faut gagner la mer à tout prix. Le seul chemin possible est celui des marais. Mais Anita est fiévreuse et ne cesse de réclamer à boire. Elle se plaint de douleurs au ventre. C'est la malaria ! Comme elle ne peut tenir en selle, on lui fabrique un brancard de fortune. Les habitants nous aident comme ils peuvent, et nous guident vers la mer.

Au crépuscule, on embarque sur des bateaux de pêcheurs. L'état d'Anita s'aggrave. Rien n'apaise sa soif. Venise est en vue lorsque surgissent les navires autrichiens. Ils coulent toutes les embarcations, sauf la nôtre. Ceux qui tentent de débarquer sur la plage sont capturés et mis aux fers. Notre bateau s'échoue à son tour à quelques centaines de mètres du rivage. Il faut sauter à l'eau. Notre chef prend Anita dans ses bras, elle est inconsciente. On l'entoure pour la protéger. Nous sommes le 3 août 1849 sur une île de la lagune de Comacchio dans la province de Ferrare. Garibaldi, une dernière fois, ordonne la dispersion. Nos amis s'éloignent. J'apprendrai plus tard qu'ils seront tous fusillés et jetés dans une fosse qu'on les avait obligés à creuser. Parmi eux, un gamin de treize ans.

Je reste avec Garibaldi et Anita, et trois hommes qui nous accompagnent. Parmi eux, un charretier qui dispose d'un tombereau. Le charretier nous procure des hardes plus discrètes que nos chemises rouges. On cache Anita dans la ferme Zanetto. Les Autrichiens vont arriver. On doit filer sans attendre. Quand on revient la chercher, de la bave souille sa bouche. Garibaldi l'essuie avec un mouchoir. Accourt un médecin. Anita gémit, murmure en espagnol : « José, los niños… » Puis son pouls s'arrête. Le médecin baisse la tête. Il n'y a plus rien à faire. Garibaldi se penche pour l'embrasser, il est secoué de sanglots. Mais on signale déjà le retour des Autrichiens. Il faut partir. Les paysans se chargent de la dépouille d'Anita tandis que l'on se précipite vers l'ouest. Un guide nous fait enfin franchir le Pô, dans la direction opposée à Venise, qui sera envahie d'ailleurs quelques semaines plus tard. Un curé révolutionnaire, don Giovanni, nous procure des vêtements de chasseurs. La mer encore, mais de l'autre côté cette fois. Un bateau nous conduit jusqu'à Porto Venere. C'est en territoire piémontais.

C'est là que je me fais débarquer. D'autres relais m'attendent pour me conduire jusqu'à Gênes. J'embrasse mes compagnons, Garibaldi me serre dans ses bras, et prévoit déjà de revenir dans dix ans.

10.

Un mois plus tard, je me retrouve à Turin, où l'on m'accueille chaleureusement. Il faut me remettre car j'ai gardé de ma blessure à l'épaule une raideur qui ne me quittera jamais tout à fait. Dans la capitale du Piémont, on ne se lasse pas de l'histoire de Rome et de Garibaldi, de notre fuite et de la mort d'Anita, que je dois raconter encore et encore. Je reçois même la visite de l'envoyé d'un journal qui ne me donne pas son nom. Il n'a qu'une question à la bouche :

– Seriez-vous prêt à écrire votre histoire ?

Après tout, pourquoi pas ? Le lendemain, je lui remets une douzaine de pages où j'ai raconté les débuts des combats à Milan jusqu'à la fuite du gouverneur Radetzky. Il revient deux jours plus tard et me donne de l'argent.

– C'est magnifique. J'attends la suite, jusqu'à votre arrivée à Turin. Le premier chapitre paraîtra la semaine prochaine.

– Comment s'appelle votre journal ?

– *Il Risorgimento.*

– Qui le dirige ?

– Camillo Benso, comte de Cavour.

Cavour, que je croise quelques jours plus tard au journal. D'abord j'entends une voix douce, puis dans l'embrasure de la porte, j'aperçois un petit homme rond avec des lunettes fines et un mince collier de barbe. Il ressemble aux portraits et aux caricatures qui circulent partout.

– Giacomo Cesari ?

– Bonjour, monsieur le premier ministre.

– C'est vrai ce que vous avez écrit, les cinq jours de Milan, la république de Rome, la fuite avec Garibaldi ?

– Oui, je les ai racontés comme je les ai vécus.

Il s'empare d'une chaise, la retourne et s'assied à cheval, les mains sur le dossier.

– Racontez-moi encore. Je veux l'entendre de votre bouche.

Je lui obéis. Le récit est long. Parfois, je m'interromps, et il nous fait servir à boire. Quand j'en viens à ma convocation au conseil de guerre par Cattaneo, il fronce les sourcils et passe au tutoiement.

– Qu'avait besoin Cattaneo d'un jeune homme comme toi ?

– Je suis le dernier descendant de la plus ancienne famille de Milan. Il y avait aussi Borromeo, mais c'est plus récent. Pour Cattaneo, toutes les classes de la population devaient être représentées. La libération de Milan, c'était l'œuvre de la ville.

Il hoche la tête.

– Continue. Casati, le *podestà*, il était là ?

– Cattaneo l'a traité de chambellan des Autrichiens, mais il était prêt à se rallier à votre roi, Charles-Albert.

– Je sais, il grenouille au parlement de Turin. Il a même réussi à s'y faire élire. J'ai refusé de le prendre dans mon gouvernement. Continue.

Le soir tombe, il m'invite à dîner au restaurant *Del Cambio* où il a sa table. Je découvre que Cavour sait tout de ma liaison avec la comtesse Carovska que j'ai quittée pour me jeter sur les barricades. Cette anecdote lui plaît beaucoup. Il aime les femmes et leurs histoires. Alors je lui parle de Nina, de notre rencontre, de sa disparition et de nos retrouvailles à Rome. La première fois, elle s'est enfuie, la seconde, elle s'est purement et simplement évanouie dans la nature.

– Tu n'as jamais eu de ses nouvelles ?

– Non. Si elle n'a pas été tuée, elle a choisi de disparaître de nouveau.

Il me demande de lui parler de Garibaldi. L'homme l'intrigue. Je lui fais le récit de la mort d'Anita, les Autrichiens sur nos talons, jusqu'à la fin quand j'arrive à Gênes.

– J'ai eu de ses nouvelles par des amis, me dit-il (en réalité par le réseau d'espions qu'il entretient partout). Après avoir participé à la fabrication de chandelles à New York, il commande un bateau de commerce.

Il parle de lui-même maintenant. Député au parlement de Turin, il se bat pour faire adopter les lois Siccardi, celles qui dépouillent le riche et puissant clergé du royaume de ses luxueux privilèges. Il est menacé d'être excommunié par Pie IX, de même que le roi Victor-Emmanuel, ce qui les fait beaucoup rire. Il me raconte que l'un de ses amis, ministre du gouvernement, s'est vu à l'article de la mort refuser les derniers sacrements ainsi qu'une sépulture en terre chrétienne s'il ne revenait pas publiquement sur ses positions politiques contre le clergé.

– Qu'a-t-il fait ?

– Il a tenu bon. L'archevêque aussi. Résultat, il est mort sans extrême onction et repose en terre laïque. Bravo !

Il attend un instant, puis chuchote :

– Du coup, j'ai pris mes précautions. L'un de mes vieux amis est prêtre. Il s'est engagé par écrit, quand mon tour viendra, à m'administrer tous les sacrements possibles et à me dénicher une tombe chrétienne.

Cette soirée marque le début d'une longue relation entre Cavour et moi. Pendant cette période, j'écris mes chroniques, je fréquente les salons. Je diffuse la parole de Cavour et lui rapporte ce que j'apprends. Je rencontre des gens pour son compte, je suis son homme, plutôt bien payé. J'ai quelques maîtresses, successives, concomitantes. Peu importe. Ces femmes traversent ma vie comme ces ruisseaux qui durent autant que l'averse. Des femmes libres, ou si peu enchaînées par des unions de convenance que leur aisance dans les liaisons du plaisir où nous nous complaisons ensemble paraît naturelle.

Un soir lors de notre dîner mensuel au *Del Cambio,* Cavour me demande de retourner à Milan et d'y jouer le même rôle d'informateur qu'à Turin.

– À Milan, ce sera plus délicat, peut-être dangereux. Les Autrichiens dominent tout.

Ma ville me manque alors j'accepte. C'est ainsi que je deviens l'espion de Cavour à Milan.

11.

JOURNAL DE MARIE-SOPHIE

À Possi, le jeune et bel empereur d'Autriche rend visite à ses cousines Wittelsbach. Une visite pendant laquelle notre mère construit pour ses filles le destin qui lui a manqué. C'est ainsi que François-Joseph rencontre Hélène, notre sœur aînée. La sage, la prudente, la raisonnable Hélène que Ludovica veut lui destiner. Mais lors d'une promenade solitaire dans le parc, le jeune empereur croise deux cavalières, Sissi et moi. Elle descend aussitôt de sa monture, noue ses bras autour de lui en plaquant ses jeunes seins palpitants contre son torse.

– Tu es le cousin François-Joseph, n'est-ce pas ?

Et elle pose deux baisers sur ses joues. Il ne dit rien mais, quelques mois plus tard, la famille est invitée à Ischl, la résidence d'été impériale.

La raisonnable Hélène fait tapisserie, et celle qui est choisie, celle qui est inondée de bouquets de fleurs, de compliments et de révérences, celle qui va devenir impératrice d'Autriche, reine de Hongrie, c'est la pétulante Sissi ! Ludovica se fait une raison. Après tout, l'une ou l'autre, quelle importance ? Elle trouvera bien à marier Hélène ailleurs.

Du haut de mes quatorze ans, je comprends subitement que je vais perdre ma sœur, que l'enchantement de Possi est en train de se dissiper, ainsi que les merveilles de l'enfance.

Quand je reviens du mariage magnifique, solennel de Sissi, je suis seule. Ma mère ne dit rien, mais je sais qu'elle pense *in petto* : « Ma petite, la prochaine fois, c'est ton tour. » Quant à mon père, il n'a pas été invité. Il est resté dans l'une de ses villégiatures préférées sur la Côte d'Azur.

12.

– Je m'appelle Anna. Anna Casati.

Sur l'instant, je ne prends pas garde au nom de famille, je ne retiens que ce prénom, Anna. Je m'incline.

– Giacomo Cesari.

– Je sais qui vous êtes, me répond-elle avec un sourire mutin qui éclaire son visage sous les chandelles.

Elle est jolie, avec ses joues dorées, ses lèvres pleines, son regard noir et brillant. Ce regard et ce sourire, je les reçois d'un coup. Et cet événement change tout. Dans cette soirée, je m'ennuyais, je cherchais un prétexte pour m'éclipser.

– Je peux ? demande-t-elle en prenant mon bras.

À peine ai-je le temps d'acquiescer qu'elle m'entraîne vers la porte-fenêtre qui donne sur la terrasse. Derrière nous s'estompe le brouhaha des invités. Nous voici sur cette terrasse déserte avec deux flambeaux dans la nuit douce.

– Je vous cherchais, dit-elle encore. Vous trouvez cela inconvenant ?

– Il m'en faudrait plus.

Elle éclate de rire. On lui a beaucoup parlé de moi. Qui est « on » ? Elle ne répond rien. Sans doute ceux qui, à

Milan, font la mode et les réputations. J'ai atteint cet âge où l'on devient un sujet de conversation. Les cinq jours, la République romaine, le feuilleton avec Garibaldi, Cavour, tout cela se sait et se raconte. Le journal *Il Risorgimento* arrive jusqu'ici sous pli fermé. Les Autrichiens le savent mais ils ont gagné, et cela leur suffit. La vie mondaine a repris comme si rien ne s'était passé.

Anna parle d'elle maintenant. Elle a mon âge ou presque, son père veut la marier, mais elle s'y refuse.

– Tous les mêmes et exhalant l'ennui, soupire-t-elle. On meurt sans avoir vécu.

Je l'écoute avec attention, moins pour ce qu'elle dit que pour le charme qui émane d'elle et m'étourdit un peu. Soudain, elle s'arrête. Sa voix retombe.

– Parlez-moi de vous.

Je lui réponds qu'il n'y a rien à dire de moi puisqu'elle sait déjà tout.

– Et le reste ?

– Le reste ne se raconte pas, même à une jeune femme délicieuse, que l'on connaît depuis un quart d'heure. Il faut du temps, des rencontres, des conversations.

– Je suis prête à cela, insiste-t-elle.

Son sourire se fait un peu inquiet, comme si elle craignait une rebuffade.

– Vous m'intriguez.

– Vous m'en voyez flatté, mais j'ai posé mes conditions.

– Et je les ai acceptées.

C'est un contrat innommé, comme disent les juristes quand ils ne savent pas comment qualifier un engagement. Étonnante, cette fille qui s'offre sans s'embarrasser de formes, et file, droit au but, avec une spontanéité et une fraîcheur émouvantes. Quand une femme se livre à des manœuvres d'approche, c'est plus roué. J'en sais quelque chose depuis que j'opère pour le compte de Cavour. J'en tire des notes d'ambiance dont il est friand. Certaines me soupçonnent d'être son espion, elles-mêmes sont mandatées par d'autres coteries qui veulent en apprendre plus. Mais Anna ne semble pas être une de ces fausses séductrices. Je l'écoute me parler de son père, qui fonde dcs ambitions sur un mariage intéressant. Son nom me revient : Casati.

– Votre père a-t-il un lien avec l'ancien *podestà* de Milan ?

– C'est lui.

– Je l'ai croisé lors des cinq jours quand il donnait des gages à la fois aux Piémontais et aux Autrichiens. Aujourd'hui il est député à Turin. Il ne vaut rien.

– Cela vous gêne ? demande-t-elle.

Je hausse les épaules.

– Nous ne sommes pas du même bord. Cela le gênerait sans doute que vous me rencontriez.

– Je m'en fiche.

Sa manière de parler me fait soudain penser à Nina. Nous déambulons au bras l'un de l'autre sur cette terrasse. Un valet poudré surgit avec un plateau. Elle attrape un verre et trempe ses lèvres en m'observant à travers les bulles qui jaillissent vers la surface.

– Vous croyez toujours au Risorgimento ?

– Bien sûr, ce n'est pas un secret.

Elle hésite un instant.

– Moi aussi, j'y crois.

Un silence, puis :

– Cela me plaît d'être avec vous.

Et soudain :

– Pourquoi vous surnomme-t-on « le fils du traître » ?

C'est un coup porté d'estoc. Je recule sous l'impact, mais elle retient mon bras. Sa voix tremble un peu. Elle ne joue pas.

– Pardonnez ma question, elle est déplacée. S'il le faut, oubliez-moi et quittons-nous.

– Je ne peux pas vous répondre. J'avais dix ans et personne n'a voulu me dire ce qui s'était passé. Mon père était là, et le lendemain il n'y était plus. On m'a éloigné, et puis on m'a raconté qu'il avait quitté ce monde. Je n'ai même pas assisté à ses obsèques. « Le traître », c'est venu bien après, quand je me suis mis à fréquenter les milieux contestataires. Même pendant les cinq jours, j'ai entendu ce reproche.

– C'est toujours une épine dans votre cœur ?

– Oui.

– Si j'apprends quelque chose, je pourrai vous le dire ?

Je ne réponds pas. Ce n'est pas un refus. Elle essuie sa joue d'un geste bref, c'était une larme. Puis elle se hausse sur la pointe des pieds et là, dans l'ombre, elle pose un baiser sur mes lèvres.

Quand je rentre, ma mère m'attend au salon malgré l'heure tardive. Elle replie son journal.

– Reste un peu, Giacomo, je voudrais te parler.

Elle me tend une enveloppe armoriée, libellée à mon intention. « Viens me voir », m'écrit la comtesse Carovska.

– Tu la connais ? demande ma mère d'une voix glacée.

– Nous nous sommes rencontrés il y a plusieurs années.

Elle me regarde sans insister. Nous nous sommes compris.

– On me l'avait dit, mais je ne l'avais pas cru.

Je hausse les épaules.

– Je ne l'ai pas revue depuis le 18 mars 1848, le premier des cinq jours. Je suis sorti de chez elle pour rejoindre les barricades.

– En tout cas, elle ne t'a pas oublié. On m'avait dit qu'elle avait quitté Milan avec Radetzky, elle est revenue et elle t'écrit.

– Cela prouve qu'elle n'est pas rancunière.

Elle dit que si elle l'avait su à l'époque, elle m'aurait déconseillé de la fréquenter.

– Elle porte malheur, ajoute-t-elle. Cette femme, c'est une veuve noire. Tous ceux qui l'ont approchée sont morts tragiquement, à commencer par son mari.

Je hoche la tête. Je n'ai d'elle aucun mauvais souvenir. Cela me ferait plaisir de la revoir. Dans notre histoire, c'est moi qui me suis mal comporté, mais je n'ai pas l'intention de l'avouer. Ma mère se lève et me saisit aux épaules.

– N'y va pas, Giacomo.

Je tourne les talons sans répondre.

Je retrouve Anna près d'une forêt qui appartient aux Cesari. Nous marchons le long d'allées parsemées de fleurs sauvages. Elle en cueille une jaune, puis une mauve qu'elle pique dans son corsage.

– Ce sont des fleurs sincères qui ne savent pas qu'elles sont belles. Elles poussent et meurent sans rien demander à personne.

Elle se lance dans un discours sur ces fleurs sincères si différentes des fleurs mannequins, soignées par les jardiniers et faites pour séduire, des fleurs menteuses. Elle prend mon bras et parle en marchant. Je l'écoute avec plaisir faire son propre portrait. Au bout de l'allée, un rendez-vous de chasse, je sors la clé de ma poche. À cet instant, elle serre mon bras plus fort. Je pousse la porte. Cela sent le vieux bois et le renfermé.

– Je ne suis pas revenu depuis l'époque où j'accompagnais mon père à la chasse.

J'allume une lampe à pétrole. La pièce s'éclaire et je reconnais la table, les chaises et les fauteuils.

– Vous chassez ? demande-t-elle.

– Non, mais j'aimais être ici.

Des souvenirs affluent. Ceux de la joyeuse bande qui accompagnait mon père, des fusils, des chiens et des femmes qui parfois n'étaient pas des épouses. Ma mère n'y mettait pas les pieds. Anna s'arrête au milieu de la pièce, les fleurs à sa boutonnière luisent sous la lampe à pétrole. Je secoue la tête pour me débarrasser de toutes ces images d'autrefois. Elle s'approche et m'embrasse.

– Cela vous peine de retrouver ce lieu ?

– C'est du passé, je suis dans de meilleures dispositions.

Elle a son sourire de l'autre soir. Un escalier mène à une chambre à l'étage. Je n'y allais jamais, elle était réservée aux adultes. On m'envoyait jouer avec les autres enfants quand il y en avait, et quand on revenait, les femmes étaient parties. Il ne restait que les bêtes alignées, encore chaudes de leur fuite, et les hommes qui nettoyaient les fusils. Mon père entourait mon épaule. Nous ne parlions pas. C'était bien.

Anna se déshabille sans un mot. Nue, elle s'approche de moi. Son sourire s'est effacé.

– Je suis une fleur sincère, dit-elle, je n'ai pas eu beaucoup d'amants.

Nous repartons à la nuit tombée. La voiture qui nous a amenés attend au bout de l'allée. Elle tient toujours mon bras, j'enlace sa taille. À l'instant de nous quitter, elle murmure :

– Je crois que je suis en train de tomber amoureuse.

Le *Del Cambio* ne change pas. Dans ce riche décor, Cavour occupe une table suffisamment en vue pour qu'on le remarque, suffisamment éloignée pour qu'on ne l'entende pas. Il m'y convie après chaque visite dans son bureau à Turin. D'abord les affaires sérieuses et mes « impressions d'ambiance » de Milan, ce que j'ai entendu ou rapporté des

« lieux sensibles » que je fréquente pour son compte. Je lui livre mes analyses et mes déductions. Il m'écoute avec attention, me pose des questions. Parfois, il évoque un thème, un sujet qu'il voudrait que je glisse dans une conversation avec les uns ou les autres. Le retour des Autrichiens, les défaites piémontaises n'ont pas mis fin aux colères des risorgimentalistes. C'est cela qui l'intéresse. La flamme est-elle toujours là ? Sur qui pourra-t-on compter le jour où… ? Il en vient à ses projets d'un royaume italien, aux alliances à nouer, aux ligues à construire. Peu à peu, il affine sa pensée.

Au cours des déjeuners qui suivent, les questions se font plus personnelles. En apparence seulement. La grande politique, les ambitions unitaires ne sont jamais loin.

– La comtesse Carovska est revenue. Elle me demande de passer la voir. Ma mère est contre, elle dit que c'est une veuve noire dont il faut se tenir éloigné.

Cavour hausse les épaules.

– Vas-y quand même, mais discrètement. Elle ne nous est pas opposée et apprend beaucoup de choses auprès de son cousin Radetzky. Les informations qu'elle donne se révèlent toujours justes. Cette Autrichienne aime les Italiens. Quant à sa réputation…

Il a ce geste habituel de la main quand il veut écarter un discours qu'il méprise, ces *pettegolezzi*, ces ragots qui serpentent en Italie.

– J'ai une nouvelle maîtresse.

Il sourit, il aime ce genre de confidences épicées qu'il livre lui-même parfois.

– Je peux savoir ?

– Bien sûr, c'est la fille de Casati, Anna.

Il fronce les sourcils.

– Il a une fille, celui-là ?

– Apparemment, puisqu'elle s'est présentée comme telle. Très libre selon ce que j'ai compris, plutôt éloignée de son père. C'est une fleur des champs.

Il m'observe, intrigué. Je lui raconte l'anecdote des fleurs sincères et des fleurs mannequins. La métaphore lui plaît beaucoup.

– Tu l'aimes ? demande-t-il à brûle-pourpoint.

– Je ne sais pas encore, mais elle est très attachante. C'est elle qui est venue vers moi.

Il garde le silence quelques instants, puis reprend :

– Au moins elle ne se cache pas. C'est un bon point, mais cela peut aussi être une technique.

Je défends Anna. Nous nous sommes revus à plusieurs reprises dans le pavillon de chasse et elle n'a jamais évoqué la politique.

– Cela viendra, grommelle-t-il. Tu es sûr qu'elle voit peu son père ?

– C'est ce qu'elle m'a dit la première fois. Nous n'en avons pas reparlé.

Cet homme, il le trouve détestable. Toujours aux côtés des puissants du moment. Pour l'instant, il est revenu vers les Piémontais, mais cela peut changer.

– Je sais que tu penses qu'il ne vaut rien.

– En effet ! C'est un homme dont il faut se tenir éloigné. Mais la fille peut être honnête.

– Elle est sincère comme les fleurs des champs, et elle aime l'amour.

Il éclate de rire et se penche vers moi en murmurant :

– Mes vœux t'accompagnent, mais fais attention quand même.

Le lendemain, je rentre à Milan. J'ai rendez-vous avec Anna au pavillon de chasse. Cela fait deux semaines que je ne l'ai pas vue.

– J'étais à Turin pour les affaires familiales. Mon *nonno* veut acheter une nouvelle banque, il m'envoie en éclaireur.

L'explication n'est pas fausse. À chacun de mes voyages j'ai un vrai prétexte. Les milieux économiques des deux villes sont très liés. Cela fait deux mois que nous nous fréquentons, Anna et moi, et je me coule avec bonheur dans cette liaison. Nous nous connaissons maintenant, d'abord les corps puis les esprits, les âmes bientôt. J'ai mis un terme à toutes mes autres histoires. Il ne me reste plus qu'elle. C'est une fille tendre, émouvante, parfois drôle. De sa vie d'avant, elle me confie peu de chose. Elle ne souhaite parler que du moment présent et de mes aventures.

– Il n'y a pas eu de femmes là-dedans ?

Elle a son sourire malicieux. Je tais ma liaison avec Nina. Secrète et douloureuse. Elle ne me pose pas davantage de questions.

– Je sais que tu as écrit dans *Il Risorgimento*.

J'élude le sujet, mais elle y revient. Elle aime Cavour, « le seul homme qui nous sortira de là », dit-elle encore. Tandis qu'elle m'en parle, je la trouve plutôt bien informée. De temps en temps je ne peux m'empêcher de rectifier certains propos et elle m'écoute avec attention. Puis elle revient au Risorgimento, et je lui demande si elle en discute avec son père.

– Surtout pas ! Il est inféodé aux Autrichiens. Le Risorgimento, les cinq jours, Garibaldi, Cavour, ce sont des sujets interdits. Je n'en parle qu'avec toi. Tu ne le vois pas au moins ?

– De loin, dans les cérémonies officielles. Nous échangeons des signes de tête.

Elle a l'air soulagée et se presse contre moi en me

murmurant que je lui ai manqué. Elle me demande si j'ai une maîtresse à Turin.

– Je n'en ai plus depuis que je te fréquente.

L'après-midi se passe comme cela. Les suivants aussi. L'actualité du Risorgimento, puis l'amour, ou l'inverse. Cavour parfois, mais elle n'insiste pas.

J'ai repris des leçons à la salle d'armes. Les jeunes aristocrates de Milan font la cour au vieux maître pour qu'il leur enseigne ses bottes secrètes. Il a la réputation d'en connaître plusieurs, certaines imparables. Il fait semblant de ne pas comprendre quand on l'interroge sur ces sujets. À deux reprises, je dois me battre en duel pour des broutilles qui ne sont que des prétextes au combat. Ce sont des affrontements au premier sang. Je me défends plutôt bien, et les deux fois, j'ai le bonheur de toucher mes adversaires, le premier, un camarade, un ami avec lequel je renoue aussitôt des liens, le second, un lieutenant autrichien que je pique à la naissance du cou. Le sang perle. Tout le monde lui porte secours, moi en tête. Son honneur est sauf, mais il refuse de me serrer la main. Puis il s'en va, pressant un linge sur sa blessure légère. Dans une semaine il n'y paraîtra plus.

Puis il y a un troisième duel. Encore un Autrichien, habitué de la salle lui aussi. Un capitaine cette fois. Il s'appelle Horch, Wilhelm Horch, un favori de Radetzky.

– Comte Cesari, vous serviez dans l'armée du Piémont, vous étiez capitaine, je crois.

– En effet.

– Vous avez perdu ?

– L'armée piémontaise a perdu, ou du moins s'est retirée, ce qui revient au même.

– Vous étiez à Custoza, puis l'année suivante à Novare. On

vous a décoré pour vos actions, mais il paraît qu'à Novare vous avez fui.

Je suis stupéfait. Cela doit se voir sur mon visage, certains amis m'entourent. Eux aussi étaient là-bas.

– Capitaine Horch, à Novare j'étais l'aide de camp de celui qui n'était alors que le prince Victor-Emmanuel. Je ne l'ai pas quitté de la journée. Nous nous sommes battus botte à botte, et quand la bataille s'est achevée sur notre défaite, quand son père a abdiqué en sa faveur, je l'ai accompagné chez le maréchal Radetzky pour négocier l'armistice.

Horch a un ricanement.

– Ce n'est pas ce qui se dit dans l'armée autrichienne. On vous a vu fuir.

– Retirez vos propos ou nous nous battrons.

– Alors battons-nous !

Ceux qui sont présents veulent tenter une réconciliation, mais c'est trop tard. Les amis de Horch se rapprochent. Ils vont lui servir de témoins. J'ai la curieuse impression qu'il s'agit d'un coup monté, mais je n'en distingue pas les motifs. À moins qu'il ne veuille venger son camarade lieutenant.

Un duel est organisé au premier sang le soir même. On me chuchote à l'oreille qu'il s'agit d'un redoutable bretteur. Le vieux maître dans la salle d'armes veut s'interposer. Certains duels prévus au premier sang se terminent par un mort. Mais Horch maintient son accusation.

Les témoins sont là, un médecin aussi. L'affrontement est bref, j'effleure sa chemise, mais pas de sang. Il faut poursuivre. À l'assaut suivant, il recule, je m'avance. C'est alors que d'un mouvement inattendu il se fend et me pique sous l'œil. Le sang jaillit, je veux continuer, mais l'arbitre se jette entre nous. Le duel est clos. Horch me salue de son arme, un mauvais sourire aux lèvres. La blessure est nettoyée par le médecin, qui me pose un bandeau. Mon vieux maître d'armes s'approche et me glisse à l'oreille :

– La parade était pourtant facile, je te l'enseignerai en même temps qu'une autre botte. Viens le soir quand il n'y a plus personne.

Je repars, le visage barré du bandeau qu'il faudra garder deux jours, mais il restera une cicatrice. Je suis humilié d'avoir perdu, même si mes amis me répètent que mon honneur est sauf puisque je me suis battu, comme en témoigne ma blessure. Je feins de les croire. J'en pleurerais.

« Cher amour,

J'apprends à l'instant la nouvelle, l'injure, puis le duel, ta blessure enfin. Évidemment je suis de ton côté. Tu as eu raison de défendre ton honneur. Évidemment tu es la victime d'une vengeance, et toute cette affaire n'est qu'un coup monté. Il importe peu que le premier sang ait été le tien. Il paraît que ta blessure sera guérie d'ici peu. Il n'en restera qu'une cicatrice qui ajoutera à ton charme. Je baise ton visage là où tu as été blessé. J'attends que tu me fasses signe pour te rejoindre dans notre nid dans la forêt. Je crois que j'ai toujours été à toi, que cela ne cessera jamais. Vive le Risorgimento, vive Cavour !

Anna »

« Cher Giacomo,

N'oublie pas de venir me voir. Tu me diras si j'ai trop vieilli. En contrepartie j'ai des choses importantes à te confier. Je ne t'en ai jamais voulu de m'avoir quittée pour ta révolution.

Comtesse Krista Carovska »

La Carovska m'embrasse sur les deux joues. L'espace d'un instant, je respire son parfum et retrouve ces effluves qui embaumaient ses draps. A-t-elle vieilli ? Je ne le crois pas. Elle est entrée dans cet âge des grandes séductrices où la beauté se fige avant que ses traits ne se brouillent. Elle cherche sous mon œil la cicatrice.

– C'est bien ce que je pensais, ce n'est rien.

Elle tire d'un secrétaire une mince liasse de feuillets, les dépose sur la table.

– Lis.

« *Rapport numéro 9*

Le comte Cesari a été long à aborder les sujets de Cavour et du Risorgimento. Si je n'avais pas pris l'initiative, il n'en aurait pas dit un mot. Mais je progresse peu à peu… L'idée de Cavour serait de créer une ligue entre le royaume de Naples, le Piémont et les États du pape, dont le but serait évidemment de chasser les Autrichiens de la péninsule… Le pape prendrait la tête de cette ligue.

L'ambition du Risorgimento n'a jamais quitté l'esprit du comte Cavour et de son roi. Le problème est celui de l'intervention de la France, donc de Napoléon III, mais l'empereur, quoique italophile, hésite. Cavour envisage plusieurs initiatives pour pousser les feux. Quelles sont-elles ? Je finirai bien par le savoir. »

Je retrouve dans ma poche la lettre d'Anna et je la compare au rapport. Il n'y a pas de doute, les écritures sont identiques. Krista voit les deux documents.

– Il y a quelques années, j'ai sauvé la mise à l'ordonnance de mon cousin le gouverneur. De temps en temps, il me rembourse par des informations ou des documents. Ce rapport, qu'il était chargé de brûler avec les précédents, fait partie de ce remboursement. Il a repéré ton nom.

Elle se rapproche de moi. Encore son parfum.

– Toi aussi, tu as une dette à mon égard, une nuit avortée.

Je lui souris.

– Tu me demandes de payer comptant ?

Elle se serre contre moi.

Le lendemain, j'ai ravalé mon humiliation. La seconde en peu de temps si l'on compte le duel. J'ai péché par orgueil, par forfanterie de jeune mâle. Je me suis pris pour le meilleur escrimeur de la ville et pour le plus brillant des amants. De ceux qui n'ont pas besoin de séduire, car il leur suffit d'exister pour être approchés des femmes. Double erreur. Je ne les referai pas.

Mon vieux maître d'armes m'accueille en me montrant les traces et les cicatrices de ses duels perdus avant que son maître de l'époque ne fasse de lui l'une des meilleures lames de l'Italie. Pendant plusieurs jours, je passe mes soirées avec lui.

– Tu apprends vite, mais il te faudra du temps, beaucoup de sueur et d'entraînement pour acquérir ce que je vais t'enseigner, ces gestes réflexes qu'il te faudra conserver en mémoire, pour qu'ils te reviennent le moment venu et que tu les exécutes avec une mécanique parfaite.

Quand je retourne au pavillon dans la forêt, c'est avec appréhension. Je m'aperçois que j'aime Anna. La désillusion est d'autant plus douloureuse. Peut-être aurait-il mieux valu qu'elle me quitte pour un autre. Sa trahison me blesse profondément. Aucune sincérité ne peut être mise à son crédit.

J'ai le souvenir de notre rencontre sur la terrasse. Déjà, ce n'était que calcul. Cela signifie que tout ce qu'elle m'a donné, avoué, tout cet amour procédait d'une démarche ourdie. Il ne s'agissait que de m'espionner, de me faire parler pour tout rapporter aux Autrichiens. Cavour avait pressenti l'entourloupe. Il m'en avait averti sans trop insister, mais je ne l'avais pas écouté, trop fier, trop content de moi. Quel imbécile j'étais !

Elle arrive à l'heure et se jette à mon cou, caresse ma cicatrice sur la joue, défait l'une des fleurs sincères sur son corsage pour me l'offrir. Elle babille, m'annonce qu'elle a des projets pour nous deux en se déshabillant. Je garde le silence. Ses seins apparaissent, de si beaux seins.

– Qu'est-ce que tu as, Giacomo, tu ne dis rien ?

J'extrais de ma redingote sa lettre d'amour ainsi que le rapport numéro 9 et les pose sur la table. Le sourire disparaît aussitôt. Elle reste devant moi, silencieuse, à demi nue. Je ne dis toujours rien. Elle s'approche, avance sa main vers moi. Je recule et lui tends sa fleur.

– Rhabille-toi, Anna, c'est fini.

La fleur tombe au sol entre nous. Personne ne se penche pour la ramasser. Elle reboutonne son corsage.

– Je t'aime, Giacomo. Quoi qu'il se soit passé, sache que je t'aime.

– Va-t'en !

Elle se dirige vers la porte, puis se retourne pour parler, mais je la pousse dehors et referme la porte sur elle. Je la vois s'éloigner par la fenêtre, un peu courbée. Elle se retourne une dernière fois, puis disparaît.

Quand je dépose sur le bureau de Cavour le rapport numéro 9 d'Anna Casati, il ôte ses lunettes et lit chaque feuillet avec attention, puis remet ses verres et me dévisage.

– Tu as renvoyé cette fille, je suppose.

– Évidemment.

Il marche de long en large.

– J'avais un doute quand tu m'as raconté votre rencontre, mais aucune certitude.

– C'est ma faute, j'aurais dû m'éloigner plus tôt.

Il secoue la tête.

– Ce n'est pas sûr. On aurait pu l'intoxiquer avec de fausses informations. C'est la comtesse Carovska qui l'a démasquée, m'as-tu dit ?

– Oui.

Il a un rire.

– Elle t'aime toujours, celle-là. C'est un beau cadeau, ce rapport.

Je ne réponds pas. Il désigne ma cicatrice sur la joue.

– Un duel ?

– Oui, avec le capitaine Horch, il m'a touché le premier.

– Il aurait pu te tuer. Horch…

Cavour cherche dans sa prodigieuse mémoire.

– Un proche de Radetzky, si je me souviens bien. Y a-t-il un lien avec Anna Casati ?

Je le regarde, surpris.

– Je n'en sais rien.

– Cette affaire tombe à pic. Milan est devenue dangereuse pour toi. Je vais te donner l'occasion de t'éloigner.

– Où cela ?

– À Paris.

Il agite sa sonnette avec un sourire malicieux.

– Demandez à la comtesse de venir.

La porte s'ouvre, une femme entre, frémissante, fascinante, magnifique.

– Cher Giacomo, je te présente ma cousine Virginie Verasis, comtesse de Castiglione, l'arme secrète du Risorgimento.

Auprès de Virginie, je devrai me comporter comme un confident, un mentor, un conseiller, un espion. C'est la recommandation de Cavour.

– Son amant aussi ?

– Surtout pas, ce serait mélanger les rôles.

– Et quelle sera sa mission ?

– Séduire Napoléon III, lui rappeler son devoir d'intervenir en Italie. L'empereur a deux passions : l'Autriche, qui est le mariage de raison, l'Italie, la passion dangereuse.

Un mois plus tard, je découvre Paris, son tourbillon de fêtes plus somptueuses, plus insolentes les unes que les autres. Amours et fortunes se mêlent à la politique. Les richesses sont aussi vastes que les dettes. Virginie fréquente la princesse Mathilde. La cousine du monarque est une mondaine acharnée, ainsi qu'une italophile convaincue, qui ne cesse de répéter qu'elle veut créer une brèche dans le cœur de Napoléon III pour pousser l'unité italienne. C'est elle qui introduit Virginie dans le « monde utile » pour la rencontre. Je l'accompagne en qualité d'attaché d'ambassade. Le mari suit parfois. Fou amoureux de sa femme, il lui sacrifie sa fortune. Il lui a procuré son titre de comtesse sans rien comprendre à son séjour à Paris.

À la soirée du prince Jérôme au Palais-Royal, Virginie arrive en retard, trop occupée à choisir sa tenue et sa coiffure. Je me tiens à distance dans l'ombre. L'empereur, amusé, lui dit en italien :

– Vous arrivez trop tard, madame.

– Sire, c'est vous qui partez trop tôt, lui répond-elle du tac au tac.

La semaine suivante, le comte Bacciochi, grand chambellan, lui adresse une invitation au bal des Tuileries. Cette fois, pas question de retard. À l'annonce par le chambellan de l'arrivée de la Castiglione, il se produit un mouvement de foule. Elle a passé l'après-midi à choisir sa tenue et sa coiffure. Son vêtement de soirée est bleu argent en gaze chinoise, la jupe est composée de deux tuniques, chacune agrémentée de trois bandes au point d'Angleterre. Elle porte une parure d'opales et de turquoises. Derrière elle, son mari la suit au petit trot, mais elle l'a déjà oublié.

Des milliers de chandelles se reflètent dans les miroirs jusqu'à la salle des Maréchaux, où sont reçus les invités de prestige. Quand elle passe, les danseurs s'arrêtent. Tous les regards sont braqués sur elle. La princesse Metternich murmure assez fort pour être entendue : « C'est Vénus descendant de l'Olympe. » Devant Napoléon III, elle exécute une révérence parfaite. Heureusement, l'impératrice, enceinte de huit mois, est déjà repartie. L'empereur s'avance vers elle en se frisant la moustache. Cette fois, ils ont une vraie conversation. Lui est radieux, elle, euphorique. J'échange un regard avec notre ambassadeur. Enfin, cela commence.

Les invitations se multiplient. Au bal des Tuileries, Napoléon III lui offre des oranges. Les deux devisent au bal masqué du banquier Le Hon. Les diplomates écrivent que tout Paris s'agite à propos d'une escapade de l'empereur à ce bal. Je répercute à Virginie les instructions de Cavour :

– Ne brûlez pas les étapes. Il doit vous attendre, mais pas trop. La politique, c'est le stade suivant.

Elle sourit. Sa popularité s'affirme de jour en jour. Les journaux la surnomment « la Lionne ». Alors qu'elle n'est à Paris que depuis deux mois, je repère déjà ses ennemis. Cavour et moi surveillons la situation. Il ne faut pas perdre de temps. L'empereur l'a élue, si elle le fait trop languir, il risque de chercher ailleurs.

Le congrès qui fait suite à la guerre de Crimée et qui se

tient à Paris est suspendu dans l'attente de l'accouchement de l'impératrice. Après, les festivités explosent. Cavour pousse ses pions au congrès, la fortune du mari de Virginie n'existe plus que sur le papier, le pauvre homme a hypothéqué tous ses biens pour assurer le train de vie de sa femme ; il ne soupçonne en rien sa mission. Virginie n'a qu'un seul but : devenir enfin la maîtresse de l'empereur. Maintenant nous nous tutoyons. Elle se livre même à des confidences crues.

Ainsi évoque-t-elle cette visite que Victor-Emmanuel lui a rendue avant son départ de Turin. Je l'avais accompagné pour assurer sa protection. Il m'avait laissé dans la serre, tandis qu'il la rejoignait. Quand il est reparti, Virginie a dans son dos levé sa main droite, doigts écartés, code qui signifiait : « Il m'a baisée cinq fois ! »

Elle me raconte que cela lui a tellement plu qu'il est revenu deux jours plus tard.

– Cette fois, poursuit-elle, j'avais pris mes précautions. Les rois sont toujours pressés, et il ne faut pas les faire attendre. J'étais donc nue sous ma robe.

– Et pour Napoléon, comment feras-tu ?

Elle hausse les épaules.

– Un empereur est encore plus pressé qu'un roi.

C'est alors qu'elle reçoit une invitation pour une fête champêtre à Saint-Cloud. Le mari, Francesco, a été oublié.

Parfois, Virginie perd courage et se désole, répète qu'elle n'y arrivera jamais. Il me faut alors la soutenir, l'aider à retrouver confiance en elle. Il s'ensuit des discussions où je la rassure sur sa beauté et son pouvoir de séduction. Au fur et à mesure elle se rassérène.

Bien sûr, je l'accompagne à Saint-Cloud, plus précisément au petit château de Villeneuve-l'Étang, construit dans l'épaisse végétation du parc, à proximité d'un limpide lac artificiel. Cette fête est présentée comme intime, sans atours ni étiquette. Il est conseillé aux invités de porter un chapeau et un col montant, car on a prévu une promenade dans le parc et sur le lac.

Napoléon III est d'une humeur magnifique. La cigarette au bout des doigts, il passe d'un groupe à l'autre et a, pour chacun, un mot aimable. Virginie a une allure de sultane avec son chapeau orné d'une plume blanche de marabout. Sa robe moulante en mousseline voile à peine ses seins. Aussitôt, les dames de la cour s'extasient, certaines la comparent encore à une déesse descendue de l'Olympe, quant aux hommes, ils ne cachent pas leur intérêt. La vertu n'est pas une qualité de la cour.

L'empereur n'a jamais réussi à masquer son admiration pour les belles femmes. Le programme prévoit musique du Conservatoire, dîner et tour en barque. Assise dans le pré, Virginie a droit à un baisemain appuyé.

Comme d'habitude, je me tiens dans l'ombre. Quelques dames de la cour m'ont remarqué, et certaines ont deviné mon rôle dans cette affaire. Mais elles s'en moquent et minaudent avec acharnement. Il règne une ambiance trouble et sensuelle. Il en faudrait peu pour reculer avec l'une ou l'autre dans les bosquets. Mais à l'instant où la fête bat son comble, l'empereur conduit Virginie vers sa barque personnelle. Il la précède le long du petit chemin qui mène à l'embarcadère puis, en la tenant par la main, l'aide à s'installer avant d'empoigner les rames. La petite embarcation s'éloigne vers l'île au centre du lac. L'impératrice est livide, l'absence impériale dure près d'une heure, ce qui est bien long pour une simple exploration. La barque revient enfin, la mousseline est froissée. Imperturbable, Napoléon veut faire danser Eugénie, mais elle s'évanouit. Aussitôt, tous les regards se braquent sur la Castiglione. Les chuchotements font presque un brouhaha. Le couple impérial s'éloigne, on entend des propos orageux en espagnol. C'est précisément à Villeneuve-l'Étang que Napoléon III a passé sa lune de miel avec Eugénie de Montijo. Sa voix impériale affirme que tout cela est politique ! Il est clair qu'Eugénie n'en croit pas un mot. C'est bientôt l'aube. La nouvelle court déjà dans Paris.

Dans la calèche qui nous ramène, je demande à Virginie si la soirée s'est bien passée.

– Pour moi, oui, je crois.

– Et pour lui ?

Silence.

– Presque aussi bien, finit-elle par répondre.

Nous formons tous deux un drôle de couple, peut-être étrange. Sans que je sois son amant, Virginie réclame ma présence avec insistance. Je m'aperçois que je lui suis devenu nécessaire, et même, je crois, indispensable. Il lui faut un exutoire, quelqu'un qui l'écoute, la rassure. Son mari ne peut jouer ce rôle. Il m'est donc dévolu. Il m'arrive aussi de lui suggérer des formules qu'elle glissera au bon moment. Elle les note pour les apprendre par cœur. Elle doit flatter, encourager Napoléon mais pas trop. Cet homme est un habitué des relations troubles. Virginie doit donc faire preuve d'une sincérité fragile pour lui laisser croire qu'il est le maître du jeu. Sinon tout s'écroulera.

– Et le reste ? demande-t-elle.

– C'est ta beauté, ton charme, le désir que tu lui inspires. N'oublie pas que tu es belle.

– C'est un rôle de composition ?

– Oui.

– Et toi, qui es-tu ?

– Le metteur en scène de la pièce, et s'il le faut le souffleur.

– L'auteur de la pièce aussi ?

Je lui souris sans répondre. Plus tard, j'ajouterai que les meilleures pièces de théâtre doivent être servies par de grands acteurs. Virginie est flattée.

– Quand tout cela sera terminé, je pourrais peut-être essayer de jouer au théâtre.

– Peut-être…

La fête suivante a lieu à Compiègne. L'empereur a imaginé des séries qui rangent par catégories les personnes talentueuses. Il y a la série élégante, la diplomatique, la militaire, l'artistique… Ce qui n'exclut pas les mélanges, car certains invités restent plusieurs semaines. L'invitation coûte cher en manteaux, bijoux, fourrures. Ne pas être convié est une offense ou un bannissement.

C'est ainsi qu'au mois de novembre, Virginie se retrouve dans la série élégante. Eugénie a paraît-il demandé à son mari de choisir entre « cette pute » et elle. Il n'a pas encore décidé. On croit savoir que les hôtes les plus en vue sont le roi Jérôme, le prince Napoléon, le duc héréditaire de Toscane, le nonce apostolique, les grands ambassadeurs, le baron de Rothschild, Alfred de Vigny, le jeune Verdi, enfin la princesse Mathilde, la comtesse Walewska… et la comtesse de Castiglione. Une fois de plus, le pauvre mari qui paie les frais du séjour a été oublié.

Quand tombe la nuit, à la gare de Compiègne, les invités sont attendus dans des voitures. Les équipages traversent la ville au trot et font halte devant le grand escalier du château. Des nuées de domestiques s'emparent des bagages. L'impératrice Eugénie salue les dames, et l'empereur les hommes. L'ambassadeur que j'accompagne veut me présenter :

– Je vous ai déjà rencontré, comte Cesari, me dit Napoléon III. Aux Tuileries et…

– À Villeneuve-l'Étang, sire.

– Ah, c'est cela !

Il a un drôle de sourire, puis passe au suivant.

Le premier soir, je sers de cavalier à Virginie. Quand l'empereur s'approche, je m'éloigne discrètement tandis qu'il lui parle. Après le dîner, ce sont les jeux, puis le bal.

Le lendemain après-midi, Virginie glisse au cours d'une promenade. Elle est à cet instant tellement détestée des autres invités que personne ne l'aide à se relever. On la ramène dans sa chambre, mais seul l'empereur prend de ses nouvelles. On a installé les invités dans des appartements selon leur rang. Il y a pas moins de 1 380 chambres !

Je continue de surveiller Virginie à distance. Lors d'un spectacle équestre, je la surprends dans les bras de l'empereur. Elle murmure : « Oh, sire… » et il lui glisse quelques mots à l'oreille. Je la revois une demi-heure plus tard dans l'embrasure d'une fenêtre.

– Que t'a-t-il dit ?

– À ce soir.

Elle ajoute :

– Il m'a fait changer de chambre pour une autre, la chambre bleue, plus élégante, et qui selon lui me correspond mieux.

La soirée s'avance. Je lui offre mon bras pour la raccompagner à sa chambre. Dans un angle, une porte basse et étroite.

– C'est par là qu'il viendra, me chuchote-t-elle.

Ce qu'il fait un peu avant minuit, vêtu d'une ample chemise et d'un pantalon à la zouave. Il lui a offert un mouchoir orné d'une abeille dorée qu'elle me confie. « Il est resté une demi-heure, je fermais les yeux tandis que s'accomplissait mon destin », me racontera-t-elle.

Je repars le lendemain, il me reste à rendre compte à Cavour. Je lui adresse, par la voie diplomatique, une lettre où je ne lui épargne aucun détail, y compris la chambre bleue, la porte basse, la culotte de zouave et le mouchoir que je lui joins. Ma mission s'achève. À partir de maintenant, Virginie, impératrice furtive, n'a plus besoin d'écuyer. Il lui reste à exécuter le principal de sa mission et, chaque semaine, à remettre à l'ambassadeur un compte rendu de son action. Son mari est rentré à Turin quasiment ruiné. Il paraît que sa femme s'en est à peine aperçue.

J'apprends par la presse italienne qu'Anna Casati a épousé le capitaine Wilhelm Horch à Milan. À cette occasion, une grande fête a été donnée au château des Sforza. Tout le gratin de la ville, Autrichiens et Milanais, était présent.

13.

Est-ce l'action de Virginie de Castiglione sur Napoléon III ? Les liens de complicité entre l'empereur et Victor-Emmanuel tissés lors des visites du roi à Paris, l'empereur payant au roi les services d'une jeune danseuse repérée à l'Opéra ? Est-ce le plaidoyer de Cavour ou l'attentat d'Orsini qui a décidé de l'intervention française ? Toutes ces questions, je me les pose en les transmettant à Cavour.

En effet, quand le couple impérial se rend à une soirée de gala dans une voiture précédée d'un peloton de lanciers, une explosion retentit, puis une deuxième, et une troisième. Cris, gémissements, corps mutilés, cadavres projetés contre les murs. Au total douze morts et cent cinquante-six blessés. La robe de l'impératrice Eugénie est maculée de sang, mais le couple est indemne. Il feint de croire à une explosion de gaz. Mais la rumeur d'un attentat terroriste se répand. On arrête trois Italiens dirigés par un certain Felice Orsini, fils d'un carbonaro et membre d'une des sociétés secrètes de Mazzini, Giovine Italia. Il reconnaît son rôle, mieux, il le revendique. Le préfet Pietri, lui-même italophile, lui rend visite dans sa prison et le convainc que l'empereur n'a jamais oublié son passé de défenseur de la liberté italienne, au point que, de sa cellule, Orsini écrit à Napoléon III une lettre magnifique. Son avocat la lit à l'audience.

« Que Votre Majesté ne repousse pas la voix suprême d'un patriote sur les marches de l'échafaud, qu'elle délivre ma patrie et les bénédictions de vingt-cinq millions de citoyens la suivront dans la postérité. »

Napoléon III voudrait le gracier, mais le Conseil des ministres s'y oppose. Il y a eu trop de victimes. Dans ses derniers instants, avant d'être poussé sous la guillotine, Orsini s'écrie d'une voix forte et vibrante : « Vive l'Italie ! » L'exécution bouleverse Napoléon III.

Au cours d'une réception officielle, il lâche au comte Hübner, ambassadeur d'Autriche : « Je regrette que nos rapports ne soient aussi bons que je désirerais qu'ils fussent même si vous pouvez écrire à l'empereur François-Joseph que mes sentiments envers sa personne sont toujours les mêmes. » Cette formule, qui fait aussitôt le tour des chancelleries, s'accompagne d'une entrevue secrète entre Napoléon III et Cavour au mois de juillet à Plombières.

À sa demande, j'accompagne Cavour à la station thermale des Vosges où l'empereur prend les eaux chaque été. Le premier ministre a voyagé incognito. Nous sommes passés par la Suisse. Problème, la station est bondée de curistes. Il faut donc recourir à nos contacts pour être enfin logés, chez un pharmacien. Cavour en rit beaucoup. La rencontre a lieu dans les bois, à l'intérieur d'une calèche que l'empereur conduit lui-même. Elle dure quatre heures. La Lombardie et la Vénétie seraient arrachées à l'Autriche pour être réunies au Piémont. Les États de l'Église, ramenés au Latium, et le royaume de Naples restitué aux descendants de Murat. Napoléon veut Nice et la Savoie. Cavour sursaute.

– Et le principe des nationalités ?

– On verra ça plus tard. C'est secondaire, réplique l'empereur.

Cavour ne dit rien de son intention d'unifier l'Italie entière avant de la soumettre au Piémont. Face aux deux hommes, je note les prétentions et la teneur des accords intervenus. À la fin, l'empereur pose sa main sur le bras de Cavour.

– Je souhaiterais que mon cousin, le prince Napoléon, épouse la princesse Clotilde.

C'est la fille de Victor-Emmanuel. Elle a quinze ans. Le cousin en a trente-cinq, c'est un viveur invétéré. On le surnomme Plon-Plon mais Napoléon III affirme qu'il a très bon cœur, de l'esprit et plus de jugement qu'on le croit. Clotilde croit fortement en Dieu et en son père. Sur le chemin du retour, Cavour, qui a compris que Napoléon III veut se lier à une famille royale (comme l'avait fait son oncle), me confie qu'au vu de l'enjeu, il conseillera au roi d'accepter ce mariage dans l'intérêt de l'État, de l'avenir de sa fille et même de l'Italie entière !

De retour à Turin, je reprends ma vie ordinaire dans l'attente de la déflagration. Elle a lieu neuf mois plus tard.

14.

JOURNAL DE MARIE-SOPHIE

Sissi m'écrit longuement. Elle me raconte ses démêlés avec sa belle-mère, la rigide archiduchesse Sophie, l'installation d'une salle de gymnastique et comment elle fait arrêter son carrosse pour recueillir un chien sauvage ou sauver un moineau, quand elle ne parcourt pas les forêts autour de Vienne en folles galopades. Mais la saison des mariages est de retour. Ludovica se démène à mon sujet. Pas question d'épouser le cousin Louis. Il a quatorze ans, mais on sait déjà que les mariages consanguins dont il est issu vont produire un fou. Ludovica regarde vers le sud, vers le royaume de Naples et vers François, le prince héritier. Il a l'air très bien, ce prince, et il sera roi un jour. Elle en organise aussitôt la publicité auprès de moi. Gentil, intelligent et beau, il sera un excellent mari et un grand roi.

Mais je corresponds beaucoup avec mon père qui se divertit à Monte-Carlo. Je lui parle de ce François que ma mère me destine, et il me répond par télégramme : « Marie-Sophie, je te le déconseille, c'est un imbécile. »

Ludovica dément. « Ton père n'y connaît rien en mariages, François est parfait, je te dis. » Et de poursuivre avec le même acharnement, le même enthousiasme, les tractations avec la cour de Naples. Mais il se dit que le prépuce du prince héritier pose problème. Les médecins napolitains se mettent à parler en latin. L'affection est un simple phimosis qui ne correspond qu'à une *impotentia coeundi* et non à une *impotentia generandi*, car ce phimosis restreint l'ouverture antérieure du prépuce princier. Cela se soigne, il suffira d'une simple circoncision.

– Mon Dieu, s'écrie ma mère, comme font les Juifs !

– Comme a fait Notre-Seigneur Jésus, répondent les diplomates.

Elle se tait. D'ailleurs, bien que j'aie plus de dix-sept ans, je ne suis pas encore formée. Les médecins napolitains s'en inquiètent aussitôt, mais ma mère les rassure :

– Ce n'est qu'un retard de développement. La petite duchesse suit un traitement intensif à base de bains chauds et de saignées.

Un phimosis contre un retard de règles, le soulagement est général.

– Ils mûriront ensemble, conclut-on.

On évoque la religiosité du prince, très appréciée de Pie IX. Suit la question de la dot. Le bon duc en a déjà dilapidé une bonne part. Il ne reste pour la future reine de Naples que vingt-cinq mille misérables ducats. Mais le roi de Naples offre à son tour une contre-dot adéquate : quarante mille ducats. Cette fois, l'affaire est conclue.

La cérémonie des fiançailles, comme celle du mariage, se déroule selon le rite médiéval. La première à Munich où le prince Luitpold, qui représente François, arrive en carrosse tiré par trois paires de chevaux blancs. Les courriers du roi le précèdent. Les cuirassiers napolitains à cheval entonnent l'hymne composé par Paisiello. Un valet porte un coussin sur lequel est posée une ravissante miniature de François. La famille royale de Bavière accueille le tout avec chaleur. La requête est lue à haute voix, l'acceptation, proclamée. Je baise la main de mes parents, qui donnent leur consentement, puis du roi de Bavière, qui donne le sien. Je contemple le médaillon arrangé du fiancé et m'écrie un peu étourdiment : « Comme il est beau ! »

Les noces, toujours par procuration, ont lieu un mois plus tard. Je reçois la visite des dames de la cour de Naples qui m'enseignent le protocole. Parmi elles, une certaine Nina Rizzo. Elle porte une veste de brocart et une couronne de brillants. Cette fois encore, mon père n'a pas été invité.

En quittant Munich, je passe par Vienne pour voir Sissi. J'apprends alors de mauvaises nouvelles quant à la santé du père de François, le roi Ferdinand II, qui sera cependant à Bari pour m'accueillir. Après quinze jours de fêtes, Sissi m'accompagne jusqu'à Trieste où je dois embarquer sur un vapeur napolitain. Enfin, je suis remise aux Napolitains au cours d'une étrange cérémonie au palais du gouverneur. La pièce est divisée en deux par une ligne tracée au sol. Les dignitaires de l'une et de l'autre cour font leur entrée. Une heure encore de cérémonial sur un ton affecté, je passe côté napolitain et deviens Maria-Sofia. Le navire lève l'ancre. Je n'emporte de Possi que mon canari Hansi, les autres animaux sont restés en Bavière.

15.

JOURNAL DE MARIE-SOPHIE

À Bari, le roi Ferdinand II agonise. À ses côtés, le *principino* François multiplie les prières à sa mère morte en couches, que l'on surnomme déjà à Naples « la Sainte », et des récitations du rosaire. Les médecins, qui prescrivent alternativement saignées et administration de camomille, se jettent des regards haineux tout en dénigrant les diagnostics des précédents.

Durant tout le voyage, en tant que future reine de Naples je ne cesse de demander à mon entourage si mon promis, à l'inverse de son médaillon, est aussi laid qu'on le prétend. On me répond que c'est le meilleur des garçons et qu'il a un cœur d'or. À partir de là, je braque mes jumelles sur la foule qui grouille sur l'embarcadère pour tenter de l'identifier. Quand le prince héritier monte à bord, je le découvre. Il n'est pas vilain, il est insignifiant. Nous nous saluons en français, la seule langue que nous avons en commun. Après quoi, il dépose un baiser sur mon front.

On nous marie dans le salon de l'Intendance à grand

renfort de surplis et de chants liturgiques, pendant qu'un nouveau collège de médecins ouvre l'abcès royal à l'aine. Les cris de douleur de Ferdinand II se mêlent aux voix sirupeuses des chœurs.

La nuit de noces se déroule dans un silence d'autant plus sépulcral que nous ne nous employons qu'à dormir. Il est de notoriété publique que mon mari, le prince de vingt-trois ans, nourri du souvenir de sa mère, n'a jamais connu de femme, et moi-même, à dix-huit ans, n'en sais pas beaucoup plus. Depuis mon arrivée, la tête me tourne. Après les lacs, les forêts, les galopades de chevaux et les éclats de rire, je bascule dans la cour la plus surannée, la plus confite en dévotion, la plus obscurantiste d'Europe, avec son roi qui se meurt et son imbécile de fils que je viens d'épouser.

Le lendemain, destination Naples. Le roi, qui va mieux, réclame une *caponata*. Après quoi, un nouveau médecin lui applique un emplâtre rafraîchissant de farine et de lin. Durant le trajet, mes cheveux noirs défaits, appuyée au bastingage, on me dit que je ressemble à une sirène homérique contemplant le décor marin. François, qui a revêtu un uniforme, m'exprime une tendresse enfantine, effleure de ses lèvres mes cheveux. Mais, absorbée par le spectacle du Vésuve, je ne m'en aperçois pas. Alors, il m'offre un bonbon. J'allume une cigarette, ce dont s'offusque la reine, seconde épouse du roi, sa *matrigna*.

– Tu as pris cette habitude chez les marins ? me demande-t-elle en allemand.

– Non, avec mon père.

Les hostilités commencent. À Caserte, le roi met six semaines à mourir. La reine, sa seconde femme, se comporte comme un monument de douleur, et le prince héritier, comme un fantôme. J'erre avec François entre médecins, ministres, dignitaires, prêtres et domestiques. De temps en temps, on ouvre l'abcès d'où jaillit un flot de pus. Le roi y gagne quelques heures de répit, puis les médecins recommencent à se disputer. Entre le prince et moi, il ne se passe toujours rien. Quand le roi mourant revient à la lucidité et au devenir des affaires, il s'inquiète du rapprochement entre Napoléon III et Victor-Emmanuel. Ses parents du Piémont ne lui inspirent aucune confiance. Avec son habitude de la politique, il pressent une *combinazione*, quelque chose dont son royaume un jour pâtira. Il surnomme Cavour *il conte occhialuto*[1], et son beau-frère Victor-Emmanuel *il mostaccione*[2]. Il se méfie d'eux. Mais mon défilé à l'occasion du jubilé l'enchante. On lui rapporte que le peuple m'acclame et appelle la bénédiction de Dieu sur ma beauté.

Puis tout recommence, les douleurs et les crachements. L'infection s'étend aux poumons. Ferdinand réclame le saint viatique et c'est une procession à la napolitaine, c'est-à-dire commencée à la chapelle avec chanoines, dignitaires, ministres et la famille royale au complet. Quelques lueurs de politique encore. L'Autriche d'un côté, la France et le Piémont de l'autre affûtent leurs armes. Le roi, hanté de visions cauchemardesques, affirme que Cavour se lèche les babines. Et mon mari, le prince François, tout en pleurant à chaudes larmes, prie sa mère, la Sainte, celle dont on dit que le cercueil, ouvert pour sa consécration au rang de vénérable, exhalait de suaves parfums. Le pouls du roi s'affaiblit. Celui qui a fait bombarder Messine révoltée, au point qu'on l'appelle *il re Bomba*, qui tient dans ses prisons de Naples tous ceux qui mettent en doute sa primauté, le veuf de la Sainte, demande que personne ne pleure. Il affirme qu'il priera dans l'au-delà pour le royaume, pour ses sujets, pour

1. Le comte à besicles.
2. Le moustachu.

ses amis, pour ses ennemis, pour les pécheurs dont il fait partie. Il a des visions hallucinées, celles d'une immense bataille dont le résultat aboutira à la fin de son royaume. Il expire enfin, le 24 mai 1859, laissant derrière lui François, que l'on surnomme déjà avec une affection un peu méprisante Franceschiello, moi-même, l'épouse toujours vierge, ainsi que tous les comploteurs de Naples. Un mois plus tard, c'est Solférino.

16.

Entre les cinq jours de Milan et la bataille de Solférino, il existe un lien : la pluie. Elle retarde l'affrontement, toute cette eau qui inonde les armées au point de brouiller la vue des hommes et de rendre les échanges de coups de feu hasardeux. Les premiers morts de cette bataille, ce ne sont pas les morts pour la liberté ou l'honneur autrichien, mais les morts par la pluie.

À proximité de la petite cité, il existe une tour construite sur une colline. On la surnomme la *spia d'Italia*, l'espionne de l'Italie, car on dit que depuis le sommet l'œil de l'empereur surveille l'Italie. D'ailleurs, François-Joseph, en haut de cette tour, découvrant ses troupes rangées, s'écrie : « Je les tiens ! »

En ma qualité d'officier piémontais délégué auprès des Français, je contemple cet édifice depuis mon cheval. On m'ordonne de le prendre.

Je pourrais répliquer que cette conquête n'a aucun intérêt stratégique ni pour les Autrichiens ni pour les alliés, que des deux côtés cela ne fera que des morts inutiles, mais ce n'est pas le moment de lancer un débat. L'ordre est réitéré dans les instants qui suivent. Il m'est adressé personnellement, il est formel, exécutoire.

– Capitaine Cesari, prenez cette tour !

Malgré des assauts furieux, la *spia d'Italia* résiste à outrance. Les Autrichiens, les Magyars ont entendu leur empereur : « Gardez la tour et la bataille est à nous ! » Les maréchaux français affirment qu'elle doit tomber et que la victoire s'ensuivra. C'est évidemment faux. Le sort d'une bataille qui s'étend sur un front de vingt kilomètres entre San Martino et Solférino ne dépend pas de la prise d'une tour. Je le sais parfaitement, mais je connais la valeur des symboles. À Melegnano, le roi Victor-Emmanuel ne m'a-t-il pas dit : « Va montrer à nos alliés français ce que tu sais faire avec tes hommes » après la prise du cimetière ? Et je me suis mis aux ordres de Canrobert, qui m'a souhaité la bienvenue avant de m'ordonner le matin de prendre la tour.

Un assaut, puis deux, puis trois. Les morts franco-italiens et austro-hongrois s'entassent au pied de la *spia d'Italia*. Les Franco-Italiens enfoncent le centre ennemi. François-Joseph ordonne une manœuvre d'enveloppement par la gauche. Le général Niel résiste. On attend Canrobert, qui tarde à amener les renforts. Au pied de la tour, on s'affronte à la baïonnette. Les alliés gravissent la colline, puis sont repoussés. Alors ils recommencent à grimper. La mêlée est furieuse. À pied, le sabre trempé de sang, je hurle : « *Avanti !* » et tous me suivent, les Italiens de mon unité et les zouaves, les voltigeurs, les chasseurs de Napoléon III. Au moment où je vais crier : « *La torre è nostra* », je tombe, une pointe autrichienne enfoncée en pleine poitrine. On m'emporte vers la tente hôpital. Sur la table, la tache de sang se répand sur mon uniforme. Le major découvre la blessure, puis mes cicatrices.

– Vous avez déjà été blessé, capitaine, vous avez l'habitude.

– Oui, à Milan, il y a onze ans, en 1848... À Rome aussi.

Je murmure : « Nina » avant de m'évanouir.

On me réveille. Une infirmière change mon pansement. Le médecin a l'air satisfait de l'état de ma blessure. On me donne de l'eau. Puis des bruits, des voix, des froufrous d'uniformes. L'infirmière me glisse :

– L'empereur est là, capitaine.

Cet homme en tenue de guerre se penche sur moi, l'œil vif, la moustache frissonnante.

– Vous m'entendez, capitaine ? demande-t-il en italien.

– Je vous entends, sire.

– La tour a été prise grâce à vous.

– Quand je suis tombé, les Autrichiens résistaient toujours.

– Capitaine Cesari, poursuit-il en français, je vous fais chevalier de la Légion d'honneur.

Napoléon III épingle la médaille sur le lit, serre ma main et reprend en italien :

– J'ai l'impression de vous connaître, capitaine. Nous nous sommes déjà croisés ?

Je regarde l'empereur.

– En effet, sire... C'était à Compiègne, et à Plombières.

L'empereur hoche la tête. Il ne veut pas se souvenir de Plombières, mais sourit.

– À Compiègne.

– Oui, sire, à l'automne 1856.

Le sourire de Napoléon III s'élargit.

– Nous en reparlerons, capitaine.

Il attend un instant avant de demander :

– Et qu'est devenue notre chère comtesse ?

– Elle mène une vie compliquée, sire. Je ne faisais que l'accompagner ce soir-là. J'étais son chevalier servant.

– Aux ordres de Cavour ?

Je ne réponds pas. L'empereur me serre la main. Je me rendors. Je rêve. Avant Compiègne, avant la comtesse, il y a eu Milan, il y a eu Nina.

Depuis ma tente, je reçois la confirmation que les Autrichiens se sont retirés dans leur quadrilatère tandis que les alliés occupent Solférino. Je suis devenu l'un des héros de la bataille.

Paraît ce blessé que l'on installe sur un brancard à côté de moi. Un officier autrichien, il va mourir. Il tourne la tête vers moi, m'appelle d'une voix faible.

– Cesari ?

– Oui.

– Vous vous êtes battu de façon magnifique.

– Merci.

L'Autrichien ne dit plus rien. Le major secoue la tête et recouvre son corps d'un drap.

– Qui est-ce ?

– Horch. Le capitaine Horch, il dirigeait la défense de la tour.

Des camarades, des inconnus me rendent visite. On me donne des nouvelles. François-Joseph et Napoléon III sont parvenus à un accord à Villafranca. L'Empire autrichien cède la Lombardie à Napoléon, qui la rétrocède au Piémont. Venise la révoltée retourne aux mains des Autrichiens, qui gardent Vérone et Mantoue. Il se raconte que l'empereur français, visitant les ruines de la bataille, a été bouleversé par le spectacle des morts des deux parties, d'où l'armistice consenti à François-Joseph. Mais de mauvais esprits soutiennent qu'en réalité les Français n'ont aucun désir de déloger les Autrichiens, retranchés dans leur quadrilatère fortifié entre Vérone, Legnano, Mantoue et Peschiera. Victor-Emmanuel accepte l'armistice. Furieux, Cavour démissionne. À cette nouvelle, je sursaute.

– Tu le connais ? demande un camarade.

J'acquiesce.

– Je suis un de ses proches.

En réalité, c'est bien plus. C'est un ami, un maître.

Transféré dans un hôpital dc Turin, je reçois ma nouvelle nomination au grade de colonel de l'armée piémontaise. C'est le roi Victor-Emmanuel qui vient me l'annoncer.

– Cesari, vous étiez lombard. Aujourd'hui la Lombardie et le Piémont sont réunis. Vous serviez déjà dans mon armée et vous avez longtemps vécu à Turin auprès de notre ami Cavour.

– J'ai appris sa démission, sire.

Le roi éclate de rire. C'est un homme volumineux avec une moustache et une barbe en pointe. Il a un côté rustique, comme Ferdinand à Naples. Je demande :

– Et Rosina ?

Depuis longtemps, le roi est l'amant quasi officiel de Rosina, la fille d'un caporal de son père, Charles-Albert. La Rosina a de meilleures qualités que sa légitime épouse, la sinistre Marie-Thérèse de Habsbourg, heureusement décédée. Il s'ensuit que Rosina monte désormais sur le devant de la scène.

– Je viens de faire d'elle une comtesse de Mirafiori et Fontanafredda, dit le roi avec son gros rire.

La *bela Rosin* comme on dit à Turin, est donc admise à la cour, ce qu'elle n'espérait plus. Mais Victor-Emmanuel est un homme généreux, il est un *galantuomo*. Il a deux passions, la chasse et les femmes.

– Et notre chère comtesse ? demande-t-il encore, sur le même ton que Napoléon III.

– Elle est retournée à Paris, d'après ce que l'on m'a dit.

Le roi rit encore. Elle y est passée aussi, la Castiglione, avec Victor-Emmanuel comme avec Napoléon III. Je le sais, et le roi sait que je sais. Il existe entre nous une complicité d'hommes. Victor-Emmanuel pose sa patte épaisse sur mon bras.

– En ce qui concerne notre ami, ne vous inquiétez pas. Cavour est parti sur un coup de colère et reviendra à son poste. Nous allons perdre Nice et la Savoie, mais nous avons gagné la Lombardie, qui est la plus belle province d'Italie.

Il baisse la voix. Brusquement, il me tutoie.

– Il faudra que je te parle de Garibaldi. Il a des projets auxquels Cavour est opposé pour l'instant. Viens me voir quand tu seras sorti d'ici.

À la fin de ma convalescence, j'apprends que Virginie est revenue en Italie. Sa liaison avec Napoléon III n'a pas duré deux ans. Elle est séparée de son mari et je suis chargé de lui annoncer que le roi lui versera une rente. Une compensation et une reconnaissance de son action car la ruine guette le couple. Elle me reçoit un après-midi, terriblement belle, mais abattue. Celle qui a été l'une des reines de Paris n'est plus rien. Elle me raconte ce scandale jamais élucidé où l'empereur aurait subi une agression tandis qu'il se trouvait chez elle. Était-il vraiment en danger ? Qui a su que ce soir-là il devait lui rendre visite ? Elle soupçonne la Montijo, l'impératrice, d'avoir monté toute l'affaire. Il n'empêche, sa disgrâce a suivi, car elle a été courtoisement priée de quitter Paris. C'était la fin.

– Et maintenant ?

– J'ai vingt-trois ans. J'ai donné un fils à mon mari, que je ne vois jamais.

– Tu as des amis ?

Elle comprend que je veux dire « des amants » et hausse les épaules. Bien sûr, elle en a. Ce sont eux qui ont avancé l'argent à son mari, plus ou moins remboursés par la vente des biens.

– Je n'ai pas voulu garder les bijoux offerts par l'empereur. Mais il a refusé en me faisant savoir que ce qui est donné ne peut être repris.

J'imagine qu'en réalité elle cherchait une occasion de le rencontrer, peut-être de le reconquérir, et qu'il a refusé. D'une voix un peu lasse, elle énumère les lieux où elle a régné, ces femmes qui se sont présentées comme des amies avant de l'abandonner lors de sa disgrâce, ses amants qui parfois lui ont proposé de partager leur vie et leurs richesses. D'un geste de la main, elle marque son dédain. Cela me paraît être une manière de s'arranger avec la réalité des événements. Mais elle revient à sa mission, réussie selon elle. La preuve en est l'intervention française et la pension de Victor-Emmanuel. Je feins de l'approuver. Soudain, elle me demande :

– Tu n'as jamais rien essayé avec moi. Je ne te plaisais pas ?

J'éclate de rire. Évidemment qu'elle me plaisait ! Quel homme normalement constitué prétendrait le contraire ? Mais nous avions chacun une mission à mener. Et il n'était pas imaginable d'entrer en concurrence avec toutes les fortunes de Paris, un roi et un empereur !

– Et maintenant, comment me trouves-tu ?

– De plus en plus séduisante.

– Tu le penses vraiment ?

– Bien sûr !

Elle pousse un soupir de soulagement avant de poursuivre :

– Te souviens-tu de ma confidence sur la visite de Victor-Emmanuel ?

– Que tu étais nue sous ta robe ? Oui, cela m'a marqué.

Elle s'allonge alors sur le divan et relève sa robe jusqu'à la taille, découvrant son ventre et sa toison peignée, lustrée, parfumée.

– Sois mon roi cet après-midi !

Quand je repars, elle me chuchote à l'oreille :

– Ce n'est pas la peine de le raconter à Cavour !

J'ai pourtant rendez-vous avec lui le soir même. Pas un mot sur Virginie. C'est le *Mezzogiorno* qui l'inquiète. J'écoute ses projets sur le royaume des Deux-Siciles en me demandant où il veut en venir. Ça ne tarde pas.

– Maintenant que tu es rétabli, je t'envoie à Naples avec pour mission de faire aboutir tous ces projets de ligue et d'union entre les royaumes.

– Et s'ils n'aboutissent pas ?

– Tant pis pour Naples, tant mieux pour nous !

17.

JOURNAL DE MARIE-SOPHIE

Mon mari, François, est définitivement orphelin. Cela fait maintenant un mois que son père Ferdinand II a rejoint la sainte Marie-Christine au paradis des rois et des reines. Le télégraphe annonce la victoire de Solférino sur les Autrichiens. Les libéraux exultent, ils défilent devant l'ambassade de France et du Piémont, exigeant une Constitution.

– Châtie ces gens-là, Lasa, châtie-les ! s'écrie aussitôt la veuve, la *matrigna*, à l'adresse de son beau-fils.

Lasa, ce diminutif affectueux dont usait le feu roi envers son héritier, à cause de son goût prononcé pour les lasagnes. Mais ce qui était affectueux de la part du père est proprement injurieux envers le fils devenu roi. Ainsi *la vecchia regina*[1] comme on dit à Naples (alors qu'elle n'a que quarante-quatre ans) n'a soin que de lui rappeler son infériorité, sa sujétion mentale, hiérarchique. Car, à la vérité, la *matrigna* veut régner à travers son beau-fils, lui qu'elle a connu enfant, un an après

1. La vieille reine.

la mort de la Sainte, quand Ferdinand II l'a épousée. Ce beau-fils humble, respectueux, zélé, faible quand elle-même est une forte femme, mère de nombreux enfants qu'elle a donnés au royaume et dont l'aîné pourrait bien régner un jour…

Elle entre dans son bureau sans frapper, se mêle aux conversations politiques, interfère dans les décisions et les choix du royaume. Ainsi l'a-t-elle convaincu après, selon elle, une scélérate loi d'amnistie et l'abolition des mesures de surveillance des suspects, de donner aux préfets ordre secret de ne tenir aucun compte de cette proclamation et de continuer le fichage. Cela se sait à Naples. C'est ce qu'on appelle *l'ignobile farsa dell'amnistia*[1].

Mais une nuit d'été, la révolte des Titò éclate. Ces mercenaires suisses au service du royaume tirent en l'air en lançant des slogans menaçants, « *il re maccarone*[2] » par exemple, en lui reprochant de ne pas défendre leurs droits à l'inverse de son père. Ils sont un millier devant le palais de Capodimonte. La *matrigna* rassemble aussitôt ses bijoux, bat le rappel de ses enfants et se prépare à la fuite. Mon mari, le nouveau roi, s'est réfugié dans la chambre où a expiré sa mère, la Sainte, et qu'il a transformée en sanctuaire. À genoux, tout en percevant le brouhaha furieux du dehors, il prie, il prie…

Je sors sur la terrasse et m'adresse aux Titò en allemand, ce qui a pour effet de les calmer. Je fais aussitôt appeler les officiers suisses restés fidèles pour désarmer les insurgés. Mais les rebelles refusent de rendre les armes et ouvrent le feu. Les loyalistes répliquent, et sur l'esplanade devant le palais, c'est un massacre. Vingt morts au moins et une cen-

1. L'ignoble farce de l'amnistie.
2. Le roi macaroni.

taine de blessés. Les révoltés sont contenus, encerclés. On ramasse les morts et les blessés. On les renverra chez eux.

Je demande alors par courrier en urgence à mon oncle, le roi de Bavière, des régiments destinés à remplacer les Suisses. Il s'empresse de me les envoyer. Un des jours qui suivent, les journaux titrent : « Les Wittelsbach sont à l'aise dans les situations difficiles ». L'héroïne, c'est moi. La *matrigna* arbore alors un air renfrogné, mais François fait irruption dans la pièce où nous sommes en brandissant une dépêche de Rome. Sa mère, Marie-Christine, vient d'être proclamée « vénérable de l'Église ». Oubliée, la révolte des mercenaires.

– C'est ma sainte mère qui a produit ce miracle, poursuit François avec son long nez et sa moustache de rat.

Exaspérée, je lève les yeux au ciel. La *matrigna* se rengorge. Pour une fois, la Sainte lui a servi à quelque chose.

Le 24 juillet 1859, le deuil du roi Ferdinand prend fin. Cette période de peur où il était fortement déconseillé de porter une autre couleur que le noir s'achève. Démarre ensuite la rituelle et obligatoire visite à San Gennaro. Une messe, un *Te Deum*, nous nous approchons de la sainte relique. Miracle ! Le sang dans l'ampoule se liquéfie aussitôt. On n'a jamais vu de mémoire d'homme une telle liquéfaction à cette date, écriront les journaux. Magnifique présage !

Le lendemain, cérémonie du baisemain. Grand concours de carrosses, d'uniformes et de robes colorées. Mais au lugubre spectacle des magistrats défilant en noir, je ne peux m'empêcher de céder au fou rire tant le tableau de ces juges est comique. L'hilarité gagne aussi l'envoyé spécial du comte de Cavour, premier ministre du Piémont, le comte Giacomo Cesari, héros de Solférino.

Quand il s'est incliné devant nous, nos regards se sont rencontrés. Un éclair silencieux. Personne n'a rien vu.

Marie-Thérèse, la *matrigna*, me déteste, je suis trop joyeuse et peut-être trop belle. Quand nous nous croisons, nous échangeons des méchancetés en allemand. Entre nous, Lasa, confit en dévotion, aussi vierge que moi. La cour s'est naturellement rangée du côté de Marie-Thérèse, considérée comme *l'uomo forte*[1] qui tient le roi sous sa sujétion, lequel est incapable de résister à la peur quasi physique que lui inspire sa belle-mère.

Il faut donc combattre, me dis-je. En même temps je me livre à une introspection dans ce journal que je remplis tous les soirs, et que je dissimule dans un tiroir à secret.

Me voici reine, comme Sissi est impératrice, mais Naples n'est pas l'Autriche, et François n'est pas François-Joseph. Un point commun cependant, les belles-mères. Sissi, qui ne supporte plus la mère de son mari, multiplie d'interminables voyages sous des prétextes médicaux dont personne n'est dupe. Elle avait déjà imposé aux femmes de se présenter non gantées dans les dîners officiels, contre le protocole des Habsbourg. Mais c'est bien peu. Moi, je fais venir ma chienne Lionne sous la table. Les vieilles récriminent. De minuscules triomphes sur l'étiquette. En attendant mieux, je me baigne en mer et galope dans le parc de Capodimonte, flanquée de jeunes officiers flagorneurs qui me servent d'écuyers et se répandent en compliments ampoulés sur mes talents de cavalière. Marie-Thérèse, qui n'a jamais approché un cheval ni nagé ailleurs que dans sa baignoire, crie au scandale d'État et s'empresse d'aller protester auprès de mon mari.

Pour l'heure, François me soutient. Il est amoureux comme un enfant. D'ailleurs, il fait tout comme un enfant. À sa *matrigna*, il voue une crainte révérencielle, comme celle

1. L'homme fort.

qu'il vouait à son père, et à moi, un amour de conte de fées. Le soir, il attend que je sois endormie pour me rejoindre, et dans l'intervalle, il prie la Sainte dans le sanctuaire maternel. Sissi m'écrit qu'il a fallu trois jours à François-Joseph, mais elle n'avait que seize ans. Moi, après trois mois, il ne se passe toujours rien. La peur de la chair, de la femme, du péché pour un garçon entre les mains des prêtres depuis l'enfance. S'il n'est pas méchant, il est niais.

Je repense au comte Cesari, croisé lors de la cérémonie tellement napolitaine du *baciamano*[1]. L'envoyé de Cavour porte sur ses traits l'histoire d'une vie tumultueuse. Je ne l'ai aperçu que quelques secondes, mais je devine qu'il a fait toutes les guerres, celles du Piémont et celles de l'amour. Le premier ministre Filangieri, l'un des rares amis que je compte à la cour, m'a renseignée sans détour. Je le soupçonne d'avoir eu plaisir à m'informer sur celui qui, a vingt ans, faisait le coup de feu aux cinq jours de Milan, avant de servir d'envoyé spécial à Cavour auprès de la fameuse comtesse de Castiglione, ceci après avoir combattu à Rome avec Garibaldi, qui le tient en amitié. Tous ces événements se mélangent dans mon esprit. L'homme est dangereux, ne m'a pas caché Filangieri, comme tous ceux qui viennent du Piémont, et particulièrement ceux qui sont proches de Cavour, qu'il faut traiter comme le diable, avec une longue cuillère.

1. Le baisemain.

18.

JOURNAL DE MARIE-SOPHIE

27 avril 1860. La semaine dernière, j'ai lu l'histoire d'Élisabeth Ire, la reine d'Angleterre (cadeau de Filangieri). Était-elle vraiment vierge ? Si elle l'était, c'était de sa propre volonté, ce qui est loin d'être mon cas.

J'étouffe de solitude. Qui m'écoute à part ma sœur Sissi ? Je n'éprouve pour François qu'une vague amitié. Il n'est pas désagréable, cependant il ne fait pas partie de ces hommes dont on rêverait. Sans doute m'aime-t-il, mais son amour m'est indifférent. D'ailleurs, ce sentiment ne s'est jamais traduit que par de modestes victoires sur la *matrigna* dans des circonstances de protocole. À peine revenu du sanctuaire maternel où il communique avec la Sainte, persuadé que je suis endormie, il s'empresse d'en faire autant. Quant aux conversations politiques, je n'en ai qu'avec le vieux Filangieri. Ah si ce premier ministre avait trente ou quarante ans de moins ! On dit qu'il a combattu aux côtés de Napoléon, le premier, le grand, dans son extrême jeunesse, qu'il compte à son actif une dizaine de duels dont il porte encore les stigmates sur son visage où toutes les traces ne sont pas des rides de l'âge. C'est ainsi qu'il a renvoyé dans les champs du Seigneur le général Franceschi qui avait dénigré Naples et les Napolitains. Il a aussi soutenu Murat, le sabre à la main, criblé de blessures au pont Sant'Angelo. En 1848, au service du roi Ferdinand, en vertu du serment de fidélité qu'il venait de prêter aux Bourbons, il a fait bombarder Messine révoltée. Un personnage, quoi ! Ce vieillard vient souvent me parler des affaires du royaume. Il m'a confié avoir recommandé à François de se faire craindre, puis aimer, que c'était là le devoir d'un roi.

Il m'arrive de m'opposer à Filangieri, qui caresse l'idée d'un rapprochement avec Napoléon III et le Piémont, par le biais de ma sœur Sissi, impératrice autrichienne. Mais François, comme il dit, « ne tient ni à la vie ni au royaume ». Il croit que « tout est déjà écrit », il cite cette prétendue parole de l'Évangile : « *Dominus dedit, Dominus abstulit* », « Dieu donne, Dieu reprend ». « *Dio come pesa questa corona*[1] », répète-t-il souvent.

Filangieri a obtenu les preuves écrites d'un complot de la *matrigna.* Une vaste opération avec des généraux, des dignitaires de la cour et des religieux dont le but est de remplacer François par le comte de Trani, fils de Marie-Thérèse et de Ferdinand, son *fratellastro,* son demi-frère. Mais quand Filangieri l'a informé du complot et a présenté les documents, mon mari les a repoussés comme un enfant épouvanté.

J'ai obtenu de Filangieri qu'il me remette le dossier, que j'ai placé de force sous les yeux de François. Il a refusé d'y jeter un coup d'œil.

– Et alors ? Dis-moi ce que je devrais faire.

– Reprendre la *matrigna* sur le ton qu'elle emploie lorsqu'elle s'écrie : « *Castigali, Lasa*[2] *!* »

1. Seigneur, comme elle est lourde, cette couronne.
2. Châtie-les, Lasa !

– Doux Jésus ! s'est-il écrié. Comment puis-je faire une chose pareille à l'épouse de mon père ?

Et il a tout jeté dans la cheminée.

Depuis ce jour, nous n'avons plus jamais parlé de complot. Le bruit en est quand même venu aux oreilles de la *matrigna*, et on raconte que lorsqu'elle croise Filangieri dans les couloirs, elle fait mine de lui cracher dessus !

Mais venons-en plutôt aux affaires du royaume, au *pacchetto* proposé par le Piémont. Il ne s'agit ni plus ni moins que de réaliser trois grands États, le royaume de Savoie, l'État du pape et le royaume de Naples. Les trois constituant une ligue défensive contre l'Autriche. La condition est que le royaume de Naples soit régi par une Constitution comme le Piémont et d'ailleurs l'État pontifical. L'envoyé de Cavour, le porteur du *pacchetto*, est le comte Giacomo Cesari.

– Ce serait plutôt une bonne affaire, m'a soutenu Filangieri. Bien évidemment il faudrait écarter la *matrigna* alliée des Autrichiens, et convaincre François d'accorder une Constitution, ce qui serait une autre question. Son père a toujours soutenu qu'une Constitution est le plus sûr moyen de subir une révolution.

J'ai donc rencontré le comte Cesari en secret, profitant de mes sorties à cheval dans le parc de Capodimonte après avoir semé mes écuyers. Il m'attendait au bout d'une allée, à l'abri d'un bosquet.

– Madame, m'a-t-il seulement dit, le *pacchetto* est la meilleure affaire que Naples puisse conclure.

– Monsieur le comte, je me méfie de Cavour.

Il a hoché la tête.

– Vous avez sans doute raison. C'est pour cela qu'il vaut mieux être de son côté.

– Je vais essayer de convaincre le roi. Filangieri pèsera de tout son poids.

Nous nous étions tout dit. Alors que nous étions face à face et que je pensais soudain à la cérémonie du *baciamano*, il m'a dit :

– Madame, vous êtes une femme seule.

Je n'ai rien répondu. L'image de Filangieri quand il était jeune m'a traversé l'esprit. C'était le même genre d'homme.

– Madame…

– Appelez-moi Marie-Sophie.

– Je ne vis pas à l'ambassade du Piémont, mais dans une auberge où se font mes rencontres sans témoin. C'est ainsi que j'ai pu obtenir les preuves du complot de Marie-Thérèse pour les remettre à votre premier ministre.

J'ai fait un signe de tête désolé.

– Elles ont fini dans la cheminée du roi. Il n'a même pas voulu en entendre parler.

– Alors il faudra trouver un autre moyen.

Ému, il a attendu quelques instants sans chercher à masquer son trouble. Et pour la première fois de ma vie, j'ai eu envie d'un homme. Mes traits m'ont-ils trahie ? Sans doute, car il a reculé tout en me disant :

– Mon auberge se trouve dans le Vomero. Elle s'appelle *All'occhiello rosso*[1]. J'y suis tous les soirs.

– C'est une proposition de rendez-vous ?

Il est remonté sur son cheval, puis s'est penché vers moi.

– À vous de décider.

Il a fait volte-face, et a franchi au trot les limites du parc. Quand il a disparu de ma vue, je savais que j'avais déjà décidé.

1. À l'œillet rouge.

19.

JOURNAL DE MARIE-SOPHIE

Donna Nina Rizzo est certainement à la cour de Naples la seule femme avec laquelle j'entretiens des rapports de confiance. C'est elle qui est venue me chercher à Trieste sur *Le Fulminant* et depuis elle ne m'a plus quittée, guidant mes premiers pas dans l'entourage hostile de la cour. Cette petite femme enrobée a choisi de me servir envers et contre tout, m'évitant faux pas et chausse-trappes. Elle parle parfaitement le français. Nous entretenons des liens suffisamment forts pour que ce soit à elle, Nina Rizzo, que je m'adresse pour m'aider dans mon escapade auprès de Giacomo Cesari.

L'affaire est complexe. Comment disparaître du palais lorsqu'on est reine ? Ce ne peut être qu'en pleine nuit, lorsque François est absent. Ce qui est le cas lorsque ses obligations le contraignent à des inspections aux confins du royaume pendant plusieurs jours. Il reste à convaincre Nina Rizzo d'organiser l'expédition. C'est plus aisé que je le crois quand j'invoque l'existence d'un rendez-vous privé avec l'envoyé de Cavour. Dans cette cour où se multiplient intrigues, complots et trahisons, nul n'ignore qu'il existe deux clans. Celui de la *matrigna* Marie-Thérèse et le mien. Le second, rangé aux côtés de Filangieri, le premier ministre, est plutôt favorable à une alliance avec le Piémont en vue d'une ligue défensive contre l'Autriche, contrairement à Marie-Thérèse, une Habsbourg qui y est naturellement opposée. Il s'agit donc d'une réunion de haute politique et Nina Rizzo est plutôt flattée d'entrer dans la confidence. Aussi c'est elle qui dépose à l'auberge de *L'occhiello rosso* un message : « Demain minuit », et retient une voiture avec cocher. Elle vient me chercher avec une heure d'avance. Vêtues en simples bourgeoises, le visage dissimulé par une large mante avec capuchon, nous nous glissons dans le parc en empruntant les corridors secrets qui foisonnent dans le palais, gagnons un portillon toujours ouvert pour servir aux gardes et aux domestiques. La voiture est là. Le cocher fait claquer son fouet.

Me voici donc, accolée à donna Rizzo, dans les ruelles sombres. De temps en temps, je soulève le rideau pour découvrir des silhouettes qui se hâtent, d'autres agglutinées sur le trottoir. J'entends de grosses voix, des rires et parfois des cris ou des chansons. La Naples véritable, c'est celle-là, et non celle du décorum de la cour. C'est la Naples des crimes, des complots, de la Camorra, c'est la Naples de la nuit, la Naples des pauvres. Les rues descendent, puis remontent. La Rizzo me glisse :

– Nous sommes dans le quartier du Vomero.

La voiture s'arrête brusquement. Je repère l'enseigne *All'occhiello rosso.*

– Nous vous attendrons le temps qu'il faudra. J'ai payé d'avance avec l'argent que vous m'avez donné. Je connais le cocher. C'est un homme de confiance.

– Sait-il qui je suis ?

– Certainement pas. La confiance que je lui porte ne va pas jusque-là.

L'air est doux et parfumé. Derrière la fenêtre, une lumière. Je descends, ma capuche rabattue. Je tourne le loquet de la porte. À l'intérieur, personne. Un escalier, éclairé par un lumignon. Je monte lentement en essayant de ne pas faire craquer les marches. Un corridor, une porte entrouverte, un rai de lumière éclaire le plancher. Je pousse le battant, puis j'entends la voix de Giacomo Cesari.

– Refermez derrière vous et poussez le verrou, madame.

J'ai souvent pensé à cet instant, celui où je me retrouverais face à lui. Il se lève de son fauteuil, il porte une chemise et un gilet. Sur une table, une carafe de vin et deux verres à pied. La chambre est plutôt vaste. Aux murs, des tableaux que je distingue mal. Il m'aide à retirer mon manteau, ma capuche retombe, puis il dénoue mon chignon.

– Voulez-vous boire de ce vin ? Il vient de Sicile, c'est du marsala.

Il me tend le premier verre et lève le sien.

– À nous, dit-il seulement.

– À nous.

Il enlace ma taille, et de sa main libre caresse ma joue. Ses doigts sont doux comme son sourire. Je le laisse m'embrasser, défaire les boutons de ma robe, puis le jupon et le reste. Je croyais être une femme pudique, c'est faux. C'est la première fois que je suis nue devant un homme, et c'est le premier homme nu que je vois. Il m'entraîne vers le lit. Je lui dis seulement :

– Je n'ai jamais connu d'homme de ma vie, même mon mari.

Il ne répond pas. Encore sa main qui effleure mon corps, encore le désir. Il vient sur moi, il entre en moi. Une douleur brève. Cette douleur n'est plus. Il reste le plaisir. Le plaisir, c'est le bonheur.

Quand je repars, il est trois heures du matin. À l'instant où je franchis la porte de la chambre, il me dit :

– Les hommes de Garibaldi vont embarquer d'ici une semaine à Quarto, près de Gênes.

– Garibaldi ?

Il ne répond pas, mais ajoute :

– Naples ne doit plus perdre de temps.

20.

JOURNAL DE MARIE-SOPHIE

Je revois le comte Cesari. D'abord dans le parc de Capodimonte où se croisent nos déambulations cavalières, puis à son auberge du Vomero, certaines nuits où, au prétexte d'indisposition, j'ai obtenu de dormir hors du lit conjugal.

Entre nous, ce flamboiement des corps qui ne se dément pas. Mais c'est aussi l'intimité douce des esprits, des âmes. Sans doute s'agit-il d'un amant en mission, chargé de convaincre François par mon intermédiaire de souscrire au *pacchetto* de Cavour, les trois États unis dans une confédération d'où émergera un jour l'Italie. Filangieri pousse dans ce sens, la *matrigna,* elle, refuse d'entendre parler du Piémont, arguant qu'il faudrait accorder une Constitution, et ne cesse de marteler la maxime du feu roi, « Constitution égale révolution », et François balance. On en est là. La raison, le calcul politique, l'évaluation lucide des forces sont du côté de Filangieri. De l'autre, l'imperium de la *matrigna* et de sa coterie, les curés et les vieux généraux héritiers de Ferdinand.

En attendant, j'obtiens de mon amant qu'il me raconte les cinq jours de Milan, les barricades mobiles, les cloches à tout va, les tirs au canon, les charges des uhlans, la guerre dans les rues, l'extrême-onction délivrée par avance aux insurgés, les ballons expédiés au-delà des remparts, les piques, les hallebardes, les fusils et les sabres et ce cri terrible : « *Qui si muore*[1] » qui court d'une barricade à l'autre plus vite que les enfants transformés en estafettes, et qui servent de cible aux tireurs d'élite autrichiens. Il parle avec exaltation. Tous ces événements, il les revit. Et pourtant je sens chez lui une amertume, une tristesse. Je l'interroge et il évoque une fille, Nina, rencontrée sur la barricade de la via San Damiano.

– Quel âge avait-elle ?

– Nous avions vingt ans tous les deux.

– Et tu l'as aimée ?

– Je crois. Elle aussi, si l'on peut parler d'amour dans ces moments-là.

– Qu'est-elle devenue ?

– Quand je l'ai emmenée chez moi, elle a profité d'un instant de solitude pour filer. Nous n'étions pas du même monde, elle était une fille des rues comme elle disait, et moi un aristocrate. Je m'en moquais, pas elle.

– Tu ne l'as jamais revue ?

Il ne répond pas tout de suite.

– À Rome pendant les combats de la République.

Il évoque alors son père, mort au temps où il était enfant et dont il ne reste qu'un immense portrait dans le salon du palais. Il me dit que son histoire est un mystère, car si sa mort a été brutale, il en ignore les circonstances. Son père faisait partie de cette aristocratie qui frayait avec les Autrichiens. À

1. Ici, on meurt.

un moment donné, il aurait changé d'avis et rejoint les insurgés. Il n'en sait pas plus, sauf qu'à Milan certains surnommaient son père « le traître ».

– Il m'a fallu prouver que ma loyauté envers l'insurrection était totale. Et personne ne m'a plus désigné comme « le fils du traître ».

– Pourquoi tu me racontes cette histoire ?

– Parce que nous portons tous des blessures, et que tu dois connaître les miennes.

À cet instant précis, j'ai la conviction qu'il n'est pas qu'un séducteur. Il n'y a plus alors de reine, plus de comte, plus de Naples ni de Piémont. Éloignés, la *matrigna* et ses complots, foin du sulfureux Cavour ! J'avais entendu parler des passions de l'amour, lu des romans. Mais aucun ne me décrivait réellement le désir. Quelle découverte ! Une *terra incognita*, comme les voyages des grands navigateurs et leur stupéfaction émerveillée. L'amour avec Giacomo Cesari, c'est l'or du Pérou ! Le désir, c'est violent, impétueux, avec ses délices douloureuses, les cris, les râles et les éclairs. Le désir, c'est l'orage ! Je m'arrête là.

On pourrait croire qu'entre Giacomo et moi il n'existe que ce croisement des voluptés. Ce serait faire fi du reste, des regards, des silences, des murmures et là aussi tout ce qui va avec. Cette nuit donc avec la chaleur des corps encore tièdes, quand le bavardage succède aux exclamations sensuelles, je lui raconte en chuchotant les histoires d'autrefois en Bavière avec mes sœurs, quand nous ignorions encore que c'était cela, le bonheur.

– Et après ? demande Giacomo.

– Après ? Le mariage avec le terne François, Naples fascinante sûrement, la cour mortelle d'ennui, la *matrigna* et la Sainte.

– Elle l'est vraiment ?

– Pas encore, je réponds en riant. Elle est vénérable, ce qui est bon signe, mais elle doit encore attendre. Ce n'est pas grave, elle a l'éternité devant elle.

– Tu la détestes ?

– Pas vraiment. Ce que j'ai appris de sa vie, de sa générosité, de sa modestie, de son désintéressement me la rendrait plutôt attachante. Ce que je déteste, c'est ce qui a été fait en son nom. À commencer par François. Un imbécile, selon mon père.

– Comment le savait-il ?

– Je l'ignore. Mais j'imagine que les gens comme lui savent ces choses à force de fréquenter les autres têtes couronnées et les mêmes lieux. La cour de Naples faisait horreur à un homme comme mon père.

Je n'insiste pas. Le duc Max est un bon vivant, un sensuel. Sa réputation est allée jusqu'à la cour de Naples, où l'on n'a pas manqué de me le faire savoir. Je m'en moque. C'est mon père et je l'aime.

Quand je demande à mon amant de me parler de lui, il évoque l'existence plutôt dorée d'un jeune aristocrate milanais, et je devine qu'il a commencé tôt sa vie d'homme.

– Les choses sérieuses ont démarré avec les cinq jours de Milan. Après, les guerres dans l'armée piémontaise jusqu'à la défaite de Novare, l'abdication de Charles-Albert. Mais le Risorgimento ne pouvait s'arrêter là, en tout cas pas pour moi. J'avais compris que l'Italie, c'était beaucoup plus qu'une entité géographique comme le prétendait Metternich. Il restait Rome, où Garibaldi venait d'arriver. J'y suis allé et je l'ai rencontré.

– Garibaldi ? Tu le connais ?

– Oui.

Il reste étendu les yeux ouverts. Dans la rue sous la fenêtre, des bruits étouffés, des frottements. Soudain, Giacomo bascule sur le côté du lit, et cherche ses vêtements à tâtons. Par signes, il me fait signe de m'habiller moi aussi. Il chuchote :

– La Rizzo est venue avec toi ?

Je fais un signe de dénégation.

– Non, elle a été appelée en Calabre pour veiller sa mère malade.

– Qui t'a accompagnée ?

– Personne. Je connais le chemin jusqu'à la sortie du parc. Le cocher m'attendait derrière le portillon comme d'habitude.

– Toujours le même ?

– Oui.

– Tu es très imprudente.

– J'avais envie de te voir…

Il secoue la tête en souriant. Habillé, il s'approche de la fenêtre et me fait signe de venir. Des silhouettes s'affairent autour de la voiture. Seul le cheval n'a pas bougé. La portière s'ouvre et on distingue un corps transporté par deux hommes qui le tiennent par les épaules et par les pieds. Je réprime un cri.

– C'est le cocher.

– Tu crois qu'ils l'ont tué ?

– Oui.

– Que va-t-on faire ?

– Ne bouge pas.

Il glisse un pistolet dans sa ceinture, un sabre de l'autre côté. Par la fenêtre, je vois les deux hommes rentrer dans la voiture et refermer la portière. Giacomo sort de la chambre, je l'entends parler dans le couloir. Dans la rue, rien, seulement la voiture avec les deux hommes à l'intérieur. Giacomo revient et allume la lumière de la chambre. En bas, la portière vient de se rouvrir. Un homme apparaît, remonte sur le banc du cocher dont il a revêtu la houppelande et mis le chapeau. Giacomo me dit de descendre et de sortir dans la rue comme si je regagnais la voiture. Il m'accompagne en bas, un autre homme derrière lui, armé d'un couteau. Il me fait un signe, les yeux brillants. Me voici dehors. Le faux cocher ne bouge pas, mais à l'instant où je m'avance vers la voiture, il bondit de son siège tandis que s'ouvre la portière. Quelqu'un tend les mains vers moi, le faux cocher me pousse. Mais Giacomo et son compagnon jaillissent de l'ombre. Un cri, choc des lames, un coup de feu unique. L'affrontement est bref. Les deux hommes sont à terre. L'un ne bouge plus. L'autre gémit. Giacomo s'approche de lui.

– Qui t'a envoyé ?

L'homme ricane. Alors mon amant lui tire une balle dans la tête. Puis il me fait signe de monter dans la voiture, il ramasse la houppelande du cocher, il s'en revêt et met le chapeau. Un coup d'œil à son compagnon, qui hoche la tête. Je comprends qu'il lui demande de se débarrasser des corps.

– Viens vite, me dit-il. Je te ramène.

Une demi-heure plus tard, nous sommes à la grille du parc. Le portillon est toujours ouvert, et l'endroit désert. Il descend de son siège, ouvre la portière en s'inclinant.

– Votre Majesté est de retour, intacte…

Je me jette dans ses bras. Il me serre contre lui. J'ai encore dans l'oreille le claquement du second coup de feu, celui qui a achevé l'homme.

– Giacomo, que s'est-il passé ?

– La Rizzo a trop parlé. Son voyage en Calabre est un faux prétexte. Il s'agissait de l'éloigner de toi pour t'enlever plus facilement.

– Et après ?

– On t'aurait tuée ou restituée contre rançon. De toute façon, tu étais discréditée. C'était le but.

Il m'étreint avec force. Cette nuit était donc la dernière. Je crois qu'il est aussi ému que moi. Il me lâche, remonte et agite le fouet. Quelques instants plus tard, je suis couchée dans ma chambre.

Le lendemain, la Rizzo est de retour. La maladie de sa mère n'existait pas. Il ne s'agissait que de l'éloigner. Le même soir, Filangieri, avant de démissionner, m'informe que sa mission de conciliation ayant échoué, le comte Cesari a quitté Naples pour Turin. Je suis seule.

21.

JOURNAL DE MARIE-SOPHIE

Un mouvement révolutionnaire a gagné toute la Sicile. La répression est sanglante, et je découvre chez mon mari la dureté des Bourbons envers les faibles. Les prisonniers sont fusillés après un procès sommaire, quand ils en ont un. Lorsque le préfet de Palerme propose à François une liste de suspects avec les noms de ceux que l'on pourrait épargner, François lui répond : « Je veux trois listes. Les condamnés à perpétuité, ceux à incarcérer jusqu'à nouvel ordre, et ceux à envoyer en exil. » Quand il reçoit un rapport de police relatant qu'un juge a blâmé la férocité des agents du gouvernement, il écrit au dos : « Qu'on arrête ce juge, qu'on le conduise enchaîné à pied jusqu'à Trapani et qu'on l'embarque pour l'île de Pantelleria. » La *matrigna* approuve avec délectation, les courtisans opinent. François distribue les ordres de San Gennaro à la chaîne. Quand je lui fais remarquer que les bénéficiaires sont notoirement des incapables dont il n'a rien à attendre, il me répond qu'il n'a pas le choix s'il veut les garder auprès de lui.

– Alors crée un nouvel ordre honorifique que tu pourras distribuer en masse, c'est « l'ordre du sauve-qui-peut ».

Il ne répond rien. Dans Naples, les caricatures pullulent. L'une d'elles, dans la brochure *Charivari*, montre les soldats avec des têtes de lion, les officiers avec des têtes d'âne et les généraux sans tête, sous le titre écrit en français : « Voilà l'armée du roi de Naples ».

Quand le bruit court que Garibaldi organise une expédition vers la Sicile, les bavardages empoisonnés se multiplient. Je demande à François de rappeler Filangieri. La *matrigna*, qui le hait, fait remarquer qu'il est plus âgé que Lanza, qu'elle veut faire nommer à la tête de l'armée. Pour une fois, François m'écoute, mais Filangieri, prétextant sa fatigue, refuse. C'est moi qui vais le trouver, cette fois, en compagnie du roi. Il accepte, mais pose ses conditions : une Constitution, le roi prendra la tête d'une armée concentrée à Messine, lui-même assumera la fonction de chef d'état-major.

Je répète à François :

– Monte à cheval, François, je viendrai à tes côtés.

François baisse la tête. C'est un refus. Filangieri rentre chez lui. On ne le reverra plus.

Le général Lanza est finalement nommé à la tête des troupes. Il écrit aussitôt à son fils : « Vends nos chevaux. Nous disposons désormais de ceux de l'armée. » Une copie de la lettre circule dans toute la cour. François refuse d'agir. La *matrigna* pousse dans un sens, moi dans l'autre. François décide alors de consulter le comte de Chambord, le prétendant au trône de France. Qui répond : « Du moment que Catilina est aux portes, il n'y a plus de temps pour les concessions et les réformes. Le roi doit monter à cheval et guider ses troupes contre l'ennemi. » Mais François refuse toujours.

Il tombe malade, réclame monseigneur Borrelli à son chevet, son ancien précepteur.

– Dois-je concéder la Constitution que me conseille la reine ?

– Si vous le faites, c'est la dernière fois que je baise la main du roi de Naples !

François me rapporte la conversation. Je m'efforce d'être proche de lui, et lui répète les conditions posées par Filangieri. « Concède une Constitution et monte à cheval. »

En désespoir de cause, il s'adresse au pape Pie IX. Moi aussi. Et pour une fois, j'obtiens gain de cause. Le pape recommande une Constitution ! Les mots du pape, c'est la parole de Dieu. François guérit et convoque un conseil de famille. Il choisit la Constitution !

Mon amant sait-il qu'il me manque ? À peine connues les exaltations de l'amour, j'en apprends les douleurs.

Notre rencontre n'est pas une affaire de hasard ni de circonstances. C'est la découverte stupéfiante qu'il n'existe pas une vie, mais plusieurs. Il y a eu Possi, mon nid bavarois. Un cocon délicieux, paisible et joyeux, mais comme un décor de théâtre destiné à ne durer qu'un temps, celui des éclats de rire de Sissi et des cigarettes de mon père. Je l'ai compris quand Sissi a été choisie à la place d'Hélène, et cette impression s'est confirmée quand je suis devenue reine de Naples. Nouveau décor, celui d'amante de Giacomo Cesari. M'aime-t-il pour ce que je suis, ou pour l'influence que je peux avoir sur François ? Sans doute n'en sait-il rien lui-même. Il a pris la reine et la femme, peut-être parce que la seconde était le moyen d'accéder à la première. Il y a en définitive deux *pacchetti*, celui de l'alliance avec le Piémont avec une Constitution, et celui de la reine et de la femme indissociables. Mais cette troisième vie, je l'ai choisie. Quand je me suis rendue la première fois à *L'occhiello rosso*, je savais ce que je faisais. Le risque de pactiser avec l'ennemi, pour l'instant potentiel, je l'ai pris en connaissance de cause. J'étais si peu reine et je voulais si fort devenir femme. Je voulais un homme de qualité. Et Giacomo Cesari fait partie de ces hommes-là. Et de mes trois vies, c'est la dernière que je préfère. Giacomo a gagné puisque François accepte une Constitution, mais mon amant est reparti à Turin. Il a rendu compte à Cavour de ses tentatives. Lui a-t-il confié qu'il avait couché avec moi ? Les sens au service de l'intérêt politique ? Il en sait quelque chose, Giacomo, lui qui accompagnait, comme cela se raconte à la cour, la comtesse de Castiglione pour la jeter dans les bras de Napoléon III et le convaincre ainsi d'intervenir en Italie ! Giacomo Cesari ne m'a-t-il séduite que pour m'inciter à faire pression sur mon mari ?

Épuisé, François est plongé dans un sommeil lourd de roi défaillant. Il faut dire que si je n'étais pas là, on n'aurait pas donné cher de sa peau ni de sa couronne. À l'annonce de la Constitution, la *matrigna* s'est montrée sous son pire visage. Une sorcière de l'absolutisme. Elle a rassemblé tous ses partisans, conseillers, vieux courtisans, généraux décrépits et j'en passe. Et devant ce public chauffé à blanc, elle a dénoncé le *putiferio*, le scandale de la Constitution, en m'accusant d'être à la solde de la dynastie de Savoie qui dirige le Piémont-Sardaigne, en reprochant à son beau-fils, le roi, de manquer de courage, de perdre la raison, d'être incapable de gouverner. Et comme si cela ne suffisait pas, d'enfreindre le serment fait à son père sur son lit de mort de ne jamais concéder une Constitution. Quand elle en a terminé, sa voix est devenue rauque à force de cris, d'exclamations et de formules empoisonnées, et un silence de plomb tombe sur la salle du trône. Mon mari baisse la tête comme un enfant puni, le visage terreux. Je me lève alors, dis en allemand, puis en italien :

– Vos propos vous déshonorent, madame, vous n'avez pas le droit de vous adresser à Sa Majesté sur ce ton. Il est votre roi. Vous lui devez le respect ! Cessez de lui parler comme s'il était l'un de vos sujets !

Elle ouvre et referme la bouche comme un poisson hors de l'eau, et je l'achève.

– Sans doute avez-vous, madame, régné aux côtés de votre défunt mari, mais aujourd'hui, vous n'êtes plus reine. Vous n'êtes plus rien. Il ne vous reste qu'un titre qui ne recouvre aucun pouvoir car, madame, vous n'avez plus de sujets !

La *matrigna* regarde François, qui me fixe, sidéré par mon audace.

– Je ne vous appellerai plus jamais Votre Majesté, Votre Altesse.

Elle fait demi-tour et, suivie de ses affidés – certains se demandant s'ils ont choisi le bon camp –, quitte la salle, portant sa haine comme un étendard.

Le lendemain, le 28 juin 1860, François proclame la Constitution. On hisse le nouveau drapeau du royaume. Vert, blanc et rouge avec, au centre, les armes des Bourbons. On annonce le rapprochement avec le Piémont-Sardaigne, et surtout l'amnistie de tous les crimes et délits politiques. « Je prie pour qu'il ne soit pas trop tard », m'écrit Filangieri.

Giacomo, maintenant que tu as gagné, reviens !

Je crains de ne jamais revoir Giacomo. Filangieri doit avoir raison. C'est trop tard. Nous avons parcouru la ville en calèche. L'accueil est correct, mais la chaleur des Napolitains envers leur roi a disparu. Dans le port, nos navires de guerre ont arboré le nouveau drapeau tricolore orné de lys, mais au moment où débutent les fêtes, les illuminations, les bals en l'honneur de la Constitution, éclatent les premiers troubles. Des postes de police sont incendiés, un espion est lynché. Comme le peuple impute à l'ambassadeur français l'inspiration de la Constitution, on l'agresse à coups de masse. Les bourgeois fuient à la campagne, tandis que l'état de siège est annoncé. Seule bonne nouvelle, la *matrigna* est partie. Avec ses fils, ses courtisans, ses ministres, et l'éternel monseigneur Borrelli, elle s'est réfugiée dans la cité fortifiée de Gaète. Ils y créeront une cour où ils pourront nous critiquer à loisir. Je m'en moque. Je m'amuse des tentatives du jeune ambassadeur d'Espagne, Salvador Bermúdez de Castro, de me séduire. Sait-il quelque chose sur Giacomo, même s'il n'en dit mot ? François a quand même suivi le conseil de Filangieri en concentrant ses troupes à Messine au cas où nous devrions subir l'invasion des flibustiers de Garibaldi. On dit que Victor-Emmanuel ne voit pas d'un bon œil ce rassemblement de chemises rouges promptes à s'embarquer. Mais c'est Cavour, le véritable maître d'œuvre. On dit aussi que les espions piémontais abondent en ville. Cela signifie-t-il que pour Cavour notre royaume n'a aucune chance de survie ? Et Giacomo, où est-il ? Que croit-il ? Pense-t-il à moi parfois ?

L'État napolitain s'écroule. On surnomme le roi *Franceschiello Dio ti benedica*[1]. Il faut dire que mon mari n'a rien trouvé de mieux que de faire déposer aux pieds de San Gennaro un sceptre et une couronne, puis un calice d'or de grande valeur. On attend la réponse du saint, qui tarde. On

1. Petit François, que Dieu te bénisse.

guette la liquéfaction du sang dans la sainte ampoule, qui ne se produit pas. Les nations européennes observent la situation avec une ironie intéressée. Napoléon III envisage, dit-on, de remplacer François par Napoléon-Lucien Murat. L'Angleterre encourage et aide Garibaldi à préparer son expédition. Sans parler de Cavour qui est de toutes les intrigues, de tous les complots. On lui conseille de ne se mêler de rien, mais d'attendre que les macaronis soient cuits. Ce à quoi il répond : « Les macaronis ne sont pas encore cuits, mais les oranges sont sur la table et nous sommes bien décidés à les manger ! » C'est ce que rapportent nos propres espions. C'est bien évidemment de la Sicile qu'il parle. En attendant, il accélère le processus de l'insurrection grâce à l'or piémontais distribué à foison.

J'ai oublié de dire que le ministre de la Police a probablement trahi, mais le roi n'a même plus les moyens de le faire arrêter, juger et pendre. Il faut dire que ce ministre, Liborio Romano, a fait appel à la Camorra, qui désormais le protège. On m'avait dit autrefois que Naples est la cité où tout arrive. Je ne le croyais pas, j'avais tort.

Tous ces événements me troublent. Y compris l'arrivée de la flotte piémontaise, qui a jeté l'ancre devant Naples au prétexte de protéger la comtesse de Syracuse née Savoie-Carignan en cas de nécessité. Qui peut le croire ? Bermúdez me raconte que le plus grand magasin de la ville a vendu six mille portraits de Garibaldi, quatre mille de Victor-Emmanuel, deux cents de François et cent cinquante de moi. Je ne renonce ni au cheval ni à mes plongeons dans la mer Tyrrhénienne sous les jumelles pointées des navires étrangers. Bermúdez m'accompagne.

De Giacomo Cesari, toujours aucune nouvelle. Pourquoi ne m'en a-t-il pas donné par l'entremise de l'ambassade du

Piémont-Sardaigne ? Quand j'interroge les diplomates, on me répond qu'il serait à Turin, mais rien n'est moins sûr. C'est par nos espions à Gênes que nous apprenons que Garibaldi a levé l'ancre vers la Sicile, avec à bord le comte Cesari !

22.

« Naples, 18 mai 1860.

Cher Giacomo,

Je t'écris cette lettre sans savoir si elle te parviendra un jour. Si elle tombe entre des mains hostiles, cela signifiera la perte de son porteur, mais aussi la mienne pour haute trahison de l'État napolitain. Pourtant je ne trahis ici rien ni personne.

Nous ne nous retrouverons sans doute jamais. Tu es, tu le sais, le premier homme de ma vie et probablement le dernier. Mon mari n'a pas choisi d'être roi de Naples ni d'être le fils de la Sainte, encore moins de m'épouser. Seul le destin l'a décidé. Nos vies seraient liées par l'effet de la loi, celle de Dieu peut-être, celle des royaumes plus sûrement. J'ai toujours pensé que mon mari aurait été mieux à sa place en position de moine. Il aurait fini archevêque ou père abbé, à la satisfaction générale, et à la sienne en particulier. Toujours est-il que cette couronne lui pèse, il n'y peut rien, moi non plus. Je n'ai rien choisi, je me suis retrouvée reine de Naples. Le piège absolu !

Mon mari me passe tous mes caprices. En somme, la

situation ne serait pas dramatique si tu étais resté. Mais voilà, les mêmes raisons qui t'ont fait quitter Naples sont celles qui font de ma vie de reine et de femme un double enfer : celui de ton absence, celui de la situation dans cette ville qui n'attend que d'être attaquée par les troupes de Garibaldi, et je vais aller plus loin : qui l'espère ! Je suis donc la reine d'un pays qui n'entend plus être le mien. Les navires piémontais croisent à l'entrée du port, et tu te trouves certainement sur le bateau de Garibaldi qui ne va pas tarder à accoster en Sicile. Il y aura des combats, des batailles où tu seras peut-être tué. Nous serons bientôt adversaires puisque je serai derrière la bannière des Bourbons. J'appréhende terriblement ce moment, sachant qu'il est inéluctable. Qui vaincra ? Les garibaldiens ? Je ne serai alors rien d'autre qu'une reine prisonnière, et tu passeras devant moi en faisant mine de ne pas me reconnaître. Sache que si c'est l'inverse, je fais le serment de te libérer.

Que c'est doux de t'écrire. De toi, je n'oublie rien, ni ta peau, ni ton odeur, ni le son de ta voix, ni tout ce que tu m'as raconté sur toi. Je vais remettre ce courrier à un homme qui a eu la loyauté de me prévenir qu'il allait rejoindre la Sicile pour rallier les troupes de Garibaldi. Je lui ai évité la pendaison. Il me doit la vie. Je vais donc espérer qu'il parvienne à te la donner au terme de son voyage. À défaut, il la détruira sans l'ouvrir avant qu'on ne la trouve sur lui.

Il y a aussi une nouvelle qui, peut-être, m'embarrasse, mais dont je ne te dis rien aujourd'hui, car rien n'est sûr… et si cela l'était, cette nouvelle ne changerait pas ta vie.

Je termine à regret, je t'écris dans l'idée de ne plus jamais te revoir, alors que précisément je suis obsédée par l'espoir fou que le destin nous réunisse.

Marie-Sophie »

23.

Il y a deux bateaux, le *Piemonte* et le *Lombardo*. Garibaldi s'en est emparé sans grande résistance dans le port de Quarto, un faubourg de Gênes. À bord, 1 162 volontaires. Tous sont originaires de l'Italie du Nord, sauf quelques proscrits de Naples ou de Rome. Des avocats en majorité, des médecins, des pharmaciens, des commerçants et des artistes en tout genre. Garibaldi, qui, depuis son retour en grâce, est officier de l'armée piémontaise, a repris sa tenue de guérillero. On devait nous livrer des fusils achetés grâce à une souscription, mais ils ne sont pas arrivés. À la place, de vieilles pétoires sans munitions puisqu'elles ont été détournées par les contrebandiers chargés de les apporter. On en récupérera en Toscane grâce à un subterfuge d'uniformes. À bord, la gaieté règne et l'on chante les plus beaux airs de Verdi en lien avec la ferveur italienne. On ne sait pas trop si l'on va à Tunis, à Malte, ou en Sicile. Qu'importe ! Un seul cri de guerre : « Italie et Victor-Emmanuel ! »

Garibaldi m'aperçoit à bord du *Piemonte.*

– Que fais-tu avec ma bande de bras cassés ? s'exclame-t-il en me serrant dans ses bras.

– Je suis l'espion de Cavour.
– Je m'en doutais. Qu'est-ce qu'il veut ?
– Que tu réussisses.
– Pourquoi ne le dit-il pas ?
– Si tu échoues, il déclarera que tu as agi sans son accord. D'ailleurs, il a fait lancer un mandat d'arrêt contre toi, mais ce mandat n'est parti qu'une fois nos bateaux en mer.
– Évidemment. Tu devines où l'on va ?
– En Sicile, je parie.
– Tu as raison.

Nos deux bateaux ont donc contourné la Sicile par l'ouest, puis se sont rabattus jusqu'aux îles Égades. Et là, devant le port de Marsala, le 11 mai 1860, à une heure de l'après-midi, les « mille » débarquent sous l'œil d'un navire napolitain, qui n'ose intervenir à cause de la présence de deux vaisseaux anglais. Les Napolitains ne s'emparent de nos vaisseaux qu'après notre débarquement. Plus moyen de revenir en arrière. Nous voici en marche vers Salemi. On nous acclame. Arrivent en renfort les *picciotti*, ces jeunes Siciliens qui disposent d'un cheval et d'un fusil. On récupère aussi un aumônier franciscain, don Pantaleo, qui expédiera nos mourants au paradis, et fera notre publicité auprès des populations.

Le lendemain, nos éclaireurs annoncent que les troupes royales sont à vingt kilomètres. À Calatafimi. Huit cents hommes en avant-garde d'une armée qui ne tarde pas à les rejoindre. Le choc a lieu sur les pentes des deux collines qui se font face, côté napolitain le Pianto dei Romani, de l'autre, le mont Pietralunga. Entre les deux, une médiocre vallée qui devient un cimetière.

Les Napolitains attaquent les premiers, et débutent la conquête de la Pietralunga où nous sommes retranchés. Je commande l'une des unités. Coups de feu, chocs des baïonnettes, injures, cris de la guerre. L'ennemi est coriace, les hommes se battent bien, comme les Autrichiens, remarque Garibaldi. Au point que Bixio, son lieutenant le plus proche, envisage de reculer, mais au même moment, notre chef lance : « Ici, on fait l'Italie ou l'on meurt ! »

Il faut escalader chacune des terrasses du Pianto dei Romani. Un volontaire couvre notre chef de sa cape pour dissimuler sa chemise rouge qui attire le feu ennemi. Un autre se jette devant lui quand il est mis en joue et reçoit la balle à sa place. La « saga des mille » retiendra son nom : Augusto Elia. Les morts dévalent jusqu'en bas des deux collines. Trente-deux envoyés au sacrifice, cent quatre-vingt-deux blessés. Parmi eux, le chroniqueur de l'expédition. Les *picciotti* ont donné leur vie, eux aussi. Après trois heures d'affrontement, le général napolitain abandonne la position, car on réclame ses troupes à Palerme, où déjà gronde la révolte populaire. Le nom de Calatafimi sonne comme une victoire, la première des flibustiers, car c'est ainsi qu'on nous appelle.

Il faut compter et ramasser les morts. Les « mille » ne sont plus que neuf cents à peine en état de se battre. J'ai été légèrement blessé au bras et à l'épaule. Je fais donc la queue à la tente du flibustier infirmier.

Surgit un combattant, blessé lui aussi. Il s'approche.

– J'ai une lettre pour vous, déclare-t-il avec un sourire de préposé des postes. Excusez-moi, elle est un peu abîmée.

Il me tend une enveloppe froissée, maculée de sang dans le coin. Rien n'est écrit dessus.

– Vous êtes sûr qu'elle m'est adressée ?

– Remise en main propre à votre intention il y a quinze jours environ à Naples.

J'ouvre l'enveloppe, j'en tire deux feuillets.

« *Cher Giacomo, Je t'écris cette lettre sans savoir si elle te parviendra…* »

*

JOURNAL DE MARIE-SOPHIE

15 mai 1860. Bermúdez me raconte qu'en ville déambulent des personnages excentriques et vociférateurs sous l'œil médusé des camorristes transformés en policiers royaux. François a fait distribuer deux mille ducats pour les pauvres, prélevés sur sa cassette personnelle. Il a encouragé les membres de la cour à suivre son exemple, mais la caisse n'a récolté que huit cents ducats. Le roi exhorte les Napolitains à l'obéissance et à la discipline, mais ils n'ont rien entendu, sauf les membres de la garde royale qui, via Toledo, ont dégainé le sabre pour contraindre les passants à crier : « Vive le roi, vive François II ! »

Trahison et lâcheté partout. La chaleur est humide et suffocante, le ciel est voilé.

Giacomo s'est-il déjà battu ? Je suis réduite aux supputations. Quant à moi, pas question de voir un médecin évidemment. Je n'en parle à personne, même pas à la Rizzo qui m'entoure de son affection, mais dont j'ignore toujours le rôle dans la tentative d'enlèvement à *L'occhiello rosso.* Je crains de ne plus croire en Dieu.

*

Calatafimi, 15 mai au soir. La lettre de Marie-Sophie me touche profondément. Mieux, sa lecture sur le champ de bataille où gisent les morts et les blessés, après les cris de guerre, les coups de feu me bouleverse. Je m'assieds sur un rocher pour la lire et la relire. Ma petite reine, comment pourrais-je devenir un ennemi ? De nos nuits, de nos étreintes, de nos propos murmurés, je n'ai évidemment rien oublié. Ces souvenirs me hantent encore. Les circonstances de ma vie m'ont fait rencontrer beaucoup de femmes, certaines rayées de ma mémoire sitôt quittées, d'autres comme une douce écharde à laquelle on finit par s'habituer et que l'on titille encore par jeu. Peu d'histoires d'amour véritables. Nina sans doute. Si je t'ai parlé d'elle, c'est parce que l'histoire fut brève et intense. Alors, je vais te dire, même si tu ne m'entends pas et si nous ne pouvons communiquer que par les mystérieuses voies de l'esprit, de l'âme, comme on voudra, je n'ai jamais reçu de Cavour la moindre mission te concernant. Après Solférino, Cavour a démissionné à cause de l'armistice de Villafranca. Je ne l'ai revu que plusieurs mois après, quand il est revenu au pouvoir, plus puissant que jamais, et plus acharné encore à l'idée de faire de l'Italie un seul pays autour du Piémont. C'est lui qui m'a envoyé à Naples pour créer cette ligue dont nous avons parlé. Ma mission était de convaincre ton mari. Brenier, l'ambassadeur français, avait reçu la même de Napoléon III, mais il était plus libre de ses mouvements que notre propre ambassadeur. Il s'est donc agi de parler à François, de lui faire comprendre qu'il devait se décider rapidement car les événements se précipitaient, Garibaldi commençait à réunir ses hommes. Cavour ne croyait pas au succès de l'expédition, mais ne pouvait l'exclure non plus. Cet homme a toujours plusieurs fers au feu. Il m'a dit : « Va voir François, il est moins bête qu'on le dit. Fais-lui comprendre que cette folle de Marie-Thérèse ne nourrit qu'une ambition, le remplacer par un de ses fils. » Et c'est pourquoi, lorsque par mes propres espions j'ai eu vent de son complot, je me suis empressé d'en réunir les preuves pour les remettre à Filangieri. La suite, tu la connais. Quand François s'est enfin décidé à accorder la

Constitution sur l'instigation du pape, il était trop tard. Rien ne pouvait plus arrêter Garibaldi. Cavour m'a alors rappelé en urgence en vue de le rejoindre. « Tu me raconteras tout, m'a-t-il dit. J'ai besoin de savoir. »

Comme tu le vois, chère amante, il n'a pas été question de toi, même si j'ai tenté de te faire intervenir toi aussi auprès de François. Tu l'avais bien compris. Notre rencontre, notre amour étaient imprévisibles. Je t'ai aimée avec une émotion, une sincérité dont je me croyais incapable. Je t'aime et ne cesserai jamais de t'aimer, là où je suis, sur le point de quitter Calatafimi pour prendre Palerme, là où tu es, parmi les orangers empoisonnés de la baie de Naples. Quel est ce mystère dont tu me parles, cette nouvelle qui t'embarrasse ? Ces soucis ne me hanteraient pas si j'étais cet amant indifférent que tu crains, si tu n'étais pas devenue la femme de ma vie. Voilà le message qu'installé sur mon rocher, parmi les flonflons et les morts de notre victoire, ta lettre entre mes doigts, je confie aux voies mystérieuses qui font se rejoindre par l'esprit les amants séparés tandis que sonnent les trompes qui annoncent le départ.

*

JOURNAL DE MARIE-SOPHIE

15 mai 1860. Tout à l'heure, je rêvais sur mon cheval, dans cette allée du parc de Capodimonte où nous nous retrouvions avec Giacomo. La chaleur était un peu tombée, un vent léger rafraîchissait la colline et dissipait les nuées sur le Vomero. C'était l'heure de Giacomo et j'avais cette habitude de tendre l'oreille pour guetter le bruit des sabots sur l'herbe de l'allée. Rien d'autre évidemment que cette brise. Et une espèce de chuchotement, comme s'il me parlait. Car je

reconnais bien sa voix milanaise, si différente des accents de Naples. Me parle-t-il ? Est-ce lui ? Je ne saurais le dire, mais il y a ce message que ma lettre lui est bien parvenue.

Cette voix de Giacomo, c'est la voix du vent sicilien qui vient jusqu'à moi. Une voix un peu distordue, qui sonne dans mon esprit. Je souris à Giacomo. Dans mon malheur, dans mon attente inquiète des événements, j'aime cette suspension du temps. Tout s'arrête, et c'est comme si Giacomo me soufflait à l'oreille des mots doux, comme pour me rassurer sur la force de ses sentiments.

24.

Les trois jours de Palerme ressemblent aux cinq jours de Milan. Il faut prendre la Porta Termini, ce à quoi ne s'attend pas l'armée royale, qui court après une fausse troupe pour l'éloigner de Palerme. Une ruse souvent utilisée par Garibaldi. En attendant, il faut pénétrer dans Palerme en pleine nuit, à la pointe des baïonnettes. Les royaux, alertés par les cris des *picciotti*, ripostent aussitôt et organisent une défense acharnée, avant d'élever une barricade. Elle finit par être enlevée. Nous sommes le 26 mai 1860, la guerre de Palerme a commencé.

Hier, j'étais au bivouac du chef. Une marmite fumante où cuisait un cuissot de bœuf submergé d'oignons, d'ail frais, et un tonnelet de marsala. Aujourd'hui, la plupart de ceux qui étaient autour du brasero sont tombés. Nino Bixio, le second de Garibaldi, est blessé. Enfin, la Porta Termini est prise. Palerme devient un labyrinthe de barricades, les églises sonnent le tocsin sans interruption. Trois jours de massacres dans les deux camps. Les royaux pillent les magasins, les rebelles traquent les policiers. Des cadavres crucifiés sur les portes des églises, des têtes fichées sur des piques. On ne sait plus à qui appartiennent les morts.

La prison de la Vicaria a dû ouvrir ses portes. En délivrant les politiques, elle a aussi libéré de violents criminels. Comme à Milan, les femmes jettent par les fenêtres sur les royaux chaises, tables, bancs, tout ce qui leur tombe sous la main. Toutes les cinq minutes, une bombe explose dans la ville. Certains quartiers flambent. On dit que les royaux lancés à la poursuite de l'appât reviennent à marche forcée. Leur général suisse von Mechel est furieux d'être tombé dans le piège de Garibaldi avec ses meilleures troupes. Il faut achever la victoire avant leur retour.

Dans le port, trois vaisseaux de guerre anglais surveillent les événements. On sait les Britanniques plutôt favorables aux insurgés. Lanza ne compte plus les désertions de l'armée royale. C'est lui qui s'adresse à l'amiral anglais pour solliciter une médiation. L'amiral accepte et envoie un message à Garibaldi, adressé à « Son Excellence ». Lui qui est habitué à être traité de flibustier éclate de rire.

Une première rencontre a lieu à bord du bateau anglais. Il faut faire vite. Von Mechel marche vers le centre-ville, détruisant tout sur son passage. Fort heureusement, deux officiers napolitains lui portent l'ordre de s'arrêter en vue d'un armistice imminent. Les royaux exigent une déclaration de soumission à François II. Furieux, Garibaldi se lève et déclare : « Vous avez affaire à des gens qui savent se battre, il n'y a pas d'autre réponse. » Les royaux soudoient alors des Siciliens pour l'assassiner, mais les sicaires renoncent tant ils le trouvent sympathique ! Les discussions durent encore deux jours.

Garibaldi convoque son état-major pour recevoir les émissaires napolitains. Certains me reconnaissent pour m'avoir vu à la cour de François et m'adressent un salut glacial, que je leur rends. Garibaldi pèle une orange avec son poignard et tend un quartier à chaque émissaire. Ils négocient un armistice de trois jours en mangeant le morceau de fruit. Nous nous promenons dans Palerme, la population nous acclame. La ville est toujours parsemée de barricades. À la fin, Lanza accepte de capituler. Ses contingents rembarquent. Le 19 juin, Palerme est à nous.

25.

JOURNAL DE MARIE-SOPHIE

Trois mois de silence. Je n'avais plus le goût d'écrire. Après Palerme, il y a eu Messine. Toute la Sicile est tombée entre les mains de Garibaldi, qui s'est proclamé dictateur au nom de Victor-Emmanuel. Et moi, je suis désormais la dernière résistante du royaume de Naples. Un comble quand on sait qu'il y a deux ans à peine j'ignorais son existence ! Me voici la dernière reine probablement de cette terre qui va nous être ôtée. Quant à l'homme que j'aime, il est dans le camp adverse.

François, malgré ses promesses de ne jamais partir, a choisi de quitter notre capitale pour le nord du royaume où il existe encore des troupes, et surtout la fameuse et imprenable forteresse de Gaète. Avant notre départ, j'ai voulu faire à cheval un dernier salut à Naples aux côtés de François. Mais il nous a imposé une calèche découverte, comme si les chevaux lui faisaient peur. Les passants nous ont salués avec une courtoisie froide en soulevant leur chapeau. La période où le peuple dételait nos chevaux pour que les Napolitains tirent de leurs mains la calèche royale est révolue.

Dans la matinée du 16 septembre commencent les déménagements de tout ce que François veut emporter : soixante-six reliquaires, l'urne contenant les cendres de sainte Patricia, une figure en cire de cette même sainte, richement vêtue, et un invraisemblable convoi d'objets religieux. L'argent personnel du roi est laissé à la banque. Garibaldi pourra ainsi faire main basse sur cette somme considérable qui ira grossir le Trésor du Piémont. Le seul objet de valeur est un tableau de Raphaël que mon mari veut offrir à Bermúdez, l'ambassadeur espagnol, en signe de reconnaissance.

À cinq heures de l'après-midi, nous quittons le palais, assurant aux serviteurs que nous reviendrons bientôt. J'ai une pensée pour Marie-Antoinette, qui a tenu, me semble-t-il, les mêmes propos en laissant Versailles le 6 octobre 1789. Nos espions nous informent que Victor-Emmanuel a adressé deux lettres à Garibaldi, la première, officielle, lui interdisant de passer le détroit de Reggio par respect pour le royaume de Naples, la seconde, confidentielle, lui demandant de ne tenir aucun compte de la première.

– Gardez la maison, dit le roi au ministre Liborio Romano, sachant qu'il a déjà trahi.

J'ai endossé mon habit de voyage. Nous marchons jusqu'au port, suivis d'une vingtaine de personnes. Dans les heures qui ont précédé le départ, j'ai envoyé la Rizzo faire une commission à *L'occhiello rosso.* Le navire prend la mer. L'ordre est communiqué depuis notre vaisseau, *Il Messagero*, aux autres navires de nous suivre. Mais un seul obéira, la *Partenope.* Les autres sont aux mains de commandants déjà vendus aux Piémontais.

Après l'île de Procida, deux autres vaisseaux prennent la suite derrière le nôtre. Ils sont aux ordres de Bermúdez de Castro. Lui, au moins, nous est resté fidèle. Tandis que François arpente le pont, je vais me reposer dans ma cabine.

À mon réveil, je découvre que François m'a recouverte de son manteau. Je suis touchée par ses élans de tendresse. Mais sa tendresse est bien loin de la passion de Giacomo. Mon amant me manque.

Le lendemain à l'aube, le bateau entre dans le port de Gaète. Quand nous descendons à terre, nous retrouvons la *matrigna*, ses fils et l'inusable *padre* Borrelli qui baise la main du roi.

– *Padre*, lui demande François, vous souvenez-vous que le jour de la San Giovanni, vous m'avez dit que c'était la dernière fois que vous baisiez la main du roi de Naples ?

– Si Votre Majesté n'est plus un grand roi sur la terre, il peut encore être un grand saint au ciel.

Il me jette un coup d'œil et je tourne mon petit doigt vers le sol, à la napolitaine, pour conjurer le sort.

26.

Le vendredi 7 septembre à neuf heures trente du matin, nous entrons dans Naples derrière Garibaldi. À ses côtés, le *padre* Pantaleo, écharpe tricolore à la taille, pistolet et sabre dans la ceinture, une croix sur la poitrine. C'est l'accueil d'un général antique victorieux des barbares. À son passage, les femmes tendent leurs enfants, et un mugissement de bonheur monte de la foule. On s'agenouille, on veut le toucher. Don Liborio l'attend avec un discours de bienvenue. La voiture progresse lentement vers San Gennaro, et Garibaldi se tient debout, souriant, les bras croisés sur la poitrine. Il s'offre à la foule sans protection, à tout instant la balle d'un tueur peut l'abattre, mais il ne se passe rien. Au Duomo, il visite la chapelle du saint et l'ampoule qui abrite le sang miraculeux. Heureusement, il ne se produit pas de liquéfaction. À la sortie, on veut le porter en triomphe, mais il refuse. On lui a préparé un cheval, mais la foule l'empêche de le rejoindre, et il emprunte une autre voiture. La journée se déroule ainsi jusqu'au soir. Garibaldi, c'est le Christ, mieux que le Christ peut-être. Chants, ripailles, actions de grâce. Cinq cent mille Napolitains se livrent avec enthousiasme à l'un de leurs jeux favoris, l'acclamation du héros. Enfin, Garibaldi peut gagner via Toledo le palazzo d'Angri, qu'une princesse niçoise a mis à sa disposition. Pour autant, la foule ne le lâche pas. Une fanfare prend place sous ses fenêtres. On entend entre les flonflons et les crincrins l'hymne garibaldien.

Je commence à en avoir assez. J'ai pour le général une infinie admiration, je lui voue un authentique respect, tant au militaire qu'à l'homme, mais l'excès de ces manifestations m'agace. Il y a peu, ces mêmes habitants portaient à François et à Marie-Sophie la même dévotion. Ces cris d'amour, si prompts à se transformer en hurlements haineux, m'insupportent. Garibaldi lui non plus ne se fait pas d'illusions. Il a tout connu, la dévotion et la prison, le mépris et la gloire.

Je reçois un pli de Cavour m'ordonnant de rentrer à Turin. Ma mission auprès de Garibaldi est terminée. Ses vrais et faux disciples occupent le palazzo d'Angri, affalés sur les canapés, endormis sur les marches d'escalier. Aucune envie de rester là. En bas, les fiacres ont regagné leur emplacement habituel. Je hèle le premier.

– *All'occhiello rosso !*

Il faut plus d'une heure pour gagner le quartier du Vomero tant les rues, les places et les avenues sont encombrées de fêtards enthousiastes. À onze heures du soir, je passe enfin la porte de l'auberge. Le patron me tend une enveloppe.

– Elle a été déposée hier soir à votre intention. Si vous souhaitez répondre, quelqu'un viendra chercher le pli tout à l'heure. Elle sera portée à Gaète demain matin. Vous avez jusqu'à minuit, la personne ne pourra pas attendre plus longtemps…

J'ouvre l'enveloppe. À l'intérieur, un feuillet plié en quatre.

« Je t'écris ces quelques mots avant de partir. Une personne que tu connais viendra chercher la réponse. Je ne vais pas te

faire de discours militaires, il nous reste des troupes et nous nous battrons. S'il le faut, cher ennemi, je prendrai la tête de l'armée qui nous reste. Mais laissons cela. Sache que depuis ton départ, je n'ai cessé de penser à toi, à nous. Mais que reste-t-il de nous dans une aussi déplorable situation, alors que Garibaldi vient certainement de faire un triomphe à Naples et que nous nous cloîtrons dans notre dernier refuge ?

Je veux faire confiance au destin. Un amour comme le nôtre, aussi intense, sincère et violent, ne peut mourir ainsi. Peut-être le destin nous regarde-t-il d'un œil plus bienveillant que nous l'imaginons ? Je n'en sais rien. Je te le dirai si je te vois. Quand ? Où ? Mais je sais que tu viendras. Écris-moi que tu viendras.

M.S. »

On frappe à ma porte.

– On vous attend, me dit le patron.

Je m'empare d'une feuille et écris en hâte :

« *J'ai lu ta lettre. Je viendrai, je te jure que je viendrai. G.* »

Je tends mon feuillet au patron. En bas de l'escalier, une silhouette s'avance dans l'ombre. Je la reconnais, c'est la Rizzo, je descends la saluer.

– Vous êtes folle d'être restée ici.

Elle hausse les épaules.

– Au point où j'en suis… Un pêcheur m'attend sur le port. Il me conduira à Gaète cette nuit.

– Embrassez Marie-Sophie pour moi.

Elle hoche la tête avant de disparaître dans la nuit. Dans la ville, on entend toujours le bruit du bonheur napolitain.

27.

JOURNAL DE MARIE-SOPHIE

18 septembre 1860. Il y avait dans ma vie de reine les ors de Capodimonte, les patenôtres du roi François et les infinies intrigues de la cour. Une existence étriquée, corsetée par les convenances et le respect d'un formalisme étouffant, sans compter les curés tout le temps, les curés partout. Les ombres noires peuplaient les couloirs, encombraient la salle du trône, surgissaient dans les chambres et les alcôves avec leurs odeurs d'encens, leurs discours d'encens, leurs gestes d'encens. J'en crevais, des curés !

À Gaète, ils ont disparu, sauf Borrelli qui ne quitte pas la *matrigna* et sa tribu, quelques séides que l'on croise dans ces lieux militaires où les soutanes s'effacent devant l'uniforme. Quant à moi, j'ai abandonné mes luxueuses toilettes dans les armoires de Capodimonte pour ne garder qu'un mélange d'habits d'amazone et de tenues calabraises. Veste et pantalon noirs modèle masculin avec par-dessus la cape noire offerte par les montagnards, cuissardes de la même couleur aux talons plats et aux éperons rouges. Les cheveux dénoués, je porte un chapeau noir à larges ailes comme les paysans de Calabre. Me voilà en reine-soldat. Mon mari ne me déteste pas sous cette apparence. Lui aussi s'est adapté aux règles de l'armée qui nous reste fidèle : vingt-huit mille soldats, quarante-deux canons, plus que les garibaldiens. Il a même fait confectionner un nouvel étendard que le pape s'est empressé de bénir. Et quel étendard ! Certes, les insignes des Bourbons y figurent encore, mais ils sont agrémentés de détails dont François est l'auteur. D'un côté, sa mère Marie-Christine, la Sainte, agenouillée devant la Vierge, écrasant la croix de Savoie (dont elle est pourtant issue). De l'autre, une Immaculée Conception, le tout sur un carré de soie blanche que l'on aurait cru préparé pour une procession. Cet étendard, qui exhale la religion par toutes ses fibres, a donc été reproduit en de multiples exemplaires distribués aux unités pour être brandis lors des batailles à venir et mettre en déroute les garibaldiens.

Nuit du 1er au 2 octobre.

Les combats ont repris. Nos soldats sont exaltés par les prêches de la veille. François chevauche en première ligne aux côtés du maréchal et des jeunes comtes de Trani et de Caserte, les fils de la *matrigna*, qui n'ont pas pu se défiler. On a prévu de prendre l'ennemi en tenaille, de l'agresser par surprise sur ses lignes arrière. C'est beau, c'est audacieux, cela me plaît. J'aperçois Garibaldi au moment où il manque d'être occis ou pris par nos hommes. Son cheval est tué, il est obligé de se frayer un chemin à coups de sabre pour regagner ses lignes. François embrasse l'étendard pour le remercier.

Entre-temps, nos Suisses et nos Bavarois, menés par von Mechel, bousculent les garibaldiens sur les hauteurs où ils se sont installés. Bixio, le lieutenant du héros, se lance à leur poursuite. François embrasse une nouvelle fois l'étendard : *Grazie mamma !*

Mais il se trouve que le fils de notre général est tué soudainement. Brisé par la douleur, von Mechel fait halte quand il devrait refermer la tenaille derrière les lignes. François me surprend. Il est toujours au cœur des affrontements les plus acharnés. Je l'entends même lancer le cri rituel : « *Avanti la guardia !* »

Hélas, dès que l'ennemi ouvre le feu, ces beaux soldats de la garde, plus habitués aux défilés qu'aux vrais combats, tournent bride et traversent les troupes qui les suivent. François se jette entre ses hommes pour les inciter à reprendre le combat, mais l'enchantement est rompu.

C'est alors que surgissent les renforts ennemis, arrivés par le train que le roi Ferdinand avait créé (le premier train d'Italie !). Notre maréchal Ritucci, secrètement soulagé, sonne la retraite. Nous n'avons pas perdu la bataille du Volturno, mais ne l'avons pas gagnée non plus. Le roi François distribue des rubans d'honneur (les décorations ont été oubliées à Naples). Il est décidé à reprendre le combat et à provoquer une nouvelle bataille, mais c'est trop tard. Ritucci trouve tous les prétextes pour refuser. La guerre du Volturno est finie. Celle de Gaète n'a pas commencé.

28.

Turin, 2 octobre 1860.

Cavour m'ouvre les bras. Nous ne nous sommes pas vus depuis mon départ pour Gênes lorsqu'il m'a envoyé auprès de Garibaldi.

– Raconte-moi tout ! Surtout, n'oublie rien !

Pendant que je m'exécute, il m'écoute, un peu éberlué, tout en jetant un œil sur les dépêches télégraphiques qu'un secrétaire lui apporte. Soudain il sursaute et lève la main.

– Hier, me dit-il en brandissant le message, sur le Volturno, les Napolitains ont failli vaincre Garibaldi. Il s'en est fallu de peu. Lui-même a manqué d'être tué ou fait prisonnier. Mais nous avons eu de la chance, car le fils du général ennemi est mort sous ses yeux. Le sort de la bataille s'est retourné à cet instant. Les Napolitains ont perdu du temps et leur garde s'est effondrée. Le roi était à la tête de ses troupes, il y avait aussi sa femme, Marie-Sophie, tu la connais, je crois ?

– Je connais les deux.

– Elle surtout.

Il a son sourire à la Cavour, le visage plissé et les yeux rieurs. Je ne suis pas surpris. Cet homme sait toujours tout, même ce qu'il ne devrait pas savoir. Mais on ne peut rien y faire, son extraordinaire réseau d'informateurs est l'une des clés de son succès.

– Notre roi Victor-Emmanuel est parti hier, poursuit-il avec sérieux, pour faire son entrée à Naples et prendre possession du royaume. Mais la guerre avec François n'est pas terminée. Il va s'enfermer dans Gaète avec son armée, et je refuse qu'il soit assiégé par les garibaldiens. Nous allons donc envoyer notre propre armée. Cialdini la commandera, c'est un militaire sérieux. Il prendra son temps, mais il gagnera.

Il s'arrête un instant et me fixe avec insistance.

– La reine Marie-Sophie ne doit ni être tuée ni blessée, dit-il.

– Je n'y tiens pas non plus, évidemment.

Il hoche la tête avec son air malicieux, et ajoute :

– Sa sœur est impératrice d'Autriche et il nous faut la neutralité de François-Joseph. C'est la raison pour laquelle tu accompagneras Cialdini et ses hommes pour t'occuper du siège. Essaie de voir la reine et de la convaincre de s'en aller.

*

JOURNAL DE MARIE-SOPHIE

12 novembre 1860. Nous voici repliés à Gaète. Notre dernier combat, le 19 octobre, contre les Piémontais de Victor-Emmanuel a été catastrophique. Notre nouveau général et son état-major ont été faits prisonniers. Deux jours plus tard, le plébiscite pour organiser l'annexion du royaume des Deux-Siciles à l'Italie a été voté. 1 300 000 oui contre

10300 non. Le 26 octobre, Garibaldi a enfin rencontré Victor-Emmanuel à Teano et l'a salué du titre de roi d'Italie. C'est fini, les Bourbons de Naples. Il ne reste plus qu'à montrer du courage et de la fermeté d'esprit.

Au sein de notre forteresse, douze mille hommes de troupe, neuf cents officiers et environ trois mille habitants. Sur cinq cents canons, trois cents sont efficaces, divisés en huit batteries. En face, quinze mille cinq cents hommes, huit cents officiers et mille deux cent soixante canons à canon rayé, donc plus puissants, plus précis et à longue portée. Ils peuvent nous atteindre en restant à l'abri. Il aurait fallu acheter un armement plus moderne, mais mon mari, par souci patriotique, a laissé tous nos avoirs dans les banques de Naples. Résultat, les Piémontais ont mis la main dessus. Cavour a besoin d'argent pour parachever l'unité.

Dans cette cité encerclée, nous sommes plus de quinze mille sans compter les chevaux faméliques qui, faute de fourrage, broutent les derniers buissons d'herbe autour des remparts.

Au premier coup de canon ennemi, la *matrigna* et ses fils ont filé à bord d'un navire espagnol qui a bien voulu les prendre. Le corps diplomatique en a fait autant. « Les rats s'en vont quand le bateau coule », a murmuré François. Il ne restait que Bermúdez de Castro, l'indomptable ambassadeur d'Espagne, et l'attaché militaire bavarois.

De mon côté, je visite les lieux de casernement et surveille les travaux de consolidation des défenses. Je m'occupe aussi des malades et des blessés, ce qui me rend très populaire. On ne cesse de me répéter que je mets ma vie en péril car les jumelles des observateurs piémontais ont repéré ma longue cape sur les remparts à proximité des batteries. J'ai fait recouvrir les toits de nos hôpitaux d'un drapeau noir pour que les canonniers adverses évitent de les viser, et un message a été adressé aux Piémontais dans ce sens. Dans un premier temps, les assiégeants ont accepté, et leur général Cialdini a même proposé d'indiquer par le même moyen le lieu où je me trouvais pour éviter que je sois blessée par un obus piémontais. J'ai fait répondre qu'il faudrait beaucoup de drapeaux, car j'ai l'intention, en tant que soldat, de me trouver partout.

Mais l'intensité des bombardements s'est encore accrue, les obus tombent n'importe où, y compris sur les églises et les hôpitaux de Gaète. « Les bombes n'ont pas d'yeux pour regarder », a, paraît-il, lancé Cialdini.

Mon mari change de jour en jour, et force mon admiration. Je découvre en lui un courage physique que je ne soupçonnais pas. Il me demande de l'accompagner partout, lors de ses visites comme dans les conseils de guerre. Napoléon III, qui reste en contact à travers sa flotte qui mouille au large, lui a suggéré de se mettre à l'abri, mais il a répondu qu'il se préparait à être enseveli sous les ruines fumantes et que son épouse voulait partager son sort.

Les blessés parlent de moi comme d'une bonne fée. On me dit que l'amiral français est fou de moi, je reçois des poèmes de volontaires étrangers qui servent dans nos rangs et aussi de simples soldats. J'en éprouve un immense bonheur. Quand je visite l'hôpital, les blessés veulent me baiser la main. Certains, gravement atteints, me demandent de les accompagner jusqu'à la fin, d'autres me remettent leurs économies pour les faire parvenir à leur femme. Il m'arrive de pointer moi-même un canon sur les positions ennemies, ce que François refuse par esprit chrétien. Il ne peut dissimuler sa répugnance pour la guerre. De même, pour éviter le risque d'atteindre un lieu sacré, il intervient pour empêcher que l'on tire sur les batteries ennemies lorsqu'elles sont cachées derrière les églises. Il est loyal, généreux à pleurer, y compris quand une corvette ennemie s'échoue sur la côte à cause de la tempête et qu'il refuse de s'en emparer, car ce serait déloyal.

Les dynasties européennes sont de notre côté. Cialdini réclame, paraît-il, de nouveaux canons à Cavour, qui les refuse par crainte d'une intervention française. Mais le typhus s'ajoute aux blessés et à la famine. Quand la flotte française reçoit, hélas, l'ordre de lever l'ancre sous la pression de Cavour, l'amiral me fait livrer une vache que je fais suivre aux sœurs de la Charité. Il règne sur toute la forteresse une ambiance de bûcher final. Nous nous préparons à l'épreuve ultime.

Je me suis enfin décidée à consulter un médecin militaire auquel j'ai souvent servi d'infirmière. Il me regarde, surpris et inquiet.

– Votre Majesté me donne cependant l'impression de se porter à merveille.

– Ce n'est pas de cela qu'il s'agit. C'est une question de femme.

– Je suis un médecin militaire, madame. Je m'occupe des blessés, des malades du typhus, et de tout ce qui va avec…

– Vous avez quand même examiné des femmes.

– Certes, quand j'étais jeune interne à l'hôpital de Naples.

– Alors, faites, je vous prie. J'ai besoin de savoir.

Il ferme la porte et, mal à l'aise, me demande de me déshabiller.

– Les résultats de votre examen seront secrets, docteur, j'ai votre parole.

– Je vous le garantis, madame.

Ce n'est pas long. Il me fixe un instant avant de me dire :

– N'ayez plus de doute sur votre état, madame. Vous êtes enceinte de quatre mois environ. Cela commence à se voir. Est-ce une bonne nouvelle ?

Je ne réponds rien. Il s'approche de moi et m'embrasse

sur la joue, je crois qu'il a compris que le père n'est pas le roi. Mais c'est un homme de fidélité, il ne dira rien.

Je repars un peu chancelante. Dehors, la Rizzo m'attend, elle veut me parler. C'est urgent.

– Que se passe-t-il ?

– Vous savez qu'entre les assiégeants et nous il y a des contacts.

– Évidemment.

– Je viens de recevoir ce message à votre intention.

Sur un feuillet plié en quatre :

« Viens ce soir à minuit par le chemin qu'indiquera mon envoyé à la Rizzo. Je t'attends, je t'attendrai toute ma vie.

Giacomo »

29.

JOURNAL DE MARIE-SOPHIE

C'est la plus belle des nuits de ce mois de novembre 1860, celle où, à la suite de la Rizzo, je m'enfonce dans les entrailles de la forteresse. Il faut descendre des escaliers, certains droits, d'autres tournants. La Rizzo marche devant, elle a l'air de connaître les lieux, je la soupçonne de s'y rendre souvent, même si elle ne m'en a jamais rien dit. Je m'en moque, la Rizzo est comme une sœur. Ce qui m'étonne, ce sont les étranges voyageurs que je croise. Des hommes et des femmes, une lanterne ou une torche à la main. Dans ces escaliers, ces corridors sous la forteresse, il y a comme une déambulation de lucioles qui glissent au travers de ce labyrinthe avec des croisements, des chemins qui viennent, d'autres qui s'en vont, des passages sombres furtivement éclairés. Et c'est là que je me rends compte que cette forteresse que je croyais close avec ses remparts, ses chemins de ronde, ses canons braqués sur les Piémontais dont le camp se dresse en face, du côté de Formia, est en réalité un lieu d'échanges entre les deux camps. Le plus curieux est que tous se côtoient en silence, sans jamais s'arrêter ni s'interpeller, comme si, par un accord tacite sur cette *terra di nessuno*[1], les conventions étaient abolies. J'avance donc, la tête à demi couverte d'une capuche, avec une de ces robes informes que portent les femmes d'ici, le regard fixé sur les talons de la Rizzo. Au fur et à mesure, les passants se font plus rares et les corridors plus étroits. La Rizzo se retourne de temps en temps pour vérifier que je la suis. Dans le sol sableux, on distingue les rares traces de pas de nos prédécesseurs. Soudain, elle s'arrête au centre d'une rotonde et allume une lanterne fichée dans le mur. Il flotte une odeur de salpêtre, de renfermé et de moût de vin. Il va être minuit.

– Voilà, me dit-elle, il faut attendre ici. On va venir vous chercher. Je reviendrai dans une heure.

– Tu ne restes pas avec moi ?

– Non, vous devez être seule. C'est la condition. J'ai à faire de mon côté.

Elle montre un couloir dans l'obscurité en souriant, elle a un sourire qui lui tord un peu la bouche. Elle s'éloigne de son pas tranquille, je suis quelques instants les reflets de sa lanterne sur les parois. Puis plus rien. Il me reste à guetter l'apparition de Giacomo.

Un bruit de pas enfin, une lueur, une lanterne. Plusieurs pas ensemble, plusieurs lanternes. Des hommes apparaissent. Tous portent l'uniforme piémontais.

– Madame, dit l'un d'entre eux, vous êtes notre prisonnière.

*

1. Terre de personne. Un no man's land.

Je me hâte dans les escaliers, par les couloirs. Je crains d'être en retard, retenu par d'absurdes questions de service. Devant moi, mon ordonnance avec sa lanterne connaît le parcours. Je voulais me changer, mais je n'en ai pas eu le temps. Tant pis. Marie-Sophie me verra en officier de l'armée piémontaise. Il est minuit passé. Jamais je n'aurais cru que ce serait si loin, si long. D'autres couloirs, d'autres rotondes.

Soudain, l'ordonnance se retourne vers moi et souffle la flamme de sa lanterne. On entend des pas, une lueur qui danse. Nous nous plaquons contre le mur, tandis que les pas et la lumière se rapprochent. Je dégaine mon revolver, vérifie qu'il est bien chargé. Des hommes apparaissent. Ils sont trois. Entre eux, une femme avec une capuche. Je surgis, la main sur mon arme.

– Halte, lieutenant.

Le cortège s'immobilise. La femme tourne la tête. C'est Marie-Sophie.

– Mon colonel, nous sommes en mission.

– Qui vous a donné cette mission ?

Le lieutenant ne répond pas. Je répète :

– Qui vous a donné cette mission, lieutenant ?

– Nous devons conduire cette femme à la tente du général.

– Cette femme, comme vous dites, est la reine de Naples.

Le lieutenant bredouille, il connaît ma réputation d'homme de guerre.

– Écoutez, mon colonel…

Je braque mon arme sur lui.

– Il vous reste peu de temps à vivre, lieutenant, si je n'ai pas votre réponse.

Il se raidit. Les deux soldats reculent d'un pas. Le lieutenant baisse la tête, puis la relève.

– Mon colonel, j'agis d'initiative sur renseignement.

– Qui vous a donné ce renseignement ?

Je relève le chien de mon arme. On entend un déclic.

– Une femme.

– Quelle femme ?

– Ma maîtresse, mon colonel.

– Son nom !

– Nina Rizzo.

Un cri de surprise. C'est Marie-Sophie qui met la main sur sa bouche. Je fais un signe d'assentiment.

– Lieutenant, à partir de maintenant, la reine est sous ma garde et ma protection. Rentrez au camp. Et j'oublierai votre malheureuse initiative.

– Bien, mon colonel.

Je m'approche des deux soldats.

– Vous êtes tenus au secret.

Ils hochent la tête ensemble.

– Partez.

Ils s'éloignent rapidement. Quand on n'entend plus le bruit de leurs pas, je me tourne vers l'ordonnance.

– Va chercher la Rizzo.

L'autre suit le couloir emprunté tout à l'heure par la Rizzo. Marie-Sophie et moi restons tous deux face à face.

– Tu as cru que je t'avais tendu un piège ?

Elle fait signe que oui.

– L'idée m'a traversé l'esprit un court instant.

Elle me contemple dans mon uniforme de colonel piémontais. Nous nous regardons en silence. Il faut parler, vider ce qui est suspendu entre nous, ce sac mauvais.

– Que fais-tu là ? finit-elle par demander.

– Cavour m'a demandé de participer au siège et de tenter de te voir pour te transmettre une proposition.

– Il connaît nos rapports ?

Je hausse les épaules.

– Il sait presque tout sur tous. Évidemment, il est au courant, j'ignore par quel moyen, mais c'est pour ça qu'il m'a envoyé.

Elle se mord les lèvres. Elle croyait certainement que c'était de ma propre initiative que je venais… Elle se moque de la proposition de Cavour. C'est moi qu'elle veut.

– Alors, que propose-t-il, le fameux comte Cavour ?

Je tends ma main, mais elle recule.

– Je t'écoute.

– Vous rendez la citadelle, et on vous remettra l'argent séquestré à Naples. Vous partirez pour la destination de votre choix.

Elle a un rire sec.

– L'argent du roi contre le royaume ?

– Oui.

Elle a un sourire amer, un sourire sombre.

– Jamais je n'aurais cru, Giacomo, que tu viendrais un jour me transmettre une telle proposition.

– Ce n'est pas la mienne. Je serais venu de toute manière. Je connais ta réponse, je l'ai déjà transmise à Cavour, mais il a insisté pour que je t'interroge.

Elle hoche la tête.

– L'argent appartient à François, au royaume. Je ne peux pas te répondre à sa place, mais s'il est pétri de défauts, l'argent l'indiffère. Cavour l'a volé, cet argent, qu'il le garde.

Je m'avance encore vers elle, je pourrais lui dire que le siège ne durera pas longtemps, faute de vivres, mais je me tais.

– Je le lui dirai.

Le silence dure quelques longues secondes. Je lui demande encore :

– Et nous deux ?

– Nous deux ?

Dans un rire presque gai, elle laisse glisser sa cape sur le sable.

– Nous trois !

Elle défait sa chemise, montre son ventre légèrement renflé. Je fronce les sourcils, recule, puis m'avance vers elle et pose mes mains sur ses épaules.

– Tu es sûre ?

– J'ai vu le médecin avant de venir. Il est formel.

Je l'attire contre moi en murmurant son prénom. Je touche ses lèvres, l'embrasse longuement, la serre contre moi, je sens son ventre un peu bombé contre le mien.

– C'est la plus belle nouvelle de ma vie !

Alors elle pleure de joie, de bonheur. Le siège, François, l'argent de Cavour, ça ne pèse rien. Et nous restons ainsi, enlacés, moi dans mon uniforme avec le dolman, les épaulettes, et elle dans sa tenue de paysanne.

– Je ne sais pas comment je vais faire, murmure-t-elle. Pour l'instant, ça ne se voit pas trop, mais je ne pourrai bientôt plus dissimuler mon état. François n'est pas idiot. Un jour il s'en apercevra ou quelqu'un le lui dira.

– Viens avec moi. Demain. Non, maintenant ! Allons à Rome ou à Turin, n'importe où.

Elle proteste.

– Tout le monde compte sur moi dans la citadelle. Je ne peux pas les abandonner. Tu comprends ?

Je fais un signe de tête.

– Un jour, le siège prendra fin. Je viendrai te chercher où que tu sois et je t'emmènerai.

– Tu crois ?

– Oui, j'en suis sûr.

Je répète avec un sourire :

– N'importe où, n'importe quand. Je vous emmènerai tous les deux.

Elle se serre encore contre moi, je referme les bras sur elle et le désir nous vient, comme à *L'occhiello rosso*, quand elle passait la porte et que je la guettais en haut de l'escalier.

– Ce n'est pas raisonnable, souffle-t-elle. Ton ordonnance va revenir avec la Rizzo.

Puis :

– Cela fait des mois que je suis une fille raisonnable. Alors au point où j'en suis…

Le sable nous accueille, le sable doux aux senteurs de salpêtre, à cent pieds sous terre, avec au-dessus le monstre de la citadelle, ses canons et ses obus qui, même la nuit, filent en sifflant avant d'exploser plus loin. Dans ce souterrain, il ne reste que les cris étouffés et les halètements de l'amour.

Elle revient, la Rizzo, poussée par mon ordonnance. Elle titube. Quand elle nous aperçoit, elle comprend qu'elle a été dénoncée. Mais au lieu de demander pardon, de s'agenouiller pour être graciée, elle relève la tête, nous dévisage avec son sourire tordu, un peu triomphant.

– Pourquoi ? demande Marie-Sophie.

– Parce que vous êtes, madame, tout ce que je ne suis pas, et que je vous hais.

– C'est pour cela que vous m'avez livrée aux Piémontais ?

– Oui. Cette fois et la précédente aussi, quand j'ai prétexté un voyage en Calabre. Ce n'était pas pour les Piémontais, mais pour votre *matrigna*. Quand on trahit par haine, peu importe pour qui on trahit.

Un déclic. J'ai tiré mon arme de son étui, je recule le chien.

– Je vous aimais, dit Marie-Sophie, j'avais en vous une confiance absolue.

– Salope de reine !

Marie-Sophie saisit mon revolver et le pointe sur la Rizzo.

– Tire, *stronza*[1] ! crache encore la Rizzo, le visage illuminé de détestation.

Marie-Sophie tire. Deux fois. Je me tourne vers l'ordonnance.

– Occupe-toi du corps de cette chienne. Qu'on ne la retrouve jamais.

1. Connasse.

30.

JOURNAL DE MARIE-SOPHIE

Lorsque j'émerge du dernier couloir, du dernier escalier, je chancelle. C'est toujours la nuit, et les canons se sont tus. Je retrouve mon chemin parmi les casemates, les batteries, tout un itinéraire qui me conduit jusqu'à la chambre conjugale où dort François, parmi les crucifix, les portraits de la Sainte, les statues pieuses et les ex-voto. Je m'allonge sur le lit, épuisée, mais incapable de m'endormir. Alors, je me relève, j'allume une bougie, tire d'un tiroir les feuillets de mon journal et prends une nouvelle page. Il est quatre heures du matin.

J'ai dix-neuf ans et je suis une reine bientôt déchue, une héroïne guerrière, une épouse adultère qui porte en elle le fruit de son péché. Et désormais, une meurtrière. C'est cela qui devrait peser le plus lourd et qui pourtant me laisse presque indifférente. Qui aurait cru que la nymphe de Possi, comme disait le bon duc Max, deviendrait tout cela en dix-huit mois ? Je n'y étais pas plus destinée que Sissi ne l'était à devenir une impératrice fuyarde. Nous avons suivi les chemins que notre mère a tracés pour nous. Reine de Naples, pourquoi pas ? De Naples ou d'ailleurs, François ou un autre, cela n'avait guère d'importance. Il suffisait de faire ce que l'on attendait de nous. Ma mère m'avait prévenue : « Ma petite, tu devras faire des enfants mâles. C'est ce que l'on attend d'une reine. Le reste, tu t'en débrouilleras toujours. »

En quoi consisterait ce reste ? Elle ne me l'avait pas dit. Seul mon père m'avait mise en garde contre François : « C'est un imbécile. » Lui avait tout compris des vanités royales. Il savait que dans un mariage, seule compte la qualité des rapports entre les deux époux. Cet homme, méprisé à cause de ses choix de vie, craignait ce qui allait m'arriver. Ma mère ne me manque pas. C'est de mon père que j'ai besoin en ce moment. Il faudrait que je lui raconte tout, le fantôme de la Sainte, la *matrigna*, Giacomo et Gaète. Cette femme que je croyais être ma seule amie, ma confidente, mon soutien, cette femme n'éprouvait pour moi qu'une haine jalouse, maladive peut-être, mais qu'importe.

La Rizzo m'a trahie deux fois, et le pire, c'est qu'elle s'en est vantée. Son seul moment de franchise. Tandis qu'elle m'injuriait, je ressentais physiquement la haine qu'elle me vouait. Alors je l'ai abattue, j'aurais pu laisser faire Giacomo. Mais c'était à moi de tirer. Alors, j'ai visé au cœur et à la tête. Ma mère m'a enseigné les toilettes et les bonnes manières, mon père m'a appris à me servir d'une arme et à monter à cheval. J'ai tué la Rizzo, ce geste interdit, prohibé par la loi, prohibé par Dieu, je l'ai accompli comme s'il était dirigé contre elle, mais aussi contre les bondieuseries de François, les provocations de la *matrigna*, les avidités de Cavour et de son roi Victor-Emmanuel. Je ne regrette rien.

31.

JOURNAL DE MARIE-SOPHIE

Le jour de Noël, il tombe une pluie d'obus sur la forteresse. À François et moi, on offre des poissons frais, aussitôt redistribués aux malades. Le 1er janvier, les derniers courtisans retrouvent les habitudes et les gestes de la cour, à commencer par le baisemain. Puis tout recommence. La flotte piémontaise envoie des brûlots pour créer un passage en vue d'un débarquement. Mais les Napolitains les arrosent et c'est un échec. Alors, on emploie de nouveaux canons qui tirent d'encore plus loin que les précédents. Ça ne suffit pas. D'ailleurs, les assiégés répliquent. Depuis la *batteria regina* fusent les tirs sous ma direction, car j'ai appris à me servir d'un canon et à calculer les coups. Sur le rempart, les orchestres commencent à jouer, j'esquisse un pas de danse, puis tout le monde se met à danser. Les obus ont atteint leur but et deux batteries du général Cialdini sont gravement endommagées. Maintenant, depuis les remparts s'élève l'hymne des Bourbons. Les canons de la flotte piémontaise soulèvent des colonnes d'eau. L'une d'elles retombe sur mes vêtements, aussitôt trempés. Je m'écrie : « Courage, les gars, c'est le baptême de la victoire ! »

Le 22 janvier ressemble à un succès des assiégés. Encore une fois, j'ai envoyé un obus au bon endroit. Une poudrière des assiégeants a explosé ! Tout le monde crie, y compris dans l'hôpital : « *Viva o re !*[1] » à chaque salve de canon.

Les journalistes anglais, français et autrichiens qui suivent le siège exaltent « l'héroïne de Gaète ». Napoléon III et l'impératrice Eugénie multiplient les messages annonçant l'arrivée du navire *La Mouette*, prêt à accueillir les souverains. Victor-Emmanuel se fend d'une proposition du même genre : un bateau piémontais sera mis à notre disposition avec les honneurs dus à notre rang. Cavour ordonne à Cialdini de prendre garde à ma vertu. Le moindre outrage à ma personne retentirait dans la presse internationale. Mais rien n'y fait. Nous nous entêtons, François et moi, à défendre jusqu'aux ultimes extrémités notre forteresse isolée du monde.

J'apprends par mes espions que l'un des murs de la forteresse présente une brèche et que Cialdini a décidé d'un assaut. Et qu'il a demandé à Giacomo de le diriger à l'aube.

1. Vive le roi (dialecte).

32.

– Emportez la place avec la même détermination que celle dont vous avez fait preuve à Solférino, avec la tour de la *spia d'Italia*.

Ma désignation pour mener l'assaut est-elle due au hasard ? Serait-ce parce que je suis l'un des officiers les plus expérimentés ? Non, il y a d'autres raisons. Que sait Cialdini de mes liens avec Marie-Sophie ? Mais mieux vaut que ce soit moi qui la protège.

Je prépare mes hommes, je vérifie leur armement, fusils et baïonnettes, sabres et pistolets. Les grenades sont prohibées, trop incertaines et dangereuses pour tous. Puis je leur parle, je leur dis qu'ils trouveront face à eux des défenseurs acharnés, aussi décidés à résister que nous à attaquer. Je leur dis aussi que nombre d'entre nous n'en reviendront pas, les célibataires seront devant, les pères de famille, les hommes mariés à l'arrière. Je leur dis enfin qu'il faudra profiter de l'effet de surprise avant que les sentinelles sur les remparts ne donnent l'alerte. C'est au cours de cet instant très bref que nous pourrons pénétrer à l'intérieur avant que les Napolitains n'accourent. Je serai évidemment à leur tête.

Je désigne un capitaine et deux lieutenants pour prendre ma place si je tombe parmi les premiers. Une seule réponse : les hommes mariés refusent d'être placés à l'arrière. Je ne peux que m'incliner.

C'est une nuit où l'on ne dort pas. Au matin, les hommes en rang, nous nous avançons en direction de la forteresse, vers son point de fragilité, le plus silencieusement possible. Peine perdue. À peine sommes-nous en approche qu'un cri retentit de l'autre côté, puis le clairon de l'alerte. Je hurle :

– *Avanti Savoia ! Viva Vittorio Emanuele !*

On grimpe le talus. Déjà les soldats napolitains apparaissent et les premiers coups de feu sont tirés. Des hommes s'effondrent à côté de moi. Mes chasseurs répliquent, ils font mouche. Certains sont touchés, d'autres se mettent à l'abri. Je brandis mon sabre, je suis le premier dans ce trou creusé dans le rempart. Les « royaux » se précipitent vers moi. Coups de feu, choc des sabres. Debout sur la brèche, je manie le sabre et de l'autre côté, je tire avec mon revolver. Mes hommes m'ont rejoint. Il faut forcer la défense, redescendre de l'autre côté du rempart, dans la cour. C'est la mêlée, j'ai fait le vide autour de moi, mon arme ne contient plus de balles. Pas le temps de changer le barillet. Je suis blessé une fois, puis deux. Je ne ressens rien. La lutte est confuse, le jour se lève à peine et il faut distinguer les uniformes.

Nous occupons la brèche maintenant. De l'autre côté, les Napolitains escaladent les débris, il y a donc deux pentes, celle côté assaillants, celle côté assiégés, et je me trouve au milieu. Des cris : « *Avanti Savoia !* », « *Avanti Borbone !* », des hurlements furieux, des exclamations de douleur, des coups de feu. Soudain cette voix : « *Avanti Napoli !* » C'est elle ! J'aurais dû m'en douter. Je l'aperçois, sabre à la main. Un souvenir me traverse l'esprit, elle a appris à manier l'arme en même temps que ses frères. Elle jette son revolver parce qu'il est vide. Je ne crois pas qu'elle m'ait repéré. Il faut affronter deux Napolitains, des officiers. Je les reconnais, ils étaient au château de Caserte et nous avions bu ensemble dans des bals, nous avions plaisanté aussi. Ils savent se battre. Deux contre un ? Cela m'est déjà arrivé et j'en suis sorti vainqueur. Le premier qui baisse la garde est mort. Je me jette en avant, ils ne s'y attendent pas. L'un d'eux tombe, l'autre résiste d'autant plus. Nous croisons le fer. Le cercle s'agrandit autour de nous comme si on nous laissait la place pour ce duel. Assaut contre assaut. Soudain, mon adversaire glisse et je le blesse au bras. Il ne peut plus manier son sabre. Il recule, s'efface. On va gagner. Mais cet homme est aussitôt remplacé par un autre. Je ne l'ai pas vu venir, celui-là, il me touche à l'épaule. Je me retourne, je lui rends la pareille, mais il revient, l'arme haute. C'est Marie-Sophie !

– Fous le camp, Giacomo !

Choc des lames. Je ne veux pas la toucher, je la repousse de la main. Elle bascule en arrière. Aussitôt ses hommes lui portent secours et s'interposent entre nous. Ils veulent ma mort. Ils sont deux, trois maintenant. Je recule sur la brèche, mes officiers viennent à mon secours. Marie-Sophie a disparu, mes chasseurs hésitent. En face ils sont trop nombreux. J'appelle mes hommes et ils reviennent. Le combat sur la brèche recommence. Un coup de feu, c'est pour moi cette fois. Je plie le genou. Les Napolitains le voient bien. Ils s'approchent pour m'achever.

– Non ! hurle-t-elle.

Elle court dans ma direction.

– Pas sur un homme à terre !

Puis elle se tourne vers moi.

– Sauve-toi, Giacomo !

Elle recule, les Napolitains occupent la brèche à leur tour. On n'est pas passés. Mes hommes m'emportent à l'arrière. Il en reste moins de la moitié. J'entends quelqu'un dire :

– Cesari est salement touché.

Puis plus rien.

*

JOURNAL DE MARIE-SOPHIE

J'ai appris dans la soirée que les Piémontais sollicitent que nous leur prêtions un prêtre pour assister les blessés gravement atteints. Leur curé est débordé et les hommes meurent sans sacrement. Nous leur avons donc envoyé le *padre* Anselmo, l'aumônier de notre armée. Il est revenu dans la nuit, très éprouvé par ce qu'il a vu. Dans leur attaque, les chasseurs ont perdu plus de la moitié de leurs effectifs. Il a distribué près de cent extrêmes-onctions et a dû bénir les cadavres. François dit qu'il n'y a jamais lieu de se réjouir de la mort de ses ennemis ; de leur défaite certainement, de leur disparition physique, jamais. C'est la Sainte qui lui a inspiré cette pensée. Quand le *padre* Anselmo en a fini, je l'attire à l'écart.

– *Padre*, avez-vous vu le comte Cesari parmi les blessés ?

– Oui, madame. Je lui ai administré l'extrême-onction.

Je frémis et balbutie :

– Avez-vous assisté à sa fin ?

– Non. On l'a aussitôt emporté dans la tente hôpital pour l'opérer, mais le médecin m'a dit que ses chances étaient minces. C'est pour cette raison qu'on m'a appelé.

À cet instant, mon manteau s'ouvre, ma chemise est défaite, et le regard du *padre* tombe sur mon ventre. Il abaisse sa main, fait un signe de croix sur mon enfant avant de tourner les talons.

*

– Vous avez été opéré à temps, Cesari. La balle est passée à un demi-centimètre du cœur. Remerciez tous les saints que vous connaissez.

– Je n'en connais aucun, major, je n'entretiens aucun rapport avec eux ni avec leur patron.

– À ce niveau de chance, il y en a forcément un qui est intervenu !

Le major s'assied sur le bord de mon lit et pose la main sur mon bras. Il n'en revient pas que je sois toujours vivant.

– Vous ferez partie du prochain convoi sanitaire pour Turin et dans un mois, vous remonterez à cheval.

– Et le siège, major ? Dans un mois, il durera encore !

– Vous vous trompez, mon ami. Les Bourbons capitulent. La nouvelle vient de me parvenir.

33.

JOURNAL DE MARIE-SOPHIE

Le 13 février 1861 à trois heures de l'après-midi, les obus s'abattent sur la forteresse. Dix-huit tonnes de poudre explosent. Cinquante soldats sont tués d'un coup sans compter les civils. Les parlementaires envoyés à Cialdini pour négocier la capitulation assistent au drame depuis le camp piémontais. L'un d'eux se met à pleurer. Mais Cialdini ne profite pas de la situation et accepte toutes les conditions des assiégés : les honneurs militaires, les officiers conservent armes et chevaux, deux mois de paie aux soldats et des pensions pour les veuves et les orphelins.

Le lendemain, un long cortège se dirige vers la porte de la mer. En tête, François et moi, blêmes, suivis du personnel de la cour, enfin ce qu'il en reste. Le roi porte un simple uniforme militaire sans grade ni décorations, moi un habit de voyage et un chapeau avec une longue plume verte. J'efface une larme de mon œil.

L'orchestre joue l'hymne des Bourbons, des femmes sanglotent, certains soldats aussi. La foule rompt le cordon de sécurité pour baiser nos mains. Les officiers brisent leur sabre et jettent les tronçons de lames. Quand nous montons à bord de *La Mouette*, le navire envoyé par Napoléon III, la bannière des Bourbons est hissée à la poupe, à côté du drapeau français.

La Mouette double la pointe de Gaète, les batteries de la forteresse tirent vingt et un coups de canon et la bannière aux lys est envoyée et ramenée à trois reprises avant d'être remplacée par la croix de Savoie. Le royaume des Deux-Siciles n'existe plus.

Faut-il te remercier, Marie-Christine de Savoie, toi la mère de François, toi la Sainte, d'être intervenue ? Je le crois et tu m'as entendue, car ce matin, quand les Piémontais ont investi la forteresse pour assister à notre départ, l'ordonnance de Giacomo, qui s'était glissée parmi eux, s'est approchée de moi et a chuchoté :

– Le comte a été opéré hier, il est sauvé.

Merci à toi, Marie-Christine de Savoie, merci, la Sainte !

Tout à l'heure, nous sommes arrivés à Rome. Le pape met le palais du Quirinal à notre disposition. Un très beau palais situé au sommet de la colline avec une vue sur l'Urbs. Mais qui nous a souhaité la bienvenue ? La *matrigna* en personne ! Le regard fielleux sous les propos aimables. François l'a embrassée, je lui ai tendu ma main à baiser, ma main de reine. Elle n'a pu faire autrement que s'exécuter. Mais j'ai bien vu qu'elle fixait mon ventre avec insistance. Quand elle a relevé la tête, elle jubilait. Que vais-je faire ? J'ai écrit à Sissi pour qu'elle me conseille. Je lui ai demandé de venir à mon secours.

34.

– Mon bon ami, tu as failli te faire tuer, me dit Cavour en m'étreignant.

Il dissimule son émotion sous du cynisme. Il me fait asseoir à côté de lui sur le canapé de son bureau. Il se fait raconter le siège avec les canonnades croisées, les poudrières qui explosent et l'assaut, les duels au sabre et les cris de guerre.

– Et la reine, Marie-Sophie, elle était sur la brèche ?

– Bien sûr, nous avons même croisé le fer.

Cavour tape sa cuisse de la main.

– Ça, c'est une histoire extraordinaire, ces deux amants ennemis qui s'affrontent dans une bataille. Il faudra l'écrire un jour !

J'éclate de rire.

– Surtout pas. Personne n'y croirait !

– Et vous avez échangé autre chose que des coups de sabre ?

– Quand j'ai été blessé, elle m'a demandé de me sauver.

– Sacrée bonne femme ! s'écrie-t-il encore. Ce n'est pas elle qui t'a tiré dessus ?

– Non, un soldat derrière elle que j'ai à peine entrevu. Elle était très entourée. C'était l'héroïne, la sœur, la mère de tous ces hommes qui se battaient sur la brèche.

– Incroyable ! C'est une nature, cette fille, la sœur de Sissi. J'ai rencontré son père, le duc en Bavière, un personnage aussi, celui-là.

Cavour se lève.

– Que vas-tu faire maintenant ?

Un silence.

– Je veux aller voir Marie-Sophie à Rome.

Je suis nerveux. J'attends encore un instant, puis je me plante devant lui et pose mes mains sur ses épaules.

– Camillo, elle est enceinte !

Cavour vérifie aussitôt que les portes de son bureau sont bien fermées, puis revient vers moi.

– Tu en es sûr ?

Je hoche la tête.

– Elle a vu un médecin. Il n'y a pas de doute. Elle parvient encore à le dissimuler, mais bientôt elle ne le pourra plus.

Cavour ouvre un tiroir de son bureau, et en sort une enveloppe d'où il extrait plusieurs photos.

– Voilà ce qui circule à Rome depuis deux jours !

*

JOURNAL DE MARIE-SOPHIE

Les photos sont étalées sur un guéridon dans ma chambre. Une dizaine au total. Les premiers photomontages de l'histoire de la photographie. Le corps nu d'une jeune femme dans les positions les plus scabreuses, langoureusement étendue sur un sofa, en pleine copulation avec un zouave, dans un bain en train de caresser des pénis flottants. La jeune femme a mon visage. Même grossier, le montage est impressionnant, les fausses photos sont distribuées dans Rome et dans les autres villes d'Italie. On frappe à la porte. François entre.

– Écoute, le pape a mobilisé toute sa police pour savoir qui est à l'origine de ce scandale, des arrestations sont en cours.

– J'en suis malade. Je ne peux plus rester à Rome. Chaque fois que je croise quelqu'un, j'ai l'impression qu'il pense aux photos.

– Je comprends, soupire François avec son habituelle résignation chrétienne. Mais où veux-tu aller ?

– À Possi. Je veux rentrer pour me reposer.

– Bien sûr, ma chérie, et quand tu reviendras, cette scandaleuse affaire sera terminée.

Je ne réponds pas.

35.

L'aube sur le lac Starnberg. Les eaux sont à peine agitées par la brise des Alpes bavaroises, quelques flocons de neige sont accrochés aux branches des sapins. Depuis l'auberge *Haus den Jägern* (la maison des chasseurs), je contemple le château de Possenhofen, la paisible et somptueuse demeure des Wittelsbach. J'attends le retour de mon ordonnance, le fidèle Aldo, qui est partie se renseigner sur la présence de Marie-Sophie. Elle m'a envoyé un message, transmis « aux bons soins de comte Cavour » :

« Je pars à Possi. Viens à proximité et fais savoir ta présence à Marietta, la domestique qui m'accompagne. »

Aldo revient à l'auberge. Il secoue la neige sur ses bottes et réclame un grog.

– Il a fallu contourner le lac, c'est un peu long mais j'y suis arrivé. Je me suis mêlé aux domestiques et aux fournisseurs, et on m'a laissé entrer. J'ai fini par trouver cette Marietta. La reine est bien arrivée. Elle saura que vous êtes là…

Il ajoute :

– Les gens du château sont en effervescence. Le roi de Bavière doit venir cet après-midi pour un conseil de famille. Voilà ce que je sais.

– Il ne reste plus qu'à attendre. J'ai horreur d'attendre…

*

JOURNAL DE MARIE-SOPHIE

Le déjeuner au château de Possenhofen est faussement enjoué. Pour réchauffer l'atmosphère, le duc Max raconte ses plus savoureuses anecdotes de la vie mondaine à Monte-Carlo. En arrivant, il m'a serrée dans ses bras, puis a reculé pour contempler mon ventre.

– Ce sont des choses qui arrivent, ma petite. Ne t'inquiète pas.

Puis à l'oreille, mais assez fort quand même :

– Je t'avais dit que ton mari était un imbécile.

– Max, je t'en prie, s'est écriée ma mère.

– Un imbécile, ma chère amie. Tous ceux qui l'ont approché le savent. Ne me dites pas que vous l'ignoriez.

Furieuse, Ludovica a tourné les talons. La couronne de Naples l'avait suffisamment éblouie pour qu'elle en oublie le reste. Sissi vient d'arriver et s'est assise à mes côtés. Ludovica sait que la bataille sera rude cet après-midi, mais elle attend du renfort. Quand elle m'a vue, après les effusions d'usage, elle m'a dit :

– Dans la famille, on a toujours su se tenir. Tu aurais pu attendre d'être à Rome au moins !

– Vous ne lisez pas les journaux, Mutti ? ai-je demandé en haussant les épaules.

Ludovica n'a rien répondu et s'est assise le plus loin possible de son mari.

Le déjeuner se poursuit. La conversation roule sur des questions anodines. Après le duc Max, Sissi raconte des anecdotes de la cour de Vienne. Elle vient de rentrer d'un voyage à Madère et s'apprête à partir pour la Grèce.

– Mais enfin, s'écrie Ludovica offusquée, ton mari ne dit rien ?

– Je ne lui laisse pas le choix s'il veut que je revienne de temps en temps. D'ailleurs, il a besoin de moi pour la Hongrie. Je parle hongrois, maman, et cela compte beaucoup.

– Et ma sœur, l'archiduchesse Sophie, que dit-elle de tout ça ?

– Elle ne dit plus rien. C'est moi, l'impératrice. Le temps des belles-mères est passé. À propos, il ne serait pas inutile de demander à Marie-Thérèse, la *matrigna* de Marie-Sophie, de cesser d'inonder la cour de Vienne de ses récriminations contre ma sœur.

– Je les reçois aussi, grommelle Ludovica, je ne réponds jamais.

– Il serait peut-être temps aussi, ajoute Sissi, que vous preniez enfin le parti de votre fille.

Le déjeuner s'achève. Je n'ai pas ouvert la bouche. Rien ne me surprend, ni ma mère ni ma sœur Sissi. Parfois, je regrette les canonnades de Gaète et les combats sur la brèche du rempart. Je ne pense qu'à Giacomo de l'autre côté du lac, à l'auberge des chasseurs. Tout à l'heure, quand le conseil de famille aura pris fin, je lui adresserai un message par Marietta. Les convives se lèvent, Sissi se penche à mon oreille.

– Notre ambassadeur a raconté que tu t'étais battue au sabre sur les remparts, c'est vrai ?

Je fais un signe de la tête.
– Tu me raconteras ?
À cet instant, le majordome annonce :
– Sa Majesté, le roi Maximilien de Bavière !

36.

JOURNAL DE MARIE-SOPHIE

Le roi est accompagné de son demi-frère, enfant naturel de son propre père, Louis Ier, devenu l'abbé Ulrich von Tuerk, celui qui nous confessait lorsque nous étions enfants.

Ce conseil de famille tourne au tribunal, à la chambre ardente où, en exhibant mon ventre, donc mon péché, j'ai l'impression d'être jugée. En écoutant les maximes sentencieuses de l'abbé, mon regard s'éloigne vers les fenêtres qui donnent sur le parc où j'ai connu tant de bonheurs. Je contemple le lac où j'ai appris à nager et les chevaux qui paissent à proximité. Ces images de moments délicieux, je les avais emportées à Naples et les évoquais de temps à autre quand la mélancolie l'emportait. Et les voici maintenant gâchées par la voix sévère de l'abbé, régulièrement interrompue par celle du roi qui ressasse l'urgence de maintenir le secret. Ce sont ses mots : « la morale et le secret ». Mon oncle est obsédé par tous les scandales qui parsèment la saga des Wittelsbach, parmi lesquels l'existence de son propre demi-frère, l'abbé. Mais c'est une affaire ancienne. Par son engagement religieux, l'abbé rachète les fautes de leur père.

– On aurait pu croire, ajoute le roi, que c'en était fini de la honte des Wittelsbach, et ça recommence…

Son regard glisse vers son beau-frère, le duc Max, dont la vie dissolue ne fait guère honneur à la famille. Tel père, telle fille, pense-t-il.

– J'espère, ma nièce, dit l'abbé de sa voix sèche qu'il tente de rendre onctueuse, que vous regrettez cette faute et en avez demandé pardon à Dieu.

Je réplique du tac au tac :

– Même pas.

Ma mère pousse un cri d'indignation.

– Je suis reine, ma mère, et vous ne l'êtes pas. Si j'ai perdu mon royaume, c'est parce que le roi auquel vous m'avez mariée a été incapable de le protéger. Moi, au moins, je l'ai défendu le sabre à la main, ce qui ne vous arrivera jamais, mon oncle, dis-je en me tournant vers Maximilien II, car la Bavière par bonheur est un royaume paisible.

– Bien répondu ! s'exclame le duc Max en battant des mains.

– Max, je t'en prie ! fulmine Ludovica.

– Je suis impératrice, intervient Sissi, dans un pays compliqué avec plus de dix nationalités, certaines particulièrement tapageuses. La menace d'attentat est quotidienne. Mon époux y a échappé à plusieurs reprises, il a même été blessé.

Elle s'arrête un instant pour fixer Maximilien II, puis son demi-frère l'abbé.

– Alors, qu'on nous fiche la paix avec nos vies et ce que nous en faisons ! J'ai un bon mari, mais quand il m'exaspère, je m'en vais. Marie-Sophie a épousé un imbécile, notre père a raison. Elle ne l'a pas choisi. Trop de religion aboutit à des catastrophes, termine-t-elle en regardant l'abbé qui baisse les yeux.

Un silence.

– Qui est le père ? me demande le roi Maximilien.

Je l'observe en silence, un sourire aux lèvres.

– Faisait-il au moins partie de votre cour ?

Je lui souris toujours.

– Même pas.

Le roi se tait. Un aide de camp vient chuchoter à son oreille, il lui répond de la même manière. Le duc Max fronce les sourcils. Puis le roi se tourne vers moi.

– Ma chère nièce, nous allons t'aider, mais tu comprends que nous avons besoin de ton concours.

– Qu'attendez-vous de moi, cher oncle ?

Je lui réponds sur le même ton. Je suis aussi reine qu'il est roi, même si je n'ai plus de royaume.

– D'abord, le plus absolu des secrets. Personne ne doit savoir que tu es la mère d'un enfant né d'un adultère.

– Je m'y engage, évidemment.

– Cet enfant, il est hors de question que tu le reconnaisses un jour. Son état civil ne te mentionnera jamais.

– Vous craignez qu'il revendique votre trône si Louis ne pouvait régner ?

La flèche atteint sa cible. Louis, le fils de Maximilien, est un garçon fantasque que l'on soupçonne d'être marqué par l'hérédité malheureuse des Wittelsbach. Le roi lève les yeux au ciel.

– En aucune façon ! Le trône de Bavière ne peut aller à un bâtard.

– J'aime beaucoup Louis, intervient Sissi. Le talent n'a jamais empêché un roi de régner.

Je lève la main.

– Mon enfant ne revendiquera jamais rien. Comment le pourrait-il puisqu'il ne portera même pas mon nom ?

– Quel nom portera-t-il ?

– Celui de son père, évidemment.

– Tu ne veux toujours pas nous dire de qui il s'agit ?

– Toujours pas. Mais mon engagement est ferme.

– Vous ne pouvez rester ici, chère nièce, intervient l'abbé. Les domestiques parlent, et ne vous ont que trop vue. Vous quitterez Possenhofen demain à l'aube pour le château de Biederstein, où personne ne vous connaît, et vous y résiderez sous un autre nom. Quand le temps sera venu, le couvent des Ursulines vous accueillera.

La séance est levée, le roi Maximilien m'embrasse et je baise la main de l'abbé comme lorsque j'étais enfant. Le duc Max m'attire à l'écart.

– Le roi sait qu'un Italien s'est installé à l'auberge des chasseurs. C'est lui, le père ?

Je baisse les paupières en signe d'assentiment.

– Le roi a donné l'ordre aux Feldgendarmen de l'arrêter comme espion.

J'éclate de rire.

– Tu ne le connais pas. Ce n'est pas un homme que l'on arrête aussi facilement.

37.

– Monsieur, aboie l'officier qui commande l'escorte des gendarmes bavarois, nous avons ordre de vous arrêter pour espionnage.

Je lève les yeux sur ce jeune lieutenant qui a l'air bien sûr de lui.

– Je regrette, lieutenant, mais cette arrestation est impossible.

– Ah, vraiment ?

Le lieutenant se retourne vers ses hommes.

– Messieurs, veuillez procéder à son arrestation.

J'exhibe alors une enveloppe scellée aux armes du royaume de Piémont-Sardaigne.

– Je vous laisse, lieutenant, prendre connaissance de ces documents. Ils attestent de ma nomination à l'ambassade de mon pays en qualité d'attaché militaire. Cela s'appelle l'immunité diplomatique.

Le lieutenant parcourt les documents, il n'y comprend rien mais les cachets l'impressionnent.

– Gardez cet homme à vue, ordonne-t-il à ses hommes. Je vais chercher des instructions au château.

Il revient une heure plus tard me présenter ses excuses. Ainsi qu'une invitation à Munich, avec l'ambassadeur.

38.

JOURNAL DE MARIE-SOPHIE

Les mois passent. Arrive le printemps et le jour où l'enfant maudit doit venir au monde. Dans le couvent des Ursulines, une aile entière m'est réservée. J'accueille le médecin que m'a dépêché Ludovica, un spécialiste de la mise au monde des enfants de qualité. Il m'examine, palpe mon ventre et y colle son oreille.

– Madame, avez-vous vu un de mes confrères récemment ?

– Non, les circonstances ne me l'ont pas permis. Y a-t-il un problème, docteur ?

– Non, madame, absolument pas.

Derrière ses mots qui se veulent rassurants, je perçois son inquiétude. La mise en place des instruments, des cuvettes et des serviettes est achevée. Des vagues de douleur déferlent dans mon ventre. De plus en plus fortes, de plus en plus violentes. J'ai peur. Jamais je ne pensais souffrir autant ni aussi longtemps. Enfin je donne le jour à mon enfant. C'est une petite fille, je suis soulagée. Je m'étends sur le dos, réclame le bébé.

– Pas encore, madame, ce n'est pas terminé.

Je me redresse, incrédule. De quoi parle-t-il ? Une nouvelle lame de douleur me coupe le souffle.

– Poussez, dit le médecin.

Je recommence et demande dans un souffle :

– Mais que se passe-t-il ?

– Un deuxième enfant, madame.

– Un deuxième ?

Le supplice se poursuit. Je n'arrive plus à respirer. Ma mâchoire est crispée. Je ne veux pas hurler, je veux endurer l'épreuve avec dignité, mais mon ventre n'est plus qu'élancements, tiraillements, brûlures. J'ai tellement mal. Mais enfin, il arrive, ce deuxième enfant. Encore une fille. On l'enveloppe avec la première. Je fonds en larmes de bonheur. Le médecin examine les deux bébés et les trouve parfaits.

Je murmure :

– Des filles, des jumelles.

La porte s'ouvre. L'abbé Ulrich von Tuerk entre, suivi de deux enfants de chœur. On lui présente les nourrissons.

– Deux filles !

– Oui, répond le médecin en baissant les yeux, comme si c'était lui le responsable.

– Chère nièce, demande-t-il, avez-vous choisi les prénoms ?

– Non. Je pensais que ce serait un garçon.

– Alors je vais le faire.

Il trace une croix avec de l'eau bénite sur le front du premier bébé, prononce quelques formules sacramentelles en latin.

– Je te baptise, Daisy.

Puis il s'empare du second et répète l'opération.

– Je te baptise, Viola.

Il ajoute :

– Je serai leur parrain, ma chère nièce. Je vais revenir d'ici quelques instants.

Il sort, les enfants de chœur et le médecin sur ses talons. Il reste Marietta, qui a pris la suite de la Rizzo auprès de moi.

– Va, Marietta, ne perds pas de temps. Il va m'enlever les enfants pour que je ne les revoie jamais.

Par la fenêtre, je vois Marietta, couverte d'un manteau, qui se faufile hors du couvent. Dehors, la voiture de l'abbé l'attend avec ses chevaux attelés, son cocher et des gendarmes qui ont mis pied à terre et tiennent leurs chevaux par la bride. La voici à l'extérieur, sur la route. Elle me racontera la suite. Elle s'est hâtée jusqu'à la forêt. Près d'une statue, elle a fait halte et attendu, le cœur battant.

Enfin, des hommes ont surgi, une quinzaine à sortir de l'ombre.

– Il y a deux enfants.

– Comment cela, deux ?

– Sa Majesté a donné naissance à des jumelles !

Retour de l'abbé dans ma cellule, suivi d'une nourrice.

– Ma chère nièce, il est temps de mettre ces enfants à l'abri.

– À l'abri de qui ? De quoi ? Dites plutôt que vous voulez les enlever !

– En aucune façon ! Vos enfants sont en danger, et je n'ai d'autre but que de vous servir. Vos filles seront confiées à cette femme, qui va s'en occuper et les faire grandir paisiblement.

La nourrice prend les deux bébés et les couche dans un couffin qu'elle a apporté. L'abbé sent qu'il ne faut pas s'attarder, il me tend sa main à baiser.

– Remettez-vous bien, ma nièce. Vos enfants sont en sécurité désormais.

Et il sort sans me laisser le temps d'embrasser mes filles. Il agit vite. En quelques instants la chambre est vide. Jamais je ne me suis sentie plus seule, plus démunie. J'éclate en sanglots. C'est comme si mes enfants n'avaient jamais existé.

*

À la tête de mes hommes masqués, je fais arrêter la voiture de l'abbé avec la nourrice et les bébés. L'abbé soulève le rideau, la portière s'ouvre et un gendarme constate, désolé :

– Nous sommes encerclés, monsieur l'abbé.

Il descend. Il n'y a même pas eu de combat. Les gendarmes d'escorte ont dû mettre pied à terre. Autour, des hommes à cheval, leurs armes braquées.

– Monseigneur, dis-je à l'abbé, vos gendarmes et vous-même allez poursuivre votre chemin à pied. L'air est tiède et parfumé. La promenade sera agréable.

J'écarte l'abbé, je pénètre dans la voiture. La nourrice pousse un cri, qui réveille les petites, lesquelles se mettent à pleurer.

– Ne craignez rien, madame, restez dans la voiture.

L'un de mes hommes est monté sur le banc du cocher. Les chevaux des gendarmes sont attachés ensemble.

– On vous les renverra tout à l'heure sur le chemin. Marchez !

L'un des gendarmes veut tirer son pistolet des fontes de la selle, mais une lame se pose aussitôt sur son cou.

– À ta place, je ne bougerais pas.

Nous laissons l'abbé et les gendarmes sur le chemin.

– Maintenant, ces enfants sont vraiment à l'abri, dit l'un des hommes à l'abbé.

Puis il tourne bride et rejoint les autres. Une heure plus tard, un bruit de roues et de sabots. La voiture revient. À l'intérieur, il n'y a plus que la nourrice.

– Où sont-ils allés ?

– Je ne sais pas, monsieur l'abbé, ils se sont éloignés dans plusieurs directions.

– Et les enfants ?

Le cocher secoue la tête.

– Ils les ont emportés. Une autre voiture les attendait avec une femme à l'intérieur.

– Qui est cette femme ?

– Je l'ignore, monsieur l'abbé, mais elle avait l'air d'une nourrice.

L'abbé se tourne vers le chef d'escorte.

– Poursuivez-les !

– Inutile, monsieur l'abbé, au train où ils vont, ils ont déjà passé la frontière !

39.

JOURNAL DE MARIE-SOPHIE

Encore un conseil de famille, cette fois au couvent des Ursulines. L'abbé n'est pas venu, mais le roi Maximilien est là, ainsi que Sissi et notre mère. Le duc Max a suspendu la saison qui commence sur la Riviera pour assister à l'événement.

– Ma nièce, dit le roi, je crois que cet enfant est avec son père.

Je rectifie :

– Ces enfants. Viola et Daisy. C'est votre propre frère qui les a baptisées.

– Avant qu'on les lui enlève, au cours d'une attaque de brigands, m'interrompt Ludovica.

– Tout ceci est sans importance, intervient mon père qui en a assez de ces palinodies. Ces enfants, mes petites-filles, que je ne verrai probablement jamais...

Il s'arrête un instant et jette un regard mauvais à Ludovica, qui pince les lèvres avant de lui lâcher :

– Il y a en effet peu de chances que tu les voies un jour, mon bon ami.

– Ces enfants donc sont entre les mains de leur père. Inutile de tergiverser.

– Ma chère nièce, reprend le roi, nous t'avons aidée de notre mieux dans la situation délicate dans laquelle tu t'es placée. Je veux que tu t'engages à ne jamais revoir cet homme.

– Sire, cher oncle, je puis vous faire toutes les promesses que vous voudrez…

Ludovica lève les yeux au ciel pour le remercier.

– Mais sachez que je n'en tiendrai aucune.

Silence. Le duc Max réprime un sourire qui serait mal vu.

– Je voudrais dire quelque chose, commence Sissi.

Tous les regards se tournent vers elle.

– J'ai parlé avec Marie-Sophie avant notre réunion. Je l'ai convaincue de retourner à Rome auprès de François.

J'ajoute :

– À la condition que François sache ce qui est arrivé.

Le roi fait la moue. Quelle idée de prévenir François ! De ces enfants, on ne devrait jamais parler, qu'elles disparaissent dans les limbes de l'Histoire. Il y va de l'honneur de la dynastie des Wittelsbach, ainsi que de celle des Bourbons.

– Tu vas prévenir ton mari ? s'étonne Ludovica.

– C'est fait. Je lui ai écrit une longue lettre pour tout lui expliquer. Et lui demander aussi de prendre sa part de responsabilité dans ce qui est arrivé.

– Ça, c'est très bien, intervient le duc Max. Un homme doit toujours se comporter selon sa nature, et un mari, accomplir ses devoirs envers son épouse. Celui qui y manque ne peut se plaindre de rien.

Il se tourne vers Ludovica.

– Ma bonne amie, je te rappelle que je t'ai fait huit enfants et qu'à chacun de mes retours, je n'ai pas manqué de t'honorer.

Le roi toussote, Ludovica pince de plus en plus les lèvres, elle déteste ce genre de propos.

– N'est-ce pas exact, Ludovica ? insiste le duc Max.

Le roi lève la main.

– En somme, nous sommes dans l'attente de la réponse de ton mari. Voudra-t-il encore t'accueillir ?

– Cette réponse, nous l'avons reçue cet après-midi.

J'exhibe un télégramme.

« *Marie-Sophie, je t'attends.* »

– Le conseil de famille est clos, décrète le roi.

*

À la sortie de Milan, sur la route de Côme, une calèche roule au trot. Je contemple mes filles dans le couffin de la nourrice. Le roulement de la voiture les berce, et maintenant elles sont endormies. Les arbres étendent leurs nappes d'ombre en cette fin de journée, les fleurs, les buissons embaument de chaque côté de la route. La calèche franchit la limite du domaine des Cesari. Je retrouve les chemins que je parcourais enfant, j'entends presque la voix de mes cousins, les appels de la gouvernante. Enfin, la calèche passe le portail de la cour qui entoure le palazzo, immense bâtisse où tous les styles sont empilés depuis le Moyen Âge et dont il reste un rugueux donjon.

Un domestique ouvre la porte de la calèche et déploie le marchepied. Je sors le premier, demande à la nourrice de me confier les filles. Sur le perron, une silhouette descend les marches précipitamment.

– Je ne t'attendais pas aujourd'hui, s'écrie une grande dame aux cheveux argentés.

Surprise, la comtesse Cesari regarde les deux bébés.

– Giacomo, qui sont ces enfants ?

– Les filles qui assureront votre descendance, ma mère.

Elle me fixe avec stupeur, puis se ressaisit.

– Passe-les-moi.

Je lui remets les deux bébés qui s'éveillent.

– Comment s'appellent-elles ?

– Daisy et Viola, elles sont nées dans un couvent en Bavière. Ce sont des jumelles.

Elle monte l'escalier, suivie de la nourrice. À l'intérieur, il règne la vieille odeur des meubles centenaires et de cire. Du marbre, des statues partout. J'inspire tous ces parfums, je retrouve le décor de ma jeunesse. Je suis rentré chez moi.

Ma mère caresse les joues des deux petites avec tendresse et ordonne qu'on leur installe une chambre immédiatement, et une autre pour la nourrice. Elle demande qu'on appelle un médecin, puis un autre, professeur à Milan, spécialisé dans la santé des enfants. Elle veut que tout cela soit fait sans délai. Je souris, elle a toujours été comme ça, la comtesse Cesari. Enfin, elle me dit :

– Je ne veux pas te poser trop de questions, mais enfin tu es sûr qu'elles sont de toi ?

– Tout à fait certain, ma mère.

Elle marche de long en large et revient vers moi.

– Tu veux que je les accueille, c'est pour cela que tu me les as amenées.

– Oui, maman.

– Et leur mère est d'accord ?

– Bien sûr, maman. Elle n'a pas d'autre choix.

La comtesse Cesari ferme les yeux. C'est beaucoup en même temps.

– Ce n'est pas son nom qui m'intéresse, mais puis-je au moins savoir d'où elle vient ?

– Je puis vous dire que c'est une reine.

– Une reine !

– Une reine sans royaume, mais une reine authentique, jeune et vaillante.

La comtesse Cesari hoche la tête. Elle suit l'actualité et comprend aussitôt qui est cette reine.

– Ce sont donc des princesses.

– Sans aucun doute, mais je crains qu'elles ne soient pas très légitimes.

– Aucune importance, murmure-t-elle en souriant. Nous avons eu de tout dans la famille, mais une reine, c'est une première.

Un domestique apporte un pli cacheté.

– Monsieur le comte, c'est arrivé hier à votre intention.

Je lis :

« *Viens me voir, je ne suis pas bien.*

Cavour »

40.

JOURNAL DE MARIE-SOPHIE

François m'accueille avec enthousiasme. De la naissance des deux fillettes, pas un mot. Il me parle comme si je revenais d'un bref séjour familial alors que je suis partie depuis plusieurs mois. Et m'annonce que la famille va quitter le Quirinal, il ne supporte plus d'être hébergé aux frais du pape. Il a fait réaménager le somptueux palais Farnèse, propriété des Bourbons, avec les restes de sa fortune et les dons reçus du monde entier pour les souverains en exil.

Mais il y a mieux, la *matrigna* a vidé les lieux pour le palazzo Nepoti, piazza Venezia, avec ses enfants et sa cour de curés. Enfin, on a trouvé des informations sur les photos du scandale. C'est une demi-mondaine, une certaine Costanza Vaccari, qui a posé pour cent écus à l'instigation de son mari, un militaire perclus de dettes. Mais on ne sait toujours pas qui en est l'auteur.

Entre-temps, le palais du Quirinal se peuple de courtisans chassés de Naples par les Piémontais. Ceux qui étaient restés à Naples dans l'espoir de se concilier les nouveaux occupants ont été déçus. Le nouveau roi d'Italie, Victor-Emmanuel, est du genre austère. Son gouvernement a charge de remettre les finances en ordre. C'est la fin des fêtes, des carnavals, des bals et des défilés somptueux. Il faut payer sa place au théâtre San Carlo et les nouveaux maîtres ne montrent qu'une indifférence glacée à la liquéfaction du sang sacré de San Gennaro. Le saint ne rapporte rien, et les Piémontais font argent de tout. Non contents d'avoir empoché les millions du roi imprudemment laissés à la banque, ils ont réorganisé la perception des impôts. Naples, la cité d'Europe la plus festive, la plus dépensière au temps des Bourbons, se retrouve au régime sec. On commence à détester les Piémontais et la révolte gronde à Palerme.

Mais arrive à Rome le fameux don Jean Bosco dont on sait déjà qu'il sera proclamé saint sitôt son âme rendue à Dieu. On lui prête des pouvoirs prophétiques. La *matrigna* le réclame aussitôt. Retrouvera-t-elle sa position à Naples ?

– Votre Majesté ne retournera jamais à Naples, répond catégorique le presque saint.

François veut essayer à son tour, mais la prophétie ne vaut pas mieux. Il ajoute même que Dieu s'est détourné des Bourbons.

Je m'exclame :

– Il n'y avait rien à attendre de lui, c'est un prêtre piémontais !

Une effroyable épidémie décime Rome. Le choléra ! Aussitôt, la Ville éternelle est désertée par les riches, qui se réfugient sur les monts Albains. Il s'avère cependant que le petit Gennaro, le plus jeune des enfants de la *matrigna*, est touché lui aussi. On peut reprocher ce que l'on veut à Marie-Thérèse de Habsbourg, mais c'est une mère et elle refuse d'abandonner son fils. Elle reste à ses côtés jusqu'à son dernier souffle. Trop tard pour ne pas être atteinte à son tour. François lui dépêche un médecin spécialiste des traitements contre le choléra, mais celui-ci est d'opinion libérale, et elle, la monarchiste, refuse d'en entendre parler.

– Ne suis-je pas libre d'agir selon ma volonté ?

– Certainement, répond le médecin, mais c'est un suicide.

Résultat, son agonie commence. François fait revenir le médecin, qui la trouve se roulant nue, brûlante, sur les carreaux froids.

– Votre traitement, vite ! ordonne la *matrigna*.

– C'est trop tard.

– Il n'y a donc plus d'espoir ?

– Aucun, madame.

La *matrigna* râle dans son lit, où on l'a recouchée. François revient à son chevet, équipé d'un masque imbibé de vinaigre.

– Je veux voir Marie-Sophie, dit la mourante qui a retrouvé un peu d'esprit.

– Vous êtes sûre, *mamma* ? Vous la haïssez.

– Écoute-moi une dernière fois, Lasa. Fais venir Marie-Sophie. Je lui parlerai à travers la porte.

Il obtempère et vient me solliciter. J'hésite, puis finis par aller la voir. Le médecin est encore là.

– N'entrez surtout pas dans la chambre, madame.

Quelle curieuse scène où je me tiens derrière la porte de la chambre de la *matrigna* à l'écouter me parler.

– Tu es là ? demande la *matrigna*.

– Je suis là, Mutti.

La suite se déroule en allemand. Nous seules pouvons nous comprendre.

– Écoute-moi. Je te déteste depuis le premier jour.

– Je vous écoute, Mutti.

– L'attentat à Naples, c'est moi qui l'ai organisé avec la

Rizzo. Elle n'a pas été difficile à convaincre. Elle te haïssait, te jalousait. Tu m'écoutes, Marie-Sophie ?

– Je vous écoute, Mutti.

– J'ai réussi à retrouver sa trace à Gaète. Elle couchait avec ce lieutenant piémontais. Avec lui comme avec d'autres, d'ailleurs.

La voix de la *matrigna* se fait de plus en plus éraillée.

– Je lui ai demandé de te dénoncer à ce Piémontais. Ils ont tout manigancé ensemble. Ils ont monté cette affaire dans les souterrains de la citadelle. Quel dommage… Cela aurait fait un beau scandale si on t'avait prise. Et puis la Rizzo a disparu du jour au lendemain. On ne l'a plus revue.

– Je l'ai tuée, Mutti, il n'y avait pas d'autre choix.

– Tu l'as tuée ? Bravo ! C'est comme ça qu'il faut traiter les traîtres. À ta place j'en aurais fait autant. Tu es toujours là, Marie-Sophie ?

– Je vous écoute, Mutti.

– Je n'en ai plus pour longtemps. Les photos à Rome, c'est encore moi. Avec cette putain, cette Costanza Vaccari, qui a pris la pose toute nue. Il n'y avait qu'à remplacer sa tête par la tienne.

– Je me doutais que cela venait de vous.

On entend le sifflement rauque de la *matrigna*.

– Écoute-moi, Marie-Sophie. Je vais mourir cette nuit, je le sais. Tout à l'heure je serai en enfer.

– Ce n'est pas sûr, vous avez été une bonne épouse et une bonne mère. Moi, je vous pardonne tout.

Un silence interrompu par le terrible sifflement de la *matrigna*.

– Malheureusement, ton pardon ne pèse rien aux yeux du Seigneur. Marie-Sophie, tu es toujours là ?

– Oui, Mutti, je vous écoute toujours.

– Le vrai roi de Naples, la descendante authentique de mon mari Ferdinand, c'est toi, Marie-Sophie. Il te faut reprendre le royaume. Lasa en est incapable. Toi seule peux le faire. Tu m'entends ?

– Je vous entends, Mutti. Je vais le faire.

– Fais-le !

Le dernier cri se confond avec la toux. Après, le silence.

La *matrigna* rend l'âme dans la nuit comme elle l'a annoncé. On ouvre son testament quelques jours plus tard. Elle lègue son immense fortune aux enfants qui lui restent. À François, elle laisse un service à thé de six tasses.

41.

JOURNAL DE MARIE-SOPHIE

Après la victoire des Piémontais à Gaète, Victor-Emmanuel est devenu roi d'Italie. Le temps de l'unité, de la paix serait venu. Erreur, lourde erreur. L'unité ne concerne que le Nord et s'arrête aux États du pape. En dessous, dans l'ancien royaume des Deux-Siciles, l'unité, c'est-à-dire l'occupation, ne concerne que les villes. Le reste, c'est le feu, c'est la guerre des brigands avec l'argent de François, l'aide, l'appui, l'encouragement du pape Pie IX. Sur les collines boisées, l'enchevêtrement des forêts, le lacis des sentiers muletiers, les hauteurs sèches de Calabre, c'est la bannière à fleur de lys, le blason des Bourbons, avec les croix, les statues, les scapulaires fournis par le Vatican, qui règnent. Et le véritable souverain de ces contrées furieuses, enflammées, sanglantes, où se perdent les expéditions piémontaises quand elles ne se font pas massacrer en de douteuses embuscades, ce n'est pas François, même si tous ces événements se produisent en son nom. C'est moi, Marie-Sophie, l'héroïne de Gaète, la nouvelle sainte du *Mezzogiorno*.

Je suis une mère sans enfants. Giacomo m'envoie régulièrement des nouvelles de nos filles, et quand il est absent, sa mère, la comtesse, prend le relais. Les verrai-je un jour ? Mais où ? Quand ? Clouée à Rome, au palais Farnèse, je ne pense qu'à elles. Ce luxueux dédale est encombré d'une cour bigarrée de princes sans terre, de vrais et de faux prélats, d'affairistes alléchés par l'odeur de notre argent et de patriotes sincères qui ne demandent rien, mais attestent par leur présence de leur amour. À l'instigation de Sissi, qui nous a offert un immense lit matrimonial, mon mari veut se faire opérer de ce fameux phimosis qui, paraît-il, encombrait déjà Louis XVI et empêche François d'accomplir ses devoirs conjugaux. À mon avis, il n'y avait pas que le phimosis.

Je n'ai pas revu Giacomo depuis les combats sur la brèche. Tout était délicieux, bref, violent. Je l'espère, je l'attends, je sais qu'il apparaîtra un jour, déguisé en mendiant ou en romanichel pour échapper à la vigilance de la police du pape. Il ne serait pas difficile d'inventer un prétexte pour mettre la main sur l'homme de Cavour, l'hérétique ! Les États du pape ne sont pas le royaume de Bavière. Son statut de diplomate ne le protégerait pas et il serait aussitôt traité comme un espion.

En attendant, on m'attribue des amants. Ce sont les jeunes officiers qui se déclarent prêts à mourir pour moi. Certains étaient déjà à Gaète, d'autres viennent d'armées de pays amis. Je m'en amuse mais ne concède rien, une fois m'a suffi. Ils ne m'en tiennent pas rigueur, et rejoignent parfois mon armée de brigands. Deux se sont fait prendre, l'Espagnol Borges, ami de Bermúdez l'ambassadeur, et le marquis belge de Trazegnies. Les Piémontais les ont fusillés. Ils sont morts avec courage, m'a-t-on rapporté, et je les pleure toujours. Le scandale de ces exécutions a gagné toute l'Europe, mais Victor-

Emmanuel s'en moque. Il veut que notre royaume ressemble à son Piémont, propre, lisse, ordonné. Il se trompe.

Je répète que tous les ennemis des Savoie sont mes amis dans l'arrière-boutique de la pharmacie Vagnozzi, au Campo dei Fiori, où se réunit l'état-major de mes brigands. Ceux-là sont notre nouvelle armée, disséminée sur le territoire en des dizaines de milliers d'hommes, trente mille environ. Ces hommes sont les miens, ils sont audacieux, agressifs, rusés et impitoyables. Tous les généraux envoyés par Cavour ont appris à les craindre, au point que leur loi Pica veut suspendre toutes les garanties constitutionnelles sur le territoire de mon royaume. Quand l'un de mes hommes se fait prendre, il a droit au peloton d'exécution ou à une balle dans la nuque. Si mes brigands sont féroces, les occupants le sont tout autant, si ce n'est plus.

En attendant, je vais du Campo dei Fiori à la piazza Montanara, où ont lieu les enrôlements et où se déroulent nos exercices militaires en plein air sous la protection du pape. J'encourage les volontaires et leur distribue des médailles sacrées, ainsi que des cornes de corail qui portent chance. Ils m'aiment, je suis heureuse. Il paraît que Cavour est gravement malade. Tant mieux. Qu'il crève !

42.

C'est Giuseppina, la nièce de Cavour, qui tient sa maison. Elle me raconte qu'il a voulu assister aux soins des bovins de sa ferme à la suite d'une épidémie de malaria, avant de se rendre à la messe. Dans l'église humide et froide, il a ressenti les premiers frissons de la fièvre, il s'est alors rendu chez la Ronzani, sa vieille maîtresse, et lui a demandé un rafraîchissement, avant de rentrer chez lui et de se mettre au lit. Les médecins ont diagnostiqué la malaria, mais Cavour refuse la quinine, qui ne lui convient pas. On lui a fait des applications de glace.

Cavour m'accueille avec sa bonhomie habituelle. De sa maladie, pas un mot. Il parle des plébiscites qui ramènent au Piémont, les uns après les autres, les royaumes d'Italie, il m'interroge sur le rapt des jumelles, l'image de l'abbé à pied sur le chemin avec les gendarmes bavarois le fait rire. Puis il me demande de l'aider à se relever et s'adosse à ses oreillers.

– Écoute, Giacomo, la reine Marie-Sophie s'agite beaucoup à Rome, elle reçoit les chefs de bande qui ont engagé une guerre. Le royaume est à nous, et pourtant il ne l'est pas.

Il faut à tout prix liquider ces bandes qui occupent les campagnes autour de Naples, et qui se réfugient chez le pape quand on est sur le point de les prendre. J'ai envoyé plusieurs généraux. Tous ont échoué. Même Cialdini. Tu peux t'en charger ?

– Camillo, Marie-Sophie est la mère de mes filles maintenant…

Il secoue la tête.

– C'est une guerre qu'elle ne peut pas gagner. Elle a beaucoup de qualités, mais ce n'est pas un chef militaire. Quant aux fameux *briganti*, ils sont bons pour tendre des embuscades et s'enfuir, mais pas plus.

Il se met à tousser. Giuseppina lui apporte un verre d'eau, il en boit un peu avant de rejeter le reste, elle essuie sa bouche. Il reprend son souffle avant de poursuivre :

– Le roi va nommer Ricasoli au poste de premier ministre. C'est un type solide. Il est d'accord pour t'envoyer à Naples avec les pouvoirs civils et militaires. Le roi doit venir tout à l'heure. Je vais lui en parler à lui aussi.

Il tousse de nouveau. Sa nièce pose la main sur son front.

– Je vais rappeler le médecin, je suis sûre que la fièvre est remontée.

Il se met à frissonner alors qu'on est au mois de juin, elle le force à se rallonger et remonte les couvertures sur lui. Le secrétaire de Cavour, Martino Tosco, vient prévenir que la cour et le vestibule débordent de gens qui s'inquiètent de sa santé.

– Renvoie-les, souffle Cavour. Dis-leur que je vais mieux.

Il se met à parler des Napolitains, si intelligents, si ingénieux.

– Brillants, marmonne-t-il, mais corrompus, gouvernés depuis des siècles par des imbéciles. Dans vingt ans, ils auront la province la plus riche d'Italie mais il faut une génération.

Il parle de Rome aux mains du pape, de Venise, toujours dépendante des Autrichiens. « Il les faut pour l'Italie. »

Le roi entre. Cavour évoque des documents de Napoléon III qui sont dans son bureau et qu'il doit lire absolument. Puis il se met à délirer. En sortant, le roi me dit :

– Cesari, venez me voir la semaine prochaine. Je sais quels sont les projets du comte qui vous concernent.

Arrive le *padre*. C'est un ami qui prend des risques en lui administrant les derniers sacrements.

– Je veux, murmure Cavour, que les Turinois sachent que je meurs en bon chrétien.

Giuseppina fond en larmes. Elle essuie son front avec une serviette tandis qu'il râle faiblement. À l'aube, il meurt.

*

JOURNAL DE MARIE-SOPHIE

Le rappel à Dieu (à Satan !) de Cavour à cinquante ans est le signe, pour nous les Bourbons, d'une intervention divine. Le roi François y voit la preuve d'une intercession de sa mère, la Sainte, auprès du Seigneur. Le pauvre *padre* qui lui a donné l'extrême-onction est convoqué au Vatican pour rendre compte de ce que le mourant lui aurait dit en confession. Il remplit quelques feuillets, que le pape jette à terre après les avoir parcourus en disant qu'ils sont bons pour envelopper le salami. Le *padre* est suspendu *a divinis* et exclu de la communauté religieuse ! Il finira sa vie plus pauvre qu'un franciscain. Dieu a parlé : loin d'avoir détourné son regard des Bourbons, il les gratifie par la liquidation de leur pire ennemi. Hosanna au plus haut des cieux !

43.

JOURNAL DE MARIE-SOPHIE

Notre bourreau est mort, il faut exploiter sa chute. D'après les messages qui me parviennent, l'effet a été prodigieux et les actions de grâce se multiplient à Naples, à Palerme, partout. Je bats le rappel de mes lieutenants, des *briganti* qui œuvrent merveilleusement pour la gloire et l'honneur des Bourbons.

Tous viennent au quartier général, la pharmacie Vagnozzi, au Campo dei Fiori, dans leurs tenues chamarrées. Un mélange d'uniformes militaires et de vestes de chasseurs, bardés de sabres, de poignards et de pistolets, le chef recouvert de vastes chapeaux calabrais, entourés de gardes du corps pareillement accoutrés. Je les reçois d'abord un par un, les Crocco, Ninco Nanco, Schiavone et consorts. Des femmes occupent des positions semblables. Plus folles, plus acharnées, plus ardentes et plus cruelles encore que les hommes, les grandes *brigantesse* du *Mezzogiorno* elles aussi couvertes de couteaux et de pistolets. Et je leur remets les amulettes porte-chance qu'ils reçoivent avec un sourire dubitatif. J'apprendrai plus tard par une confidence que tous sont persuadés qu'ils vont mourir violemment au combat ou devant un peloton d'exécution.

Et Giacomo, et mes filles, Daisy et Viola ? J'ai cet espoir que la mort de Cavour aura pour effet d'éloigner mon amant de la politique et de la défense conquérante du Piémont pour qu'un jour nous puissions enfin être réunis tous les quatre. C'est un doux rêve. Mais une femme comme moi a-t-elle le droit de rêver ?

*

À l'ombre des grands pins, j'entends les rires des bébés. Je ne savais pas que les bébés riaient, je croyais qu'ils pleuraient ou dormaient entre deux rations de lait. Mais il faut dire que je ne m'y étais jamais intéressé avant. Et là, dans ces moments qui suivent la fin de mon maître, dans ces jours consacrés aux grandes manœuvres du pouvoir, dont je me tiens écarté, je retrouve dans le décor de mon enfance des bonheurs oubliés. Je lis, je me promène dans le parc, chemise ouverte et mains dans les poches. Je rejoins la bibliothèque de mon père et de mes ancêtres, avec ces vieux et beaux livres en cuir entre les portraits des Cesari, au temps où Milan était puissante, où des princes forts y régnaient. Des amis viennent me voir. Des jeunes gens riches de Milan. Par discrétion, aucun n'ose m'interroger sur l'origine de mes filles gazouillant dans leur berceau. Nous parlons des petites affaires de la ville, nous échangeons les ragots, ces *pettegolezzi* dont les Italiens sont friands. C'est délicieux.

Il paraît que les derniers Autrichiens rentrent chez eux. Ils vendent leurs palais, leurs meubles, tout ce qu'ils ne peuvent emporter à Vienne. Certains refusent de partir sans adresser à une ville qu'ils ont aimée, où ils sont nés parfois, dont ils croyaient être les enfants – oubliant qu'ils l'occupaient –, un adieu ému. C'est ainsi que je reçois un carton de la comtesse Krista Carovska.

« Cher Giacomo,

Je quitte Milan, une cité adorée mais où je n'ai plus ma place depuis que l'Italie nouvelle, piémontisée, occupe tout. Je donne une dernière fête ce vendredi. Ce sera une fête d'adieu. Me feras-tu l'honneur, le plaisir surtout, de venir m'embrasser ?

Bien affectueusement,

Comtesse Krista Carovska »

44.

Devant le palais Carovska, via San Damiano, grand encombrement de voitures et de chevaux. Tout Milan est venu. Ceux qui festoyaient avec les Autrichiens et ceux qui occupaient les barricades. Des valets emperruqués font la haie dans le vestibule, le majordome plie l'échine à répétition devant le défilé de l'aristocratie milanaise, un orchestre joue des airs de Vivaldi et de Lulli. Resplendissante, la comtesse accueille joyeusement tous ses invités. Je m'incline sur sa bague, mais elle interrompt mon geste pour m'embrasser.

– Je veux danser avec toi, chuchote-t-elle, j'ai besoin de te voir à part.

La salle de bal est traversée de serveurs à plateau, longues roucoulades à l'italienne à chaque croisement des invités. La soirée d'adieu de la Carovska sera la plus belle de l'été. L'orchestre attaque une valse de Strauss. Tourbillons de danseurs. J'arrondis mon bras autour de la taille de Krista. Nous tournons ensemble, elle légère, primesautière, portée par la musique, le sourire flottant sur les lèvres, la cheville fine et l'air enchanté. Une jeune fille à son premier cavalier au bal des débutantes. Elle m'entraîne vers le fond de la salle, pousse une porte masquée par la boiserie, referme derrière nous. On entend la musique en sourdine. Nos bras retombent.

– Tu as manqué d'être tué, m'a-t-on dit.

– Plusieurs fois, j'ai eu de la chance.

– Et tu as tué des hommes, toi aussi ?

– Je le crains.

Elle me toise d'un air grave.

– Il faut avoir vécu ces deux expériences, tu as aimé et tu as été aimé, tu l'es sans doute encore.

– Je l'espère.

Elle garde le silence en m'observant, puis se retourne soudain vers un meuble. Elle sort une boîte d'un tiroir, et me la tend. Je l'ouvre. À l'intérieur, un très beau pistolet de poche damasquiné à l'ancienne avec la corne à poudre et les balles rondes.

– C'était l'arme de ton père. Je la lui avais offerte car il était menacé. La nuit où il a été tué, il avait refusé de la prendre, car il me quittait. C'était cela qu'il était venu me dire. J'étais jeune et inconséquente, je parlais trop et j'avais évoqué nos relations auprès de gens qui s'étaient empressés de le répéter. À cette époque, j'étais la très jeune veuve d'un colonel autrichien, proche de Radetzky. Mon mari était mort en duel à cause d'une affaire de femme. Je me vengeais. Le comte Cesari, c'était une belle prise. Erreur. C'est moi qui étais prise. Cela s'est su par ma faute et s'est répandu jusqu'à ses compagnons de complot. Ils préparaient une insurrection qui s'est achevée sur les échafauds et à la forteresse du Spielberg. Ton père est venu pour rompre. Quand il est reparti, les tueurs l'attendaient. Il n'a pas eu le temps de s'expliquer, encore moins de se défendre. On a déposé sur son corps une pancarte où il était écrit : « Ainsi meurent les traîtres au Risorgimento. »

Je ne sais que lui dire. Le mystère est dissipé. Après le père, le fils, et maintenant ces aveux et ce pistolet.

– Prends-le, insiste-t-elle, il te revient. Si ton père l'avait emporté, il aurait pu sauver sa vie.

– Où a-t-on retrouvé son corps ?

– En bas, via San Damiano, là où il y avait cette barricade que tu t'es empressé de rejoindre quand tu es sorti de chez moi, le premier des cinq jours.

Elle s'approche et me caresse la joue.

– Tu es pâle, Giacomo. Tu m'en veux ? Je rentre en Autriche demain matin. Tu ne me verras plus jamais.

Je glisse dans ma poche la boîte avec l'arme, je me penche sur elle, j'effleure de ma bouche ces lèvres qui ont baisé celles de mon père.

– Adieu, Krista.

45.

JOURNAL DE MARIE-SOPHIE

Les *briganti* et les *brigantesse* mènent la guerre dans les maquis de la Ciociaria, du Cilento, tous ces lieux touffus, montueux, avec des gorges, des ravins, des torrents, des escaliers de roches, des sentiers dissimulés, des cavernes et des pics. Chacun d'entre eux commande de véritables troupes militaires qui parfois se comptent par milliers. Certains sont des évadés ou des libérés par Garibaldi des prisons du roi François. Si chacun se mettait à réciter son casier judiciaire, cela durerait plus longtemps que les prières de l'Avent !

Quand je leur demande pourquoi ils veulent mourir pour moi, ils sont troublés, désorientés. À la vérité, c'est une question qu'ils ne se sont jamais posée. Certains répondent qu'ils n'ont qu'un roi et c'est un Bourbon, ou encore que les Piémontais les trompent. Garibaldi devait apporter la liberté, mais ils n'ont reçu que des impôts, des *sbirri* et des discours sur l'unité dont ils n'ont que faire. D'autres sont moins clairs, on devine derrière leurs explications embarrassées le goût de la guerre, du pillage et du meurtre. Je les laisse parler. Peu importe le motif tant qu'ils se battent pour moi. Ce motif, aucun ne le discute ni ne le met en avant. Tous veulent un héros, et cette héroïne, c'est moi.

Les *brigantesse*, elles, sont plus subtiles dans leurs explications ou plus sévères. Elles racontent les enfants que l'on emmène, les filles violées par les soldats et les hommes mis au mur ou pendus aux arbres de la place. Elles racontent aussi les mois de famine, les troupeaux saisis et les ruines fumantes quand le village a résisté. Elles racontent encore, ces femmes, qu'il leur arrive de prendre le commandement car il ne reste plus d'hommes capables de le faire. C'est ainsi qu'elles deviennent des *brigantesse*.

– Et si je venais avec vous, si moi aussi je prenais votre tête dans le maquis ?

– Ne le faites pas, madame. Ce n'est pas un monde pour vous.

La *brigantessa* qui a parlé s'avance. On remarque ses traits durs, ses cheveux courts, presque rasés. Autrefois, elle a été jolie. Elle est encore jeune, mais son visage, taillé à coups de serpe, atteste de tous les combats auxquels elle a été mêlée. Elle me sourit, et ce sourire l'éclaire soudain, comme s'il était un rappel de sa beauté. Je lui demande d'où elle vient.

– Du Nord, madame.

– Que fais-tu parmi nous, toi qui viens du Nord ?

Les autres femmes se récrient. On la connaît, la *brigantessa* du Nord, la meilleure d'entre elles, la plus respectée en tout cas, à force d'embuscades rusées, de Piémontais massacrés ou obligés de tourner bride. Elle tire au pistolet mieux qu'un homme, elle manie le sabre aussi, et ses butins, elle les distribue dans les villages. Enfin, elle sait entraîner ses hommes, dressée sur son cheval.

Je m'exclame :

– Comme Garibaldi ! Je l'ai vu à la bataille du Volturno, debout sur les étriers, le sabre en avant.

– Je le connais, Garibaldi. Il aime les pauvres, dit encore la *brigantessa*.

Elle ajoute :

– Je me fiche des rois comme du pape, madame, je me bats pour les pauvres. Les pauvres du *Mezzogiorno* sont encore plus pauvres que ceux du Nord. Je crois que le roi François et vous-même êtes plus généreux que les Piémontais. C'est ce que l'on m'a raconté sur vous quand vous étiez à Gaète. Quand je vous vois et que je vous entends, je sais que c'est vrai. Alors je me bats pour vous.

– Quel est ton nom ?

– On m'appelle la Reine des pauvres.

*

– Cher ami, me dit le nouveau premier ministre, vous connaissez bien Naples, je crois.

Je réponds d'un signe de tête. Je me méfie de l'homme comme des deux qui, avant lui, ont assumé la charge de Cavour. L'autre accentue l'onctuosité de sa voix. Il croit rappeler ainsi le grand disparu. Il a tort. On ne remplace pas Cavour, on lui succède. Depuis sa mort, je me suis bien gardé de mettre les pieds à Turin.

– Puis-je vous demander quelles sont vos impressions ? demande-t-il encore.

La réponse n'est pas facile. Je fais valoir qu'à l'époque de mon séjour, j'avais pour mission de négocier auprès du roi François, mais qu'aucun accord n'a pu être trouvé.

– Justement, répond le premier ministre, vous avez rencontré la reine, m'a-t-on dit.

Que sait-il, celui-là ? Que me veut-il ? Le premier ministre cherche ses mots. On lui a dit que je ne suis pas facile à manipuler.

– On m'a rapporté, insiste-t-il, que la reine n'aurait pas été hostile à un accord.

Je secoue la tête.

– Depuis, il y a eu Gaète.

Le premier ministre a un soupir, comme s'il regrettait la reddition de Gaète, qui, pourtant, a fait de Victor-Emmanuel le roi d'Italie.

– D'après mes informations, les Bourbons sont à la tête d'une guérilla qui ensanglante la région. S'ils mettaient fin à leur soutien, elle s'éteindrait, car elle n'est qu'un brigandage pur et simple.

– Ils n'arrêteront pas, c'est leur seule chance de récupérer le royaume.

Le premier ministre se lève, il marche de long en large puis revient vers moi.

– Et si on leur rendait tous leurs biens, immeubles, avoirs, etc. ?

– La proposition a déjà été faite, et refusée avec mépris.

Le premier ministre reçoit l'information comme une gifle.

– Je l'ignorais, avoue-t-il. Peut-être pourrait-on la réitérer auprès de la reine ? On la dit très influente sur le roi François maintenant que Marie-Thérèse de Habsbourg n'est plus de ce monde.

Je le regarde froidement.

– Ne comptez pas sur moi pour ce genre de mission. Une fois a suffi.

Je m'incline pour prendre congé, mais au moment de passer la porte, l'autre me lance :

– Il se dit à Milan que vous avez accueilli deux jeunes enfants dans votre maison.

Je me retourne.

– Mes filles, en effet. Ne me dites pas que cela vous gêne.

– En aucune manière, cher ami. Vous savez ce que sont les *pettegolezzi* chez nous. C'est la mère qui pose problème. On ne saurait pas qui elle est.

– Cette information est-elle indispensable au gouvernement de Sa Majesté le roi d'Italie ? dis-je d'un ton glacial.

– Nullement, cher ami.

– Tant mieux, car si le roi veut être éclairé, je me chargerai de l'informer directement.

Je rentre à Milan. Après Gaète, je n'ai plus revu Marie-Sophie mais j'hésite à aller à Rome. Dans ses lettres, elle ne me l'a d'ailleurs pas proposé. Sans doute à cause de ses activités de reconquête à travers les *briganti*. Un tel voyage serait dangereux, je pourrais être identifié comme l'un des assiégeants de la forteresse et traité comme espion. Si je vais à Rome, ce ne peut être qu'avec son accord.

Les semaines suivantes, je les passe avec ma mère et mes filles. Les petites me reconnaissent et cela m'émeut. Je les regarde grandir avec adoration. Jamais je n'aurais imaginé éprouver un tel sentiment.

Un soir, en rentrant d'un dîner, je trouve le palazzo en émoi. Ma mère est blême.

– Giacomo, des hommes armés sont venus. Il n'a rien été possible de faire. Ils ont enlevé les petites et laissé ce papier :

« Monsieur le comte, si voulez revoir vos filles, il faut que les Bourbons rompent les liens avec leurs briganti *et abandonnent toute prétention sur le royaume de Naples. »*

46.

– Écoute, Cesari, dit Victor-Emmanuel, le nouveau roi d'Italie, je ne sais rien de cette affaire d'enlèvement. Si le premier ministre y est pour quelque chose, il s'est bien gardé de m'en parler et je n'ai aucun moyen de le convaincre. Sauf à le chasser alors que sa désignation est le résultat d'équilibres politiques compliqués…

Victor-Emmanuel me parle franchement. Il connaît mon rôle auprès de Cavour. Il m'a même confié avoir sacrifié un enfant pour des raisons politiques. Il a vendu sa fille Clotilde à ce viveur de prince Jérôme, le fameux Plon-Plon, le cousin de Napoléon III, en échange de son intervention dans la guerre avec les Autrichiens. Cela a donné Solférino et la Lombardie, la plus belle des provinces réunie au Piémont. Le Risorgimento était en route. Mais sa fille…

Le roi ajoute qu'il est au courant de la naissance des jumelles. Maximilien de Bavière le lui a fait savoir par son ambassadeur, il en a informé le premier ministre. Ces secrets de gouvernement se doivent d'être partagés.

– Pour autant, Cesari, j'ai une idée suffisamment haute de ma fonction pour ne pas me laisser aller à un tel marchandage. Même Cavour ne l'aurait pas fait, ajoute-t-il avec moins de conviction.

– En effet, parce que le père c'est moi !

Un silence. Nous nous sommes tout dit. Je m'apprête à prendre congé, mais il me fait signe de rester.

– Va voir Marie-Sophie à Rome, et dis-lui ce qui est arrivé, ce sont ses filles quand même !

Je fais valoir que je n'ai pas revu la reine depuis longtemps. Elle est très engagée dans la reconquête de son royaume, et j'ignore quelle réponse elle me fera.

– Sache, me répond le roi, qu'une loi va être votée par le Parlement italien. Une loi terrible. Parce que entre ces gens-là et nous, il n'y a rien de commun.

Toute la région, m'explique-t-il, à part quelques cités, est considérée comme une zone de guerre. Les garanties juridiques sont suspendues, les tribunaux militaires rendront des sentences rapides, immédiatement exécutoires, et les militaires auront tout pouvoir.

– Voilà, conclut-il, tu sais ce que cela signifie quand un pays est entre les mains d'une armée d'occupation qui n'a de comptes à rendre qu'à celui qui l'a envoyée. Ça a déjà commencé dans le *Mezzogiorno*. Les villages de brigands sont incendiés, les pelotons d'exécution fusillent et abandonnent sur place les cadavres pour servir d'exemple. On nous hait, on me hait, mais l'Italie unie est à ce prix.

Il ajoute que l'unité est au bout de cette conquête. Quand il a pu faire les choses de manière pacifique comme à Parme, à Modène, à Florence, il n'a pas hésité, même au prix de plébiscites truqués.

– Le brigandage dans le Sud, insiste-t-il, est une épine insupportable. Tous les moyens, tu entends, tous les moyens sont bons pour arracher cette épine.

Un silence. On se regarde. Le roi se lève et m'étreint. Au

moment où je vais passer la porte, Victor-Emmanuel me lance :

– J'ai nommé le général Pallavicini à la tête de l'armée. C'est le militaire le plus dur que j'aie pu trouver. Si tu n'obtiens rien de la reine, va à Naples. Ta nomination comme général auprès de Pallavicini est déjà signée. Il te déléguera ses pouvoirs sur le terrain, car celui qui pourra retrouver tes filles, ce ne peut être que toi. Brûle, pille et tue !

47.

Des hommes, des femmes glissent dans les couloirs derrière la pharmacie Vagnozzi. Tous portent de grands chapeaux calabrais et sont vêtus comme des chasseurs, avec des cuissardes. Des sabres leur battent les flancs, des crosses de pistolets dépassent de la ceinture. Tout à l'heure, je me suis procuré une tenue presque similaire chez un fripier du ghetto, qui m'a même fourni un sabre. On m'a prévenu. Sur les terres du pape, mon statut de diplomate ne vaut rien.

La pharmacie est fermée, mais une porte était ouverte sur le côté. Je craignais des sentinelles, mais rien. Ces gens qui s'interpellent en dialecte se connaissent tous. Je me faufile à la suite d'un groupe. Le couloir, puis la salle enfin. Les voix s'apaisent, une seule domine. Celle de Marie-Sophie. Elle harangue son public dans son italien un peu rugueux, parsemé d'expressions napolitaines que je comprends mal, mais qui sont appréciées de ses auditeurs.

Elle leur parle des Piémontais qui viennent en force, de cette loi qui va être votée à Turin et qui leur permettra tout. Elle dit que ça va devenir de plus en plus dur, la guerre du Sud. Elle leur dit encore que s'il y en a qui veulent quitter la cause, elle ne leur en voudra pas, car ils ont des femmes et des enfants. Et l'on sait ce que les Piémontais en font, des femmes et des enfants, quand les hommes sont pendus aux arbres des villages ou criblés de balles contre le mur de l'église. Puis elle parle des femmes dans les villages, parce que les occupants ont mis le feu aux champs et volé les bêtes pour nourrir leur armée. Un grondement monte de la salle. Les brigands protestent, assurent de leur fidélité, disent que leur vie ne vaut rien, ni celles de leurs femmes et de leurs enfants. Alors autant tuer les Piémontais. Au moins, ils se sentent utiles. L'ambiance s'échauffe, l'air se fait de plus en plus lourd avec la fumée des pipes et des cigarillos, l'odeur des hommes tassés les uns contre les autres pour écouter la reine de Naples. Eux la surnomment « la reine du Sud » et répètent : « Il y a eux et il y a nous. » Cette formule, que j'ai entendue dans la bouche du roi, résonne différemment ici.

Je me glisse au premier rang, et aperçois enfin Marie-Sophie, mon amante, la mère de mes filles. Elle s'est habillée comme à Gaète avec une tenue d'homme à la manière de ceux qui viennent l'écouter. Son chapeau est posé à côté d'elle et ses cheveux dénoués flottent autour de son visage.

Des voix s'élèvent, les questions fusent. Combien de temps tout cela va-t-il durer ? Est-il vrai que les Anglais enverront des renforts ? Peut-on compter sur des livraisons d'armes et de munitions ? Au moins de la poudre car elle commence à s'épuiser ?

Elle répond à chaque fois. Le temps, elle n'en sait rien, les Anglais, il ne faut pas y compter. Mais pour les armes et la poudre, elle en acheté avec les dons qui lui sont parvenus. Elles seront livrées à Sessa Aurunca comme d'habitude, à la frontière entre le Latium du pape et la Campanie.

Une voix encore. Celle d'une *brigantessa* que je ne parviens pas à distinguer. Elle dit que les armes et la poudre, c'est bien, mais que certains villages n'ont plus rien à manger. Elle insiste :

– Des villages avec des enfants où l'on meurt plus de faim que des Piémontais.

J'interroge le *brigante* à mon côté.

– Qui est-ce ?

Il me coule un regard surpris.

– La Reine des pauvres, voyons ! Tu ne la connais pas ?

– Je viens d'arriver.

Marie-Sophie promet de la nourriture avec le reste. La voix remercie. La foule commence à refluer vers la sortie, Marie-Sophie distribue des chapelets et des scapulaires bénits par le pape. En les recevant, ils les embrassent avec dévotion. Quand vient mon tour, elle lève les yeux et me reconnaît. Un éclair dans son regard, puis elle passe au suivant. Je me colle contre le mur, je laisse la foule des *briganti* s'écouler. Il ne reste que Marie-Sophie et deux hommes qui doivent être des gardes du corps.

– Attendez-moi dehors, ordonne-t-elle.

Nous sommes désormais seuls. Les torches jettent des lueurs.

– Tu es fou d'être venu ici, s'exclame-t-elle en s'approchant de moi. Je suis très heureuse de te revoir, mais c'est dangereux. Certains étaient à Gaète, ils peuvent te reconnaître.

– Nos filles ont été enlevées.

Elle réprime un cri. Je lui tends le papier que j'ai reçu avec les termes du chantage. Elle le lit, puis le range dans un pli de son habit.

– Qui a fait ça ? Ton gouvernement ?

– Je pense qu'il est mêlé à cette affaire, mais il ne l'a pas fait seul. Il a envoyé des gens du Sud. Il y a des traîtres chez toi ?

– Bien sûr qu'il y en a. Toutes les bandes ne me sont pas dévouées. Les repentis sont plutôt bien accueillis par ton général Pallavicini, il nous les renvoie avec mission de le renseigner. Quand on les trouve, on les tue.

– D'après ce que je sais, nos filles ont été transportées en Campanie ou en Calabre dans une des bandes de *briganti* dévouées à la cause du roi Victor-Emmanuel.

Elle ferme les yeux.

– Là-bas dans les montagnes, mes deux filles !

Elle me regarde de nouveau.

– Je vais me renseigner, mais dans le *Mezzogiorno* tout est cloisonné. Si elles sont avec une de ces bandes, le secret est bien gardé, et seul le chef sait qui elles sont.

Des larmes coulent sur son visage, elle les essuie d'un geste agacé. Ce n'est pas une femme qui pleure. Elle est toujours aussi belle, mais elle a changé. Elle a perdu sa candeur, sa douceur. Depuis Gaète, elle est devenue une femme dure. Je la revois abattre de sang-froid la Rizzo, combattre sabre à la main sur la brèche du rempart. Et cette assurance avec laquelle elle s'adresse aux hommes et femmes engagés dans la guerre du Sud, cette assurance, je ne la lui connais pas. Je suis face à une inconnue.

– Je vais tout faire pour les trouver, je te le promets.

– Et si tu ne les retrouves pas ?

Un silence. Les larmes reviennent, qu'elle efface encore.

– Moi aussi, je vais essayer. Mais si nous échouons, elles mourront. Si elles ne sont pas tuées dans un combat, on se débarrassera d'elles parce que c'est deux bouches à nourrir et qu'elles ne serviront plus à rien.

Je la saisis aux épaules avant de poursuivre :

– Annonce que tu renonces à ton royaume de Naples, et elles nous seront rendues.

Elle a un mouvement de recul.

– C'est pour cela que tu es venu ? Pour me faire renoncer à mon royaume ? Cavour est mort, mais il t'inspire toujours. Ou est-ce ton roi ?

Je l'écoute, sidéré. Comment peut-elle hésiter un seul instant ? Comment peut-elle sacrifier ses enfants ? Nos enfants ? Un royaume contre nos filles, elle choisit le royaume ? Son royaume fictif ? Où est passée la femme que j'aimais ? Ma petite reine qui me rejoignait à *L'occhiello rosso* ? Je cherche dans son visage ma maîtresse d'autrefois, mais ses traits sont plissés sous la fureur. Elle n'est pas vraiment laide, mais c'est une autre personne. Je ne la reconnais plus. Cette inconnue me fait horreur. Je réponds d'une voix glacée :

– Sache que si je ne les retrouve pas, aucun homme ne survivra, aucun village ne restera intact dans les régions qu'occupent tes *briganti*. Aucun. Tu m'entends ?

Et je tourne les talons.

– Rendez-vous après la guerre, Giacomo ! lance-t-elle dans mon dos.

Je m'enfonce dans les rues de la vieille Rome autour du Campo dei Fiori. Je marche vite. Derrière moi, des pas pressés. Je me retourne. Ils sont deux. L'un agite une lame, l'autre un pistolet. Je sors mon sabre du fourreau. Premier choc des lames. Je m'aperçois aussitôt que le sabre que j'ai acheté chez le fripier n'est qu'une arme de décoration. Mes agresseurs ne sont pas des voleurs. Ils veulent me tuer. Je blesse l'un d'eux au bras et il recule. L'autre a une tête de Calabrais, et la tenue aussi. D'un coup bien asséné, l'homme brise ma lame et s'approche, l'arme haute. Il m'injurie dans son dialecte, je comprends qu'il me traite d'espion. Je fonce brutalement sur lui, il ne s'y attendait pas. Je saisis son bras qui tient le sabre. Il m'invective encore et son arme tombe à terre. Je le repousse d'un coup de poing. Il recule, je ramasse son sabre, mais le second brandit son pistolet de sa main valide et m'ajuste. Il va tirer. Une voix tout à coup résonne derrière lui, dans l'ombre.

– Ne tire pas, va-t'en !

– C'est un espion, il était à Gaète et je l'ai reconnu.

Il vise ma tête. Un coup de feu claque, c'est lui qui tombe, blessé. Le pistolet est au sol. Je l'écarte d'un coup de pied. Il se relève en gémissant, la fureur dans ses yeux.

– Foutez le camp ! Ce n'est pas un espion !

Elle répète :

– Foutez le camp, ou je tire à nouveau.

Ils reculent. Le premier ramasse son sabre, l'autre range son pistolet. Toujours dans l'ombre, la Reine des pauvres se confond avec le mur avant de disparaître. Il ne reste plus sur le pavé que les deux morceaux de mon sabre brisé.

48.

C'est l'été d'un Sud en feu. À Pontelandolfo, depuis sa chaire, le curé fustige toujours l'occupant étranger en des homélies mortelles, tandis que le maire se voit imposer par les *briganti* une rançon de huit mille ducats, la fourniture d'armes et de vivres. Mieux vaut s'enfuir lorsqu'on collabore avec les Piémontais. Le *brigante* Giordano reçoit du curé la direction du village, et les deux hommes conduisent une procession religieuse qui se transforme en un défilé à la gloire des Bourbons. Les portraits officiels de Victor-Emmanuel et de Garibaldi sont jetés au feu, aussitôt remplacés par ceux de François et de Marie-Sophie. Une chasse impitoyable aux affidés du Piémont est ouverte. L'arrogant percepteur est découpé vivant à la hache, tout comme les officiers qui exécutaient ses ordres. Les maisons des riches sont saccagées, puis incendiées, de même que les registres de l'état civil, pour empêcher le service militaire. À Casalduni, six kilomètres plus loin, le poste de garde est rasé au sol, raflées les armes et munitions.

On enrôle, cinquante ducats[1] à l'engagement et quarante

1. Environ 950 euros.

grana[1] par jour. Les candidats font la queue. La diligence de Naples est dévalisée, le butin distribué sur la place de Pontelandolfo. De Naples, on envoie *bersaglieri* et *carabinieri*, quarante au total. Leur chef, le lieutenant Bracci, entre en ville en déployant un drapeau blanc, aussitôt encerclé d'une foule hurlante qui brandit fourches et bâtons. Par prudence, il engage ses hommes sur la route de San Lupo. Il n'y arrivera jamais, l'un de ses propres soldats l'abat d'un coup de fusil, les autres, enchaînés, défilent sur la place du village comme les barbares vaincus dans un triomphe romain.

L'adjoint au maire veut protester, mais il est aussitôt fusillé. L'un des chefs brigands, Pico, tente de sauver la vie des soldats. « Ils ne sont que des exécutants ! » répète-t-il, mais on ne l'écoute pas. On leur arrache les uniformes et les fusille aussitôt. Quant aux rares survivants, ils sont attachés à des chevaux lancés au galop. La nuit tombe sur les cadavres déchiquetés des soldats de Victor-Emmanuel. Nous sommes le 11 août, il est dix heures trente du soir.

Deux hommes sont chargés de la répression, Pier Eleonoro Negri, un héros des guerres d'indépendance contre les Autrichiens, futur aide de camp du roi Victor-Emmanuel, l'autre c'est moi, le général Giacomo Cesari.

Deux jours plus tard, à l'aube, je dirige une colonne de quatre cents hommes sur la route qui mène à Pontelandolfo. Derrière, Negri suit avec cinq cents. Les ordres : frapper vite et fort. En tête, deux habitants ralliés du village. À moins d'un kilomètre de la cité maudite, les *briganti*, postés sur les hauteurs, surgissent et tirent à bout portant avant de reculer dans les bois où ils veulent que nous les poursuivions. C'est, m'a-t-on dit, leur tactique habituelle, guerre et fausse fuite.

1. Environ 8 euros.

Nous avons vingt-cinq morts, mais si on se lance à leurs trousses, le massacre est garanti. Leurs tireurs sont déjà installés dans les arbres et à l'abri des buissons. Negri prend la tête, il veut me montrer comment on exécute les instructions de Turin relayées à Naples. Pontelandolfo est en vue. Seules les maisons de nos partisans, marquées d'une croix blanche, seront épargnées…

On entasse devant les portes des balles de paille que l'on enflamme. Tout doit brûler. Les soldats ont un cri de guerre : « *Piastre ! Piastre !* », comme s'ils réclamaient de l'argent. Hommes, femmes et enfants sont surpris dans leur lit par le feu. Ceux qui tentent de s'enfuir sont aussitôt abattus. Je descends de cheval, je veux arrêter ça. La répression, ce n'est pas le viol ni le meurtre de masse de civils. Negri me retient par le bras.

– Tous ont participé, les habitants avec les *briganti*, dit-il d'une voix sèche.

On traque les fuyards cachés dans les meules de foin, les cabanes des poulaillers, les sacristies et les cryptes des églises. Leur sort est réglé d'une balle unique. Quand on entend des coups de feu isolés, c'est un tir dans la nuque. Les corps sont abandonnés sur place tandis que l'on pille objets précieux, vases, calices en or et en argent, tableaux religieux, tout ce que l'on pourra revendre sur les marchés de Naples.

À Casalduni, les habitants ont aperçu les flammes au loin et se sont réfugiés dans les bois. On ne trouve plus âme qui vive. Des détachements sont envoyés pour fouiller les bosquets. Des coups de feu retentissent. Des *briganti* embusqués tirent sur nos *bersaglieri*. Je conduis un détachement de renforts. Enfin un vrai combat ! Les *briganti* tirent bien, mes *bersaglieri* aussi. Notre ennemi est dissimulé dans les buissons, il est malaisé de distinguer les silhouettes. Je dirige une charge sabre au clair et nous leur tombons dessus. Certains détalent mais mes hommes les rejoignent, d'autres persistent à vider leurs armes sur nous. Je reçois une balle dans le bras ou l'épaule, mais je la sens à peine. Certains *bersaglieri* s'écroulent, mortellement touchés, d'autres, indemnes ou presque, ramènent ceux qu'on a pu trouver, les mains liées dans le dos. Ils ne se font pas d'illusions sur leur sort. Ils chantent l'hymne des Bourbons.

Iddio conservi il Re
Per lunga et lunga età
Come nel cor ci sta
Viva Francesco il Re[1] *!*

On les fusille un par un. Ceux qui attendent leur tour continuent de chanter. Le dernier avance bravement vers le mur où gisent les cadavres de ses compagnons. En passant devant moi, il me toise et je le reconnais.

Cet homme est celui que la Reine des pauvres a blessé, celui qui pointait son pistolet sur moi en me traitant d'espion. Il me fixe, cet homme qui va mourir, avec ses yeux de feu, dans mon uniforme de général sur mon cheval avec mon dolman et mon shako, mon sabre au côté et le sang qui dégouline sur ma manche. Il chante encore et encore, et de plus en plus fort.

Iddio lo serbi a noi
Viva Francesco il Re

– Détachez-le, sergent. Laissez-le partir.

Incrédule, le sergent hésite à m'obéir.

– Exécutez l'ordre, sergent.

---

1. Que Dieu nous conserve le roi / Pour une longue et longue vie / Qu'il reste dans nos cœurs / Vive le roi François !

Il délie les mains de l'homme, qui a cessé de chanter.

– Va !

Ma voix résonne dans le silence. L'homme file aussitôt vers les bois en chancelant. Le sergent et les hommes du peloton d'exécution me regardent sans comprendre.

– Ainsi il pourra raconter aux autres ce qui s'est passé ici.

Ils hochent la tête, rassurés. Ils m'approuvent. Casalduni a brûlé comme Pontelandolfo. Je rejoins Negri. Il me félicite pour ma charge sur les *briganti* et me dit que j'ai eu raison de libérer le dernier. La guerre de répression doit dissuader les imitateurs.

Un journaliste du *Popolo d'Italia* s'approche. Il fait partie de ces reporters qui suivent les troupes. Selon lui, il y a plus de neuf cents morts. C'est ce qu'il écrira dans son article[1].

– Dois-je préciser, général, que vos soldats ont arraché les boucles d'oreilles des femmes avant de les fusiller ?

– Écrivez ce que vous voulez. Quarante de nos soldats ont été tués il y a deux jours. Voilà notre réponse.

– Et ce cri : « *Piastre !* », que signifiait-il ?

– Demandez à nos soldats !

– Je vous entends, général, mais que diront mes lecteurs ?

– Que l'unité de l'Italie se paye au prix du sang. On oubliera le sang, mais l'Italie sera faite.

Sur la route du retour, un silence épais pèse sur les *bersaglieri*. Tous ont encore dans l'oreille les cris aigus des

1. Ce chiffre impressionnant est peut-être contestable, car fourni par des historiens locaux engagés dans la polémique anti-piémontaise. Des calculs plus récents démontreraient, selon le grand historien italien Giordano Bruno Guerri, que le nombre de morts serait probablement moindre. À l'époque des faits, la cité de Pontelandolfo comptait 5 000 habitants. Aujourd'hui, moins de la moitié.

victimes, le grondement des incendies, le bruit sec des coups de feu. Les sacs débordent du butin qu'ils revendront demain avant de quêter l'absolution de notre aumônier. La fatigue écrase mes épaules, la douleur de mon bras me lance à chaque pas du cheval, le muscle est traversé mais la balle est ressortie, m'a assuré le major. À l'arrière de la colonne, des chariots couverts de draps blancs ramènent nos morts. Plus tard, il leur sera rendu hommage place du Plébiscite.

Les cadavres des hommes, des femmes et des enfants fusillés, déquillés comme à la foire, ont commencé à pourrir au soleil. Le curé s'est enfui dès l'aube, celui qui proférait des homélies bourboniennes dans son église maintenant réduite en cendres. Quand il reviendra, il ne manquera pas de bénir ces morts, et les survivants les pleureront dans un interminable lamento qui résonnera jusqu'à Naples.

À la préfecture, je m'endors d'un sommeil lourd de salaud, encombré des rires de mes filles mêlés au chahut du massacre.

Au matin, on m'apporte une dépêche. Elle vient du roi :

« Je vous fais, Negri et toi, chevaliers de l'ordre de Saint-Maurice-et-Lazare. Je vous remettrai à l'un et à l'autre ces insignes personnellement à Turin. »

Quelques années ont passé. La guerre contre les *briganti* s'éternise. Un jour, je reçois une lettre de Marie-Sophie :

« Après l'opération de François et le cadeau que Sissi nous a fait d'un lit matrimonial, mon médecin m'annonce que j'attends un nouvel enfant, légitime ! Cet enfant, garçon ou fille, sera le prochain souverain de Naples. »

49.

JOURNAL DE MARIE-SOPHIE

Je suis au comble du bonheur ou presque. Le sommet sera atteint quand j'aurai reconquis mon royaume, ce qui ne saurait tarder. J'attends un enfant dont François est le père, et cet enfant sera le prochain roi ou la prochaine reine de Naples ! Merveilleux événement ! J'arbore fièrement mon ventre et tous les exilés de la cour me félicitent, me congratulent, me portent aux nues. Depuis mon royaume perdu me parviennent les prières, les ex-voto, les scapulaires bénits par nos religieux, et destinés à mon enfant, envoyés par les vrais, les justes, ceux qui résistent à l'infâme Piémontais avec notre bon pape Pie IX qui a brutalement cessé de brocarder mon François qu'il appelait en privé *il piccolo gobbo*[1].

Après notre première nuit, mon mari, enfin libéré de son phimosis, est aussitôt allé raconter son exploit à la Sainte dans la chapelle. Le lendemain, il a voulu recommencer, c'était mieux. Depuis, il se montre très assidu, d'autant que

1. Le petit bossu.

son confesseur lui a assuré que son devoir de roi passait avant les pudeurs du chrétien. Bref, son avenir éternel n'en sera pas entaché. Il en profite et fait preuve d'une certaine ardeur, moi aussi, je l'avoue.

Je crois qu'à l'heure où j'écris, mes filles illégitimes, mes filles nées de l'amour, Daisy et Viola, ne sont plus. Je m'en repens et j'en suis à la fois soulagée. Il fallait entre mon royaume et leur sauvegarde faire un choix. On m'a raconté qu'elles se trouvaient entre les mains d'un de ces *briganti* qui perpétuellement balancent entre Piémontais et Bourbons selon leurs intérêts. Le gouvernement de Victor-Emmanuel serait derrière cette manœuvre et aurait payé le prix fort. Où étaient-elles ? Je ne sais pas. On ne m'a jamais donné de nouvelles d'elles et je n'en ai pas demandé. Cela vaut mieux. J'ignore si l'Histoire me jugera pour ce forfait auquel je souhaiterais ne rendre compte qu'à Dieu quand Il me rappellera à Lui. Malgré tout, j'en ai parlé à François par loyauté. Il était ravi que je préfère le royaume des Bourbons à ces enfants du péché, et désolé du sort qui leur était promis. Lui m'a pardonné. Il en a, je crois, parlé à la Sainte au cours de leurs conciliabules dans la chapelle sacrée. Elle lui a répondu (m'a-t-il dit) qu'elle prendrait soin de ces petits anges, heureusement baptisés auprès du Seigneur. Merci, la Sainte !

Et Giacomo dans tout cela ? Je l'ai perdu. Cette souffrance s'estompera avec le temps quand elle glissera dans la noria des souvenirs délicieux et enfuis. Je crois que Giacomo demeurera *in aeternam* le grand amour de ma vie. Mais il ne valait pas un royaume. Il l'a compris. Je l'ai vu à son regard quand j'ai refusé d'échanger le royaume contre nos filles. À cet instant, son amour a basculé. Je lui ai donné un rendez-vous après la guerre, il n'y a pas cru. Moi non plus. En attendant de retrouver nos filles, il s'est promis de venir à bout de la révolte du Sud, alors que je suis persuadée qu'il est déjà convaincu de leur mort, puisqu'elles ne servent plus à leurs ravisseurs ni au commanditaire.

On m'a raconté qu'après notre dernière rencontre, à la sortie de la pharmacie Vagnozzi, il avait été attaqué par des *briganti,* et sauvé in extremis par l'intervention de cette fille, celle que tout le monde surnomme « la Reine des pauvres ». L'a-t-elle attendu ? Suivi derrière ces sicaires qui le soupçonnaient d'être un espion ? En tout cas, je l'avais prévenu. Chez nous comme ailleurs, on liquide les espions. C'est donc à la Reine des pauvres qu'il doit la vie. Étrange dette pour un homme comme lui envers une non moins curieuse créancière.

En attendant, il a tenu sa promesse. Pontelandolfo et Casalduni ont été réduites en cendres, et leurs habitants massacrés. Il paraît qu'au parlement de Turin, un député de l'opposition, Ferrari, a interpellé le gouvernement sur ces scènes d'horreur. Les ministres n'ont rien répondu et Giacomo comme son séide Negri ont été faits chevaliers par Victor-Emmanuel de je ne sais plus quel ordre en récompense de leurs forfaits. Depuis, d'autres villages, d'autres incendies, d'autres pelotons d'exécution, comme si au bout il espérait retrouver Daisy et Viola. À Naples, on le surnomme *il boia dei Piemontesi*[1]. Voilà ce qu'il est devenu !

Il est tard. Je clos ici ce chapitre. Je ne sais plus ce que je ressens. Souvent la nuit, l'image de Giacomo me hante, celle de mes filles à peine entrevues aussi. Je rêve qu'il m'aime encore, que mes petites sont vivantes, que mon royaume me sera rendu et que mon enfant à venir en sera le roi !

1. Le bourreau des Piémontais.

50.

Obsédé par le sort de mes filles et l'urgence de les retrouver, même si je ne me fais plus d'illusions, je me perds dans le travail et dans les missions.

Les *fiancheggiatori*[1] se pressent au palais du gouvernement pour nous assurer de leur ralliement. On ne passe pas si aisément d'un roi à un autre, surtout dans une ville, un pays aussi compliqué que le royaume des Deux-Siciles. Tout nous oppose, la tradition, l'esprit, Dieu, la langue et j'en passe… Il faut donc opérer un retournement, une adaptation, laisser leurs coutumes pour nos règles, toutes opérations qui exigent de renoncer à ce qu'ils étaient sans trop savoir vers quoi ils vont. En attendant, ils proclament leur foi nouvelle en Victor-Emmanuel un peu trop bruyamment pour être crédibles. Je fais semblant d'être convaincu, comme tous ceux qui m'entourent. Avons-nous le choix ?

J'imaginais que mes expéditions vers les quelque cent soixante bandes de *briganti* qui infestent le Sud, la liquidation des roitelets locaux, provoqueraient à mon égard une détes-

1. Partisans.

tation publique. Je me méfie de tous. La haine des Napolitains est sourde, elle se dissimule sous d'hypocrites affèteries, de plaisantes accolades, des baisers vénéneux.

Des femmes croisées pendant les réceptions du préfet sont disposées à tout, comme elles me le font comprendre. Et tout particulièrement l'une d'entre elles. L'épouse d'un banquier d'affaires, anobli par le roi Ferdinand II, qui cherche des entrées à Milan ou à Turin. Une baronne, je crois. Mais ce roi n'a pas lésiné sur l'octroi de titres qui ne lui coûtaient rien. D'où ces princes, ces ducs, comtes et marquis sans terre qui foisonnent en dessous de Rome, trop fraîchement créés pour que l'on y croie vraiment. Elle en rit, la baronne. Elle se moque des prétentions nobiliaires du mari qui n'est que baron et voudrait être plus. Il lui faudra attendre. Victor-Emmanuel est plus parcimonieux dans l'octroi des titres, ce qui les rend précieux.

– Comte Cesari, on m'a dit que vos ancêtres remontent aux Sforza, me dit la baronne.

– Vous êtes bien renseignée.

– Oh, il suffit de consulter l'annuaire de la noblesse de Milan. Mon mari se l'est procuré, il veut éviter les impairs.

Elle est charmante, l'œil clair sous la tresse noire, la bouche ourlée et le nez fin un peu recourbé, mais cela donne du piquant à ses traits audacieux.

– Cet ancêtre, poursuit-elle, était présent à la cour de Ludovic le More, d'après ce que j'ai lu.

– Le chambellan, en effet. Il avait été blessé dans je ne sais plus quel combat et ne pouvait plus guerroyer pour la gloire du duc, qui lui a donc confié cette charge. C'est lui qui conduisait Cecilia Gallerani, la maîtresse du duc, dans l'atelier de Léonard pour qu'il peigne son portrait en dame à l'hermine.

– Et après, dans la chambre du duc ?

– La chronique familiale ne fournit pas ce détail, baronne.

– Graziella.

– Graziella, donc. Mais on peut supposer que cette conduite faisait partie de ses fonctions. Par la suite, le duc s'est marié très officiellement et il a dû renoncer à ses anciennes maîtresses. Il les a unies à des gens de sa cour, preuve que c'était un homme de qualité. Il leur a même fait un cadeau.

Elle rit et prend mon bras. Nous déambulons dans la grande salle de bal du palais de Capodimonte. Elle veut que l'on nous voie ensemble. Les *pettegolezzi* ne manqueront pas, et elle les guette.

– Comte Cesari… Giacomo… Je suppose que votre ancêtre, le chambellan, a demandé à Léonard de le peindre, lui aussi.

– Il s'en est bien gardé, chère Graziella. Léonard faisait surtout des portraits de femmes, et encore il fallait insister. Il était susceptible et compliqué, et avait une conscience aiguë de son génie.

Elle s'arrête, se tourne vers moi.

– Il n'y a aucune gloire là-dedans, Graziella. C'est une question d'éducation.

Elle m'avoue ne rien savoir de ces affaires. Son mari ne l'a pas épousée pour sa culture, car elle n'en a aucune. Sauf celle des Évangiles, mais elle s'est empressée de les oublier.

– Pour votre esprit, pour votre beauté, Graziella. C'était bien suffisant.

Elle rit encore. Le rire, c'est l'un de ses moyens de défense. Quand elle est troublée, elle rit. En même temps, elle a repris mon bras. Je lui tends une coupe de *spumante*. Elle boit, lève son verre et me regarde au travers. Elle ne rit plus.

– Je ne suis pas une *fraschetta*[1], Giacomo, mais je veux… Enfin, il me plairait de vous voir ailleurs qu'ici.

1. Gourgandine.

Que répondre ? Je suis flatté, même si le procédé ressemble à celui d'Anna Casati. Mais il n'existe aucun secret à surprendre et j'ai envie de la voir. La guerre a asséché mon désir, le voici de retour. J'ai des liaisons, mais surtout à Milan. À Naples, c'est plus rare.

Mon aide de camp surgit derrière moi.

– Mon général, il y a une émeute sur le port du Castel dell'Ovo[1].

– Je viens. Prépare mon cheval immédiatement.

Il claque les talons. Jusqu'à présent, Naples avait été épargnée. Graziella me regarde toujours. Un lieu me traverse l'esprit.

– À la *Casa di Maria* à Sorrente. Demain soir à dix heures. Vous connaissez ?

Elle fait signe que non.

– Je me renseignerai.

L'aide de camp m'attend toujours avec une escorte et mon cheval sellé. Trop tard pour me changer, je pars en uniforme de soirée.

---

1. Le château de l'Œuf.

51.

Le Castel dell'Ovo est en feu. Tout le quartier est en train de brûler. C'est cette presqu'île sur le port avec une forteresse au milieu. Un chemin étroit mène jusqu'à la forteresse. Ce serait folie de s'y engager. Il faut réquisitionner des barques et encercler la presqu'île. Les *bersaglieri* arrivent, les barques aussi. Une patrouille par embarcation. Les soldats postés sur les créneaux du château protègent notre arrivée. Je monte dans une des barques, les *briganti* nous canardent depuis la rive. Nos rameurs souquent de plus en plus fort. Un homme bascule dans l'eau. On aborde enfin, les insurgés nous attendent sur le quai. Une balle m'érafle le cou, une autre fait s'envoler mon shako, une autre encore dans la cuisse puis dans le bras. Je tire de mes deux pistolets. Ils sont vides maintenant, je dégaine mon sabre. Les autres embarcations abordent à leur tour, le quai est à nous. Les *briganti*, embusqués dans les rues, espèrent que nous allons nous y engager.

– Vous êtes blessé, mon général.

– Mais non.

On s'avance vers les ruelles. Les *briganti* reculent en tiraillant. Je demande ce qu'ils fichent là, au cœur de Naples.

On me répond qu'ils sont arrivés à la nuit tombée en bateau pour piller un hangar. Les gardiens qui ont voulu intervenir se sont fait abattre.

– Aucun d'eux ne doit repartir !

Le quartier est cerné. De nouvelles barques abordent sur les deux autres côtés. Un bateau de *briganti* essaie de sortir de la nasse, mais n'y parvient pas. Nos hommes sautent à l'abordage, les *briganti* se jettent à l'eau et coulent les uns après les autres, foudroyés par les tirs des *bersaglieri* sur le quai. Un lieutenant vient me rendre compte de nos pertes. Dix morts, quand même.

– Et eux ?

– Il en reste, ils se sont barricadés dans une ou deux maisons du quartier chez des habitants qui les accueillent. Ce sont eux qui les ont prévenus que le hangar était plein.

– Délogez-les de là. Les habitants aussi. Fusillez-moi tout ça !

Le combat reprend autour de la forteresse. C'est plus difficile que je ne le pensais, les ruelles du Castel dell'Ovo sont étroites, comme celles du quartier espagnol. Depuis les balcons, on nous balance des meubles, des horloges, tout ce que l'on peut trouver dans les maisons. Les *bersaglieri* reculent. Sur la chaussée, on entasse tables, chaises, matelas pour construire des barricades. À l'autre bout de la rue, une trouée claire sur le port, où est amarré le dernier bateau des insurgés, chargé de ce qu'ils ont pu récupérer dans le hangar. Ils n'auront pas le temps de l'atteindre. Les *bersaglieri* sont déjà rangés, les fusils chargés, les baïonnettes en place. La première charge est repoussée par un feu nourri, mes hommes reculent, ramenant leurs blessés et, je le crains, leurs morts. De l'autre côté, on entend des gémissements. Un silence sur cet espace nu entre la barricade et les *bersaglieri*, la *terra di nessuno*. Le capitaine qui dirige le détachement se présente.

– Mon général, nous sommes à vos ordres. À votre signal, nous les chargeons.

– Croyez-vous pouvoir emporter la barricade ?

– Il faudra plusieurs charges, leurs munitions s'épuisent, et nous avons des hommes en réserve. Mais ils résisteront jusqu'au dernier fusil et à la dernière balle. Écoutez…

Côté barricade, on chante l'hymne des Bourbons, celui que chantaient déjà ceux que l'on emmenait au mur pour être fusillés, à Casalduni.

À cet instant, je ressens un malaise. Il y a vingt-cinq ans, j'étais sur la barricade à Milan. On attendait la charge des Autrichiens. Nous étions prêts à mourir, et nous chantions les airs à la gloire de Milan, les chansons du Risorgimento. Me voici aujourd'hui dans la situation de l'occupant. En face, les Napolitains, les *briganti* et les *brigantesse* allongés sur les matelas, à genoux sur le sommet de la barricade, et c'est eux qui chantent avec les enfants aussi et les femmes à l'arrière qui rechargent les fusils.

– Ça va être un massacre, capitaine.

– Ils l'auront cherché, mon général.

– Un instant. Retenez vos hommes. Pas de charge sans mon ordre.

Je marche sur la *terra di nessuno* dans mon uniforme de soirée maculé de sang, de poussière et de poudre, claudiquant un peu à cause de ma blessure à la cuisse. Je l'avais oubliée, mais la douleur se réveille. Mon sabre pend sur le côté, mais il reste au fourreau. Je n'ai plus d'arme à feu. Les chants s'arrêtent, je les entends qui disent :

– C'est Cesari, il est fou.

– Tire, bon sang !

– Non !

J'arrive au pied de la barricade. Silence. Le soleil s'est levé. Une silhouette se dresse. Sur l'instant je ne la reconnais pas, mais elle retire son béret et se plante devant moi, Nina, la Reine des pauvres !

– Ne nous demande pas de nous rendre, Giacomo. On ne le fera pas.

– Je vous demande seulement de partir. C'est votre bateau que l'on voit à l'autre bout de la rue. Prenez-le et fichez le camp. Gardez ce que vous avez volé.

– C'est de la nourriture, Giacomo. Du lait et des pâtes. Il n'y avait que ça dans le hangar.

– Je vous laisse une demi-heure. Partez avec les femmes et les gosses. On ne vous poursuivra pas.

– Sur ta parole d'officier piémontais ?

– Sur ma foi d'insurgé de Milan, de combattant de Rome !

Elle hoche la tête, elle ne dit pas merci, ni adieu ni rien. Ce n'est pas son genre. Je l'entends qui répète aux autres mes conditions. Ils s'en vont tous, hommes, femmes et enfants. Ils emportent ce qu'ils peuvent récupérer dans ces maisons où ils ne reviendront jamais.

52.

La *Casa di Maria* à Sorrente. L'endroit est d'une extrême discrétion avec ses entrées officielles sur le devant, les autres sur le côté et à l'arrière, de sorte que l'on ne s'y croise pas ou que l'on oublie s'y être croisés. On dîne à l'étage dans de petits salons très confortables. Les chambres sont contiguës. J'y suis allé à plusieurs reprises quand des compagnes sont venues me rendre visite de Milan ou de Turin. Graziella est à l'heure, son mari est en voyage d'affaires. Elle m'avoue que c'est la première fois qu'elle est dans cette situation. C'est peut-être vrai. Au début, elle est un peu tendue. Je lui fais boire du marsala et le sourire lui revient. Elle me raconte sa vie, elle, issue de la moyenne bourgeoisie, son père comptable. Elle s'est mariée pour l'argent. Sa mère n'a cessé de lui répéter : « L'amour ça part, l'argent ça reste. » Elle-même se mordait les doigts de n'avoir pas suivi ce précepte. Graziella l'a crue. Elle a l'argent, mais l'amour lui manque. Le banquier est aimable, généreux, courtois, mais froid. Il ne parle que de ses affaires, dont il s'occupe avec acharnement. Ce n'est pas un homme qui fera faillite. Dès le début de l'unité (elle ne dit pas « l'occupation »), il s'est rallié aux nouveaux maîtres et ne l'a pas regretté. On lui donne des marchés où il joue tous les rôles, financier, entrepreneur, etc. Chaque mois, il s'enrichit un peu plus.

Elle veut que je lui parle de moi, mais que dire des souvenirs d'homme de guerre ? On transige sur Milan et Turin. Elle me demande si je connais Victor-Emmanuel. Je lui raconte l'histoire de la *bela Rosin*, devenue épouse morganatique et comtesse de Mirafiori par le bon plaisir du monarque. Elle m'écoute, ravie, elle adore les histoires de rois et de maîtresses. On disait beaucoup de choses au temps du roi Ferdinand, mais avec François, c'était fini. Curaille et prétaille, c'était le quotidien. De temps en temps, on apercevait la reine Marie-Sophie qui se baignait dans les eaux de l'arsenal et nageait sous les applaudissements des Napolitains. Mais c'était tout. À cette époque qui avait précédé son mariage, sa famille n'était jamais invitée aux réceptions royales. Avec les Piémontais et la fortune naissante du banquier, c'est mieux.

Je la laisse parler. Au fur et à mesure que la soirée avance, la bouteille de vin du Vésuve se vide, et Graziella se rapproche. Elle a de jolis seins. Elle a peur et n'a pas peur, elle dit qu'elle a envie. C'est impudique, cet aveu, c'est encourageant. La nuit se passe comme elle doit se passer. Au matin, elle est tendre. Je la fais profiter de ma voiture qui la dépose dans une rue déserte près de chez elle. Je la vois qui repart avec son sac de dame, l'œil sur les vitrines, un peu raide dans la démarche, comme une vraie bourgeoise qui rentre à la maison après les courses.

Un mois plus tard, un coursier dépose un mot :

« Tes filles sont vivantes, je crois savoir où elles sont. Je suis à L'occhiello rosso.

Nina »

*

JOURNAL DE MARIE-SOPHIE

C'est moi qui ai indiqué à la Reine des pauvres l'adresse de *L'occhiello rosso*. Elle venait de m'informer que mes filles étaient vivantes. J'en ai été heureuse et troublée. Mais je ne pouvais rien faire, je lui ai donc demandé de s'adresser au père.

– Qui est-ce ? a-t-elle demandé.

J'ai hésité un instant.

– Le comte Cesari, il est à Naples.

– Je sais.

Son histoire du Castel dell'Ovo a fait le tour de la cour des exilés. Cesari aurait pu massacrer les insurgés jusqu'au dernier. Pourquoi ne l'a-t-il pas fait ? J'en ai parlé à la Reine des pauvres. Connaît-elle la raison de cette mansuétude ?

– Je crois.

– Tu ne veux pas me la dire ?

– Non, sauf si j'y suis contrainte pour des raisons militaires.

Il n'y en avait pas. Elle est repartie me laissant avec mes interrogations. Sans importance en réalité. Seule compte ma fille Cristina Pia. Ce n'était pas un garçon, mais on s'est réjouis quand même. Les reines sont parfois plus fortes que les rois. On l'a donc appelée Cristina en l'honneur de la Sainte et Pia en l'honneur du pape. Elle est née la nuit de Noël, un signe merveilleusement divin pour notre cour d'exilés napolitains. C'est la rose qui précède le lys, a-t-on dit aussitôt.

On a célébré le baptême avec le faste nécessaire. Sissi était la marraine, Pie IX le parrain. Toutes mes sœurs étaient présentes, et les salons du palais Farnèse débordaient de princes sans terre, de prélats, de diplomates et de représentants de toutes les aristocraties. François portait sur son uniforme l'ordre de San Gennaro. Tout était beau, tout était bien. Il ne manquait que le royaume.

Quelques jours plus tard, Sissi a participé à une chasse au renard, superbe sur son cheval bai venu spécialement de Vienne, avec une tenue à faire pâlir les autres dames de la cour. Elle était flanquée du comte Francesco Malatesta qu'on lui a aussitôt attribué comme amant, comme ce comte hongrois Andrassy qu'on lui prête lui aussi. Mais personne n'en sait rien. Il était trop tôt pour que j'y participe. Je me suis donc occupée de ma fille dont le corps se couvrait de pustules.

J'ai fait appeler tous les médecins de Rome. Ils n'ont rien pu faire. Cristina Pia n'aura vécu que trois mois, elle a rendu l'âme dans mes bras. La gifle de Dieu. Je ne sais pas. Mon enfant n'est plus et il n'existe plus que cela, la mort de ma troisième fille. Si les deux premières me doivent leur fin peut-être, la troisième, c'est bien l'œuvre de Dieu. Il m'a punie en me la prenant. Tu me hais, Dieu ! Et Tu as raison ! Je ne vaux rien ! J'ai porté son petit corps à son père pour qu'il l'embrasse une dernière fois, puis on l'a déposée dans son cercueil, et je suis tombée à terre, évanouie.

Elle a été enterrée de nuit selon l'usage pour les nobles. Son cercueil a été muré dans l'église du Spirito Santo dei Napoletani, via Giulia. Sissi est repartie pour Vienne, Budapest surtout, où se trouve le comte Andrassy. Les courtisans ont déserté le palais Farnèse. François est retombé dans son mysticisme chrétien, et nous faisons de nouveau chambre à part tandis qu'il s'adresse à la Sainte dans la chambre sacrée. Mais il paraît qu'elle ne lui répond plus.

Don Bosco, le célèbre prédicateur, nous a tous bénis avant de repartir. Personne ne lui a plus demandé de prédire l'avenir. Ce n'était pas la peine. Il ne me reste que la douleur. La douleur, c'est comme la passion, ça occupe tout.

53.

À *L'occhiello rosso*, Nina est assise dans l'ombre, un peu éloignée de la lampe à huile, figée comme une statue antique, les mains sur les genoux, le regard immobile. À ma vue, elle se lève lentement comme si elle émergeait de sa torpeur, et noue ses bras autour de mon cou en me demandant :

– Je peux ?

– Bien sûr.

Elle sourit enfin, me lance une décharge de son regard gris. Je l'embrasse longuement, elle se colle contre moi.

– Ce n'est pas pour moi que tu es venu.

– Pour toi aussi.

Je l'entraîne vers une table dans le coin. On se fait servir à boire et à manger. Nous sommes les seuls clients. Cela fait des années que je ne suis pas revenu ici. Je demande au patron si une chambre est libre ce soir.

– Elle l'est toujours pour vous, monsieur.

Nina me jette un coup d'œil interloqué. Je lui demande si elle est d'accord. Elle hoche la tête. Elle mange et boit avec une avidité de pauvre. Je lui ai toujours connu cette mécanique des gestes quand elle se trouve devant une assiette, comme si elle avait peur de manquer. Puis soudain :

– Tes filles sont dans un couvent, en Sicile. Elles sont avec d'autres enfants, placés là tant que dure la guerre.

– Comment le sais-tu ?

– C'est moi qui nourris les sœurs depuis que les Piémontais ont supprimé les redevances ecclésiastiques. Je vais les voir quand j'ai suffisamment à leur donner. J'apporte aussi pour les enfants.

– C'était pour eux le vol dans le hangar ?

Elle fait un nouveau signe de tête.

– Ne me surnomme-t-on pas la Reine des pauvres ? Avec la guerre, il n'y a plus de troupeaux dans les campagnes ni ailleurs. Il faut voler pour manger.

Elle pourrait parler des taxes levées sur le bétail par les percepteurs de Victor-Emmanuel, unanimement détestés. Les riches propriétaires s'en tirent mieux que les paysans pour de sombres questions de comptabilité. Je ne peux rien y faire, le Trésor royal est une chasse gardée. Je suis chargé de la guerre et la guerre coûte cher.

– Comment sais-tu que ce sont mes filles ?

– Marie-Sophie m'a demandé de les rechercher quand sa petite Cristina Pia est morte. Elles n'auraient pas survécu dans un camp. Je les avais repérées toutes les deux au couvent. Les filles ressemblent à leur mère, et les âges correspondent. Elles te ressemblent aussi. Quand j'en ai informé la reine, elle m'a demandé de te joindre, c'est elle qui m'a indiqué l'adresse. J'ai compris que c'était toi le père. C'est une drôle d'histoire entre vous.

Je ne réponds pas. Elle me parle du statut de ces enfants, de leur attachement à l'abbesse.

– Où se trouve ce couvent ?

– À Catane. Une ville acquise à la cause des Bourbons, le couvent aussi, évidemment. L'abbesse surtout.

Sans doute pense-t-elle m'en avoir suffisamment dit. Elle se tait. Elle repousse son assiette et finit son vin. Elle m'inonde de son regard. Je lui dis que je l'ai cherchée longtemps, y compris dans cet endroit où l'on avait entassé les corps à la villa Pamphili après la bataille. Puis il avait fallu partir avec Garibaldi et Anita.

– J'ai été blessée. On m'a traînée à l'arrière et je me suis retrouvée à côté d'une prostituée, blessée elle aussi, qui se battait avec les garibaldiens. Mais ses compagnes sont venues la chercher aussitôt et m'ont emmenée avec elles. Le docteur des putes m'a soignée avec les autres… Après, je suis partie.

S'est-elle prostituée aussi ? Je me garde de lui poser la question. C'était il y a longtemps. Qu'est-elle devenue depuis tout ce temps ? Elle raconte qu'elle est allée dans le Sud. Sa vocation, c'est de s'occuper des autres. Elle parle des pauvres, des enfants, des plus vulnérables. Quand elle peut leur faire du bien, c'est comme un bon repas près d'une famille.

– J'ai faim des pauvres.

Puis elle se met à rire. Je la retrouve comme elle était autrefois. J'avais gardé d'elle ce souvenir d'une fille qui aimait rire d'elle-même. Elle prend mes mains dans les siennes.

– Tu te demandes pourquoi je ne t'ai pas cherché alors que je savais où te trouver ? C'est parce que tu étais inaccessible, Giacomo. Trop loin, trop haut pour moi. Ou alors il fallait un coup de chance, un hasard. Il s'est produit.

– Tu m'as sauvé la vie à Rome, pour la seconde fois.

Elle cesse de rire.

– Je t'avais reconnu à la pharmacie Vagnozzi. Je n'étais pas la seule. D'autres t'avaient repéré. Tu es très important pour moi. Je n'ai rien oublié de Milan ni de Rome avec Garibaldi. C'était trop beau pour durer. Il ne fallait pas affadir notre couple par un quotidien, par le temps, qui fait tout pâlir. Il fallait partir pour que tu demeures intact dans mon souvenir. Un peu comme un saint. Les saints, ça apparaît, ça parle un peu, puis ça disparaît. On ne les revoit pas, mais on ne les oublie jamais. Tu es mon saint, affirme-t-elle encore avec sérieux.

Cette fois, c'est moi qui éclate de rire.

– Un saint, moi ? Allons donc, c'est toi la sainte, la Reine des pauvres !

Son sourire revient. Elle veut aller dans la chambre même si c'est celle où j'allais avec Marie-Sophie. Elle me dit qu'elle était là avant, que cela lui donne des droits. Elle rit encore. Dans la chambre, elle veut de l'amour. Je retrouve son visage de Milan net des marques de la vie. Sur son corps, des cicatrices, autant que sur le mien, peut-être plus. Elle a vingt années de guerre derrière elle, avec ces zébrures, ces trous qui lui restent dans la chair quand elle a été opérée à la va-vite sous une tente. Elle me demande pardon, comme si elle devait s'en excuser. En même temps, elle effleure de ses doigts les traces laissées par les lames, les balles.

– Tu en as autant que moi.

L'amour, c'est bon, c'est doux, c'est fort. Cela faisait longtemps pour elle, l'amour dans un lit. Elle avait oublié. À la fin elle s'endort, son bras sur moi. Les yeux ouverts dans l'obscurité, je pense à mes filles que je vais bientôt retrouver. Mes toutes petites, mes princesses.

Au matin, elle me parle du couvent à Catane. À San Benedetto, au pied de l'Etna.

– C'est un lieu sacré depuis qu'il a été épargné lors d'une éruption. La lave s'est jetée dans la mer sans toucher le couvent, mais les moines ont fui, et ce sont les sœurs, chassées de leur propre couvent, qui ont pris leur place. Je ne sais plus comment elles s'appellent, mais elles suivent la règle de saint Benoît.

Je lui demande de me décrire l'endroit. C'est plutôt vaste avec des murs épais et un portail massif.

– Il ne faut pas attaquer le couvent pour prendre les filles, les sœurs sont des femmes de foi et d'amour.

Évidemment elle a raison. Même si je parvenais à mobiliser un régiment de *bersaglieri*, et j'en ai le pouvoir, une entrée en force provoquerait un scandale, sans parler de l'effet sur les enfants.

– La place de mes filles est à Milan. Chez moi.

– Il te faudra l'accord de l'abbesse. Cette femme, c'est une dure de Dieu et des Bourbons. Je la connais, elle ne te les donnera jamais. Ton nom est connu. Tu es un Piémontais, un occupant. Elle n'obéit qu'au pape.

– Au pape, vraiment ?

– Oui, au pape !

54.

JOURNAL DE MARIE-SOPHIE

Je vais devoir partir en guerre sans attendre contre Garibaldi qui assiège Rome. J'ai eu une entrevue ce matin avec le pape Pie IX. Lui aussi était pressé pour les mêmes raisons. À peine venait-il d'achever la répression à l'intérieur de la Ville sainte contre les insurgés. Certains avaient voulu faire sauter la caserne Serristori, mais l'explosion n'a tué que les musiciens de la fanfare. Les incendiaires ont été pris, ils sont promis à l'échafaud. Mais il y en avait d'autres, ceux qui préparaient de la poudre et des cartouches dans une filature. Ils ont été dénoncés et les troupes pontificales les ont tous massacrés. D'autres encore, recherchés dans une villa dans les environs immédiats se sont fait prendre aussi. Tous sont morts, tués à la baïonnette par notre général Kanzler, qui commande les troupes pontificales. Le pape l'a félicité pour « cette magnifique action ». En réalité, ces rebelles, ces complotistes ne visaient qu'à provoquer une émeute dans Rome pour faciliter l'entrée des troupes garibaldiennes qui nous encerclent.

C'est pourquoi, lorsque je me suis rendue au Vatican pour rencontrer le pape, Sa Sainteté m'attendait, debout dans son immense bureau. J'ai baisé sa main.

– Je suppose, madame, que vous venez me proposer l'aide de vos *briganti* contre les garibaldiens. On me dit qu'il y en a beaucoup à Rome et qu'ils n'obéissent qu'à vous.

Il se trompait. Je n'étais pas venue pour cela. D'ailleurs, quand le rendez-vous avait été pris, Garibaldi était encore loin. Mais j'ai saisi la balle au bond.

– En effet, Saint-Père, ces hommes vous sont dévoués et sont prêts à se sacrifier pour la chrétienté.

– Eh bien, dites-leur qu'ils ont ma bénédiction et que je les verrai après la victoire.

Notre entretien allait se clore sur cet échange, il me restait peu de temps.

– Saint-Père, je dois vous demander votre accord pour un tout autre problème.

Il m'a laissée poursuivre. Deux enfants dans un couvent de Catane, des sœurs qui suivent la règle de saint Benoît. Le père veut les reprendre après qu'ils lui ont été enlevés. Deux fillettes, et l'abbesse qui n'obéit qu'au pape.

– Ah, je vois, ce couvent sur les flancs du volcan. C'est une folie de l'avoir construit à cet endroit.

– Il se dit qu'une intervention de saint Benoît a permis d'épargner le couvent à la dernière éruption.

Il a levé les yeux au ciel d'un air dubitatif. Ce genre de miracle, il n'y croit pas.

– En Sicile, ils voient la main de leur saint dans tous les phénomènes de la nature. J'ai entendu parler de l'abbesse, une princesse sicilienne, mais celle-là au moins est authentique. Je n'ai jamais compris ce qu'elle faisait dans un couvent. Enfin, il paraît qu'elle s'en occupe bien. Mais vous avez raison, sans une autorisation de ma part, elle ne remettra jamais les enfants au père. Comment s'appelle-t-il ?

J'avais décidé de dire la vérité. On ne ment pas au pape. Surtout lorsque l'on a besoin de lui.

– Le comte Giacomo Cesari, Saint-Père.

Le pape s'est rembruni.

– Ce Piémontais sans Dieu ! Ce *boia del re*[1] qui commande les troupes de Victor-Emmanuel à Naples ! Il mène la vie dure à vos *briganti*. On dit qu'il serait sur le point d'en venir à bout. C'est à cet homme-là que vous voulez rendre service ?

– Je suis la mère de ses enfants, Saint-Père.

Un silence lourd s'installe entre nous. Le pape s'est assis, il a ouvert un tiroir d'où il a tiré une fiasque d'alcool. Il en prend une lampée. De quoi l'aider à encaisser le choc.

– Vous, Marie-Sophie, la reine du royaume des Deux-Siciles, l'héroïne de Gaète, la *brigantessa* en chef, comme on vous appelle ? Comment est-ce arrivé ?

Je lui ai raconté, le plus brièvement possible, notre rencontre à Naples au moment où François passait son temps à rendre grâce à sa mère et à obéir aveuglément à la *matrigna*. Il a eu le bon goût de sourire, car Giacomo était en mission pour convaincre le roi d'adhérer à une ligue dont lui, le pape, serait le chef. Il s'est détendu.

– Ah, je comprends mieux. Ce pauvre François avait déjà sombré dans un mysticisme acharné, l'un des pièges de la foi.

– Vous l'appeliez *il piccolo gobbo*, Saint-Père.

– C'est vrai. Mais entre-temps il a fini par vous faire une fille dont je suis le parrain.

– Cette enfant, Dieu nous l'a reprise.

– Vous me demandez donc de cautionner un péché d'adultère ? Péché d'autant plus grave qu'il a été commis par une

1. Bourreau du roi.

reine, même si aujourd'hui vous tentez de reconquérir votre royaume.

Son regard s'est accroché au mien. Je n'ai rien répondu.

– François est-il au courant de ces enfants ?

– Il l'est, Saint-Père.

– Et dans l'état où il est, selon ce qu'on me dit, il ne vous en fera pas d'autre.

– Il est retourné voir sa mère.

Pie IX a encore levé les yeux au ciel.

– La vénérable Marie-Christine deviendra une vraie sainte un jour, mais pour l'instant elle ne l'est pas encore. Mes successeurs s'en occuperont. Enfin, ne parlons pas de sa lourde responsabilité dans ce qu'est devenu son fils…

Au même moment, un *monsignore* est entré annoncer que le général Kanzler attendait devant la porte. Garibaldi venait de s'emparer de la cité de Monterotondo à une trentaine de kilomètres de Rome, et ses troupes continuaient d'avancer. On les disait déjà à Casal dei Pazzi. Le pape revenait aux soucis militaires. Il n'était plus question de prendre une décision dans l'instant. L'urgence était de défendre Rome.

– Vos hommes seront d'un appui précieux dans les combats qui s'annoncent. Je vous reverrai dès qu'ils seront achevés.

Je me suis inclinée sur sa main. Dans l'antichambre, j'ai croisé le général Kanzler en tenue de guerre.

Mes troupes s'étaient regroupées au Campo dei Fiori. Je me suis changée en hâte dans la pharmacie avant de les rejoindre. Les volontaires m'ont acclamée dès qu'ils m'ont aperçue. Tout à l'heure, je pars à leur tête. Dans la cour, on selle déjà mon cheval.

55.

JOURNAL DE MARIE-SOPHIE

« Nous sommes en vue de la vieille matrone du monde et les quelques milles qui vous en séparent, vous, les indomptables soldats de la liberté, vous allez les franchir pour donner l'ultime coup à la tyrannie qui nous opprime depuis des siècles ! Tenez-vous prêts pour la suprême épreuve ! » Les mots de Garibaldi depuis le pont Nomentano frappent violemment les défenseurs du pape de l'autre côté. On attend le soutien des Français, qui n'arrive pas. Face aux cinq mille volontaires garibaldiens, mes hommes ne sont que quelques centaines.

Une colonne envoyée au secours de Monterotondo a dû déjà reculer. Les volontaires garibaldiens sont déterminés, leur général, encore plus. À cet instant, alors qu'aucun coup de feu n'a encore été tiré, je fais avancer mon cheval sur le bord de la rivière. Les volontaires veulent tirer, mais Garibaldi lève la main. C'est un chevalier de la guerre. Il me laisse parler.

– Garibaldi ! J'étais à Volturno où tu as failli perdre et je suis encore là ! Tu as pris mon royaume pour le donner aux infâmes Piémontais, je ne te laisserai pas prendre Rome ! Nous mourrons tous s'il le faut, mais tu n'entreras pas !

Ces mots, je les crie, la tête haute, le sabre haut. Mes hommes m'acclament. Les volontaires en face l'entendent. Ils aiment les défis et le courage. Ainsi au temps de l'Antiquité, quand les chefs spartiates et les Athéniens s'injuriaient avant de donner le signal du combat. On sait que Garibaldi vit dans ce souvenir-là. Je fais reculer ma monture.

Un silence, puis la première salve. Ce sont les insurgés qui l'ont tirée. Ceux à cheval s'engagent sur le pont, ceux à pied passent la rivière, escaladent la pente de l'autre côté. Au sommet, on s'affronte au sabre, à la baïonnette et au pistolet. La mêlée est confuse. Certains volontaires basculent en arrière, d'autres parviennent à passer. On entend des cris, des hurlements aussi. Les *briganti* reculent, ils sont faits pour la guérilla, pas pour ce genre de combat en champ ouvert. Ils sont habitués à tuer puis à s'enfuir avant de réapparaître par surprise. À Calatafimi, c'étaient les mêmes conditions et les garibaldiens ont gagné. Arrivent les troupes pontificales du général Kanzler. Ces Suisses ont l'habitude, mais cela ne suffit pas, car les garibaldiens sont déchaînés. Sur le pont Nomentano, j'ai vidé mes pistolets, je me bats au sabre. Où est Garibaldi ? On l'aperçoit qui relance ses troupes. Il frappe les hésitants du plat de son sabre, les encourage. « *Amonini, picciotti*[1] *!* » Le même cri qu'en Sicile. Et ses hommes se battent de plus belle. Le pont est pris. Depuis le village de Mentana, ils courent à l'offensive et les zouaves pontificaux n'avancent plus. On attend toujours les Français. Le combat a commencé à l'aube, il est quatre heures de l'après-midi.

---

1. Allons-y, les enfants !

Mon cheval vient d'être tué. Au cœur de la mêlée, je refuse de faire demi-tour. Une femme surgit, le sabre à la main, et se place devant moi pour me protéger.

– Protège-toi, Majesté ! hurle la Reine des pauvres. Recule derrière !

Mais je me lance en avant, et reçois une balle en pleine poitrine, sous le sein. Je m'effondre. On me ramasse. J'entends un clairon. Les Français ! Ils tirent avec leurs nouveaux fusils Chassepot qui se chargent par la culasse et non plus par le canon, ce qui multiplie la cadence des tirs. Les garibaldiens reculent. On m'entraîne, on me porte sur un brancard improvisé. La Reine des pauvres court à côté de moi en criant :

– Ne meurs pas, Marie-Sophie ! Naples a besoin de toi !

Elle crie encore :

– Tes filles te réclament !

Je respire avec difficulté et crache du sang. C'est le signe que le poumon est touché. Une tente enfin, un chirurgien français, et toujours la Reine des pauvres qui m'exhorte à ne pas mourir.

Le médecin applique un tampon de chloroforme et mon esprit se brouille. Soudain, une intuition. J'attrape le bras de la Reine des pauvres et murmure :

– Tu es Nina ! La Nina de Giacomo. Celle des cinq jours de Milan, n'est-ce pas ?

Et je perds conscience.

Elle ne passe pas loin, la mort, mais ce n'est pas mon heure. Je reste en vie. On extrait la balle, on recoud la plaie, on la répare, et le robuste tempérament des Wittelsbach s'occupe du reste. Il se dit que les volontaires garibaldiens se sont dispersés ou se sont rendus pour éviter les terribles Chassepot des Français. Garibaldi a été contraint de quitter le champ de bataille où l'attendait une fin glorieuse. C'est

Canzio, son lieutenant, qui s'est emparé des rênes de son cheval : « Pour qui voulez-vous vous faire tuer, général ? Pour qui ? » On l'a arrêté et même incarcéré au fort de Varignano, puis renvoyé dans son île, qu'il a promis de ne plus quitter.

Je me rétablis doucement. Je reçois les visites des courtisans qui avaient fui à l'annonce de l'insurrection. Les *briganti* qui se sont dévoués sur le pont Nomentano, dans la cité de Mentana, ne sont pas admis au palais Farnèse. Seule une femme, en tenue guerrière, un béret sur la tête, refuse de partir. On a fini par la faire entrer dans l'antichambre après lui avoir demandé de déposer ses armes. François la repère et s'arrête devant elle.

– Qui êtes-vous ?

– Je suis la Reine des pauvres.

Il a entendu parler d'elle, il s'assied et se met à discuter avec elle. Lui le roi déchu, elle la Reine des pauvres. Il lui parle de Dieu et de sa mère, la Sainte, de ceux qui ne sont rien. Et malgré les apparences, ils ne sont pas si loin l'un de l'autre. On entend un brouhaha. C'est le pape qui vient d'arriver. Nina recule, elle se met contre le mur, elle déteste l'Église en général, et le pape en particulier. Pie IX passe sans la voir, il entre dans la chambre. Je suis assise sur mon lit.

– Madame, me dit-il, on m'a informé que vous avez été magnifique dans cette bataille. Sans votre intervention, les sans-Dieu se seraient emparés de Rome. Votre héroïsme rachète tout.

Je souris. Le message est clair. Pie IX accroche sur ma chemise la décoration qu'il vient de créer : la médaille de Mentana, et me glisse une enveloppe aux armes du Vatican. Émue, je murmure un remerciement. François le raccompagne. En revenant, il me dit :

– Je viens de parler avec la Reine des pauvres, une personne bien intéressante.

– Fais-la venir.

Nina entre dans la chambre et s'approche du fauteuil. Je fais sortir l'assistance et lui demande aussitôt :

– Tu es Nina, n'est-ce pas ?

Elle hoche la tête.

– Sans toi je n'aurais pas survécu.

Nina ne répond pas. Je lui tends l'enveloppe du pape.

– Va voir Giacomo. C'est l'ordre de lui remettre nos filles.

J'hésite un instant.

– Donne-lui rendez-vous à l'auberge de *L'occhiello rosso* et dis-lui que…

Je m'arrête.

– Oui ?

– Rien. Remets-lui l'ordre. Cela suffira.

56.

À la *Casa di Maria*, Graziella a pris de douces habitudes. Elle avait l'argent, il lui manquait l'amour. Maintenant, elle a les deux. Du coup, elle fréquente le théâtre San Carlo où l'on donne de grandes œuvres et se rend dans les musées, ce qui l'occupe et enrichit ses conversations avec moi deux ou trois fois par mois, entre deux séances ardentes. Je feins de l'écouter avec intérêt. Graziella me repose des marches militaires, des poursuites de *briganti* sur les sentiers du ciel, comme on dit là-bas. La rébellion n'est pas près de s'éteindre, mais elle recule. La preuve, le nombre croissant des *pentiti*[1] qui dénoncent leurs compagnons contre une promesse d'amnistie. Pourtant, je sais que je suis devenu une cible, les attentats contre moi se multiplient. À défaut de me vaincre, on veut me tuer. Mon temps à Naples s'achève. Jusqu'à présent, j'ai eu de la chance, mais ils finiront par m'avoir. Une bombe sur mon passage, un coup de fusil, un passant armé d'un poignard.

– Graziella, nous ne nous reverrons plus ici. C'est devenu dangereux.

1. Les repentis.

– Vraiment ? Pourtant je prends toutes les précautions et personne ne me connaît, murmure-t-elle, délicieuse dans son déshabillé de mousseline.

– Dangereux pour moi. Donc pour toi aussi. Tu peux être blessée, ou même tuée dans un attentat qui me viserait.

Elle blêmit, ce n'est pas une femme pour les coups de la vie.

– Tu veux dire qu'on ne se verra plus ?

Je ne réponds pas. Au même instant, on frappe à la porte, c'est le *cameriere*[1].

– Il y a quelqu'un pour vous, me dit-il.

Je me lève, prends une arme dans mon habit, vérifie le chargeur et la glisse dans ma ceinture. Graziella réprime une exclamation.

– Faites entrer.

C'est Nina. Son regard fait le tour du salon, s'arrête sur Graziella, puis s'éloigne.

– Comment as-tu appris que j'étais ici ?

Elle hausse les épaules.

– Ce n'est pas très difficile pour peu qu'on s'intéresse à ta vie, réplique-t-elle froidement. Tu ferais mieux de changer d'endroit. Ici, c'est grillé.

– Je m'en doute. C'est pour me dire ça que tu es venue ?

Elle fait un signe de dénégation, me tend une enveloppe aux armes du Vatican.

– Voilà ce que tu attendais. Il n'y a pas de message. Quand je serai dans la ville que tu sais, je te le ferai savoir. Ne cherche pas à me joindre. C'est moi qui te trouverai. Il faudra que je t'accompagne, sinon tu ne parviendras à rien.

Je hoche la tête. Interdite, Graziella ne quitte pas des yeux

---

1. Le domestique.

cette femme en costume d'homme, et dont l'arme dépasse de son ceinturon. Je raccompagne Nina dans le vestibule.

– Tu ferais mieux de changer de maîtresse aussi, souffle-t-elle avec un sourire un peu méprisant.

Son sourire s'élargit.

– Je préfère *L'occhiello rosso*, c'est plus sûr, me glisse-t-elle encore avant de s'éclipser.

À mon retour dans la chambre, Graziella est en train de se rhabiller. L'avertissement, cette fille étrange, l'arme et l'enveloppe du Vatican, c'est trop pour elle. Elle s'approche pour m'embrasser et noue ses bras autour de mon cou.

– Giacomo, j'ai peur qu'on ne se revoie jamais.

Je pose un baiser sur ses lèvres en surveillant la porte du coin de l'œil.

– Je le crains aussi.

Je veux être gentil.

– Nous avons eu de bons moments.

Un mois plus tard, je suis à Catane, au rendez-vous de Nina.

*

JOURNAL DE MARIE-SOPHIE

Dans la pénombre du palais Farnèse, je regarde à travers la vitre le jardin faiblement éclairé par les lampadaires à gaz. Les arbres, les buissons, les massifs, les fleurs me font penser à Possi. J'ai voulu y retourner, mais Ludovica m'a renvoyée. Sa sentence résonne encore dans ma tête. « Ma fille, tu n'es plus chez toi ici. Ta place est à Rome auprès de ton mari. » J'ai obéi. J'ai pensé rejoindre Sissi à Vienne, mais elle est partie en Hongrie, à Pesth, où elle a réussi à réunir les deux pays sous une même couronne. Et à faire nommer le comte

Andrassy premier ministre. Lui, l'ancien condamné à mort de François-Joseph, amnistié. J'ai l'intuition que je ne suis pas près de la revoir.

Un pas à peine perceptible derrière moi. François se déplace comme un fantôme à force de si peu se nourrir.

– François, je m'en vais.

Dire le reste est inutile. Notre royaume est perdu. Les souverains de l'Europe nous ont abandonnés et ont reconnu Victor-Emmanuel comme roi d'Italie. La cour des exilés se vide, les courtisans ont compris qu'il n'y a plus rien à en attendre.

– Où pars-tu ?

– À Paris. Notre ami le baron de Rothschild m'offre une villa à Neuilly ainsi qu'une rente. J'y élèverai des chevaux. C'est la seule chose que je sais faire.

– Tu reviendras un jour ?

– Non.

– Alors je ne resterai pas dans ce palais sans toi.

– Tu as la Sainte, lui dis-je avec une pointe de méchanceté.

Il ne répond pas. Maigre et courbé, le pape a raison, on dirait un petit bossu. Il m'embrasse sur le front en retenant ses larmes, il a encore de la dignité.

– Adieu, Marie-Sophie.

Je lui rends son baiser sur les joues.

– Adieu, François.

Nous savons que nous ne nous reverrons pas.

57.

– San Benedetto, c'est là-bas.

Nina désigne une bâtisse sur le flanc de l'Etna, trois cents mètres plus haut. Un chemin tortueux mène à l'entrée. Le cocher s'est arrêté pour que je puisse voir à quoi cela ressemble. C'est massif, c'est épais. On dirait un fort ou une prison. Avec un clocher tendu comme un doigt vers le ciel. Le sommet du volcan est perdu dans les nuages.

– Il y a plusieurs cratères, explique Nina en montrant des traînées de lave noire de part et d'autre du chemin.

C'est solide comme de la pierre. De temps en temps, des effluves de soufre. En bas, c'est la mer.

– L'Etna est en activité depuis des siècles, poursuit-elle. Il y a parfois des éruptions.

Le cocher relance les chevaux. La pente est raide, l'odeur de soufre revient, puis disparaît. On entend des grondements là-haut ou sous la terre, on ne sait pas trop, mais le cocher ne semble pas inquiet.

– Attendez-nous ici, dit Nina tandis que je lui glisse vingt ducats en plus de ce qui était convenu.

Elle tire une corde à côté du portail. Une grille s'entrouvre dans le battant. Le portail bascule. À l'intérieur, il fait frais. Les murs sont nus. Une religieuse ouvre la voie, elle porte à la taille un trousseau de clés. Une porte, une grille, un autre couloir. Odeurs d'encaustique et de lessive. Les pas résonnent sur les dalles. Je suis en civil, et j'ai caché un pistolet chargé dans ma ceinture. On ne sait jamais. De temps à autre, on croise une sœur, les yeux baissés, trottinant à petits pas rapides, les mains glissées dans ses manches. Les parois du corridor sont parsemées d'images pieuses.

Une porte apparaît enfin. La sœur tourière frappe à coups légers. On entend une voix de l'autre côté. Celle de l'abbesse. Dans son bureau, une table, trois chaises et un crucifix. La religieuse nous accueille, le visage encerclé de noir. Nina s'approche et l'embrasse. Les deux femmes se sourient. La religieuse se tourne vers moi, les traits figés.

– Je suis l'abbesse de ce couvent.

Pas de salutation ni de mot de bienvenue. Rien. J'ai l'impression qu'elle me déteste déjà. Je me présente et lui tends l'enveloppe aux armes du Vatican, le précieux sésame pour récupérer mes filles. Elle la décachette d'un geste sec, la lit, puis ouvre un tiroir, exhibe une dépêche, et compare deux signes cabalistiques dans le coin sur chacun des textes. Elle repose le tout sur la table et lève la tête.

– Quand voulez-vous les emmener ?

– Maintenant.

Son regard se glace. Une bouffée de haine.

– Ma sœur…

– Révérende mère.

– Révérende mère, vous pouvez vous adresser à moi en disant « monsieur le comte » ou « général ».

Elle n'a pas l'air d'apprécier cette passe d'armes un peu ridicule, mais c'est elle qui a commencé. Et sans attendre sa réponse, je poursuis :

– Je suis le père de Daisy et Viola. Elles ont été enlevées par des *briganti* et je n'ai pas l'intention d'attendre une heure de plus.

– Et si je m'y oppose ?

– Je reviendrai ce soir avec un régiment et un canon pour défoncer le portail. J'espère que vos propos ne dissimulent pas le fait que mes filles ne se trouveraient pas ici. Je sais que le pape vous a annoncé mon arrivée. Il serait malheureux que vous ayez profité de cette information pour éloigner ces enfants.

– Malheureux pour qui ?

– Pour elles tout d'abord, qui ne sont que des otages, pour vous ensuite, car vous seriez en prison dès ce soir pour recel d'enlèvement et refus d'obéir à l'autorité légitime.

Elle me fixe avec son air dur. Je lui renvoie mon air de général, de *boia del re*.

– Elles sont ici, évidemment, finit-elle par dire.

Nina s'approche et pose sa main sur la manche de la religieuse.

– Angelina, le comte Cesari est un ami. C'est à lui que nous devons la nourriture livrée la dernière fois.

L'intervention de Nina semble décisive, car Angelina me dévisage avec moins d'hostilité. Avant de nous demander de la suivre. Nous nous dirigeons vers le cloître qui entoure un jardin charmant. L'odeur de soufre est revenue, entêtante. On entend aussi des grondements vers les hauteurs. Angelina ralentit le pas. Quand j'arrive à ses côtés, elle me demande :

– Depuis combien de temps, monsieur le comte, n'avez-vous pas vu vos filles ?

– Neuf ans. Elles étaient au berceau…

– Elles l'étaient encore quand on me les a confiées.

Elle s'arrête brusquement de marcher, et se tourne vers moi :

– Je les ai élevées, je suis… Je suis comme leur mère, vous savez. Elles sont comme mes filles.

Puis elle se met à parler de Daisy et de Viola. Deux fillettes intelligentes, vives d'esprit et vaillantes pour les exercices physiques. Ses yeux brillent. Je suis touché par sa détresse.

Soudain, une explosion. Cela vient du volcan. On aperçoit une flamme furtive à travers les nuages. Une sœur surgit, affolée.

– Révérende mère, l'Etna est en train de se réveiller !

Angelina a un geste d'impatience. Ce n'est pas le moment. Le volcan attendra.

Nous débouchons dans un autre cloître, plus petit. Au centre du gazon, des manèges pour enfants, des jeux. Autour, huit ou neuf fillettes qui se poursuivent en poussant des cris. Je m'arrête pour les regarder. Lesquelles sont mes filles ? C'est terrible, ce moment où je devrais les reconnaître mais n'y parviens pas. Angelina les appelle, et deux petites brunes, les cheveux tressés, les joues rougies par leurs jeux, s'approchent de nous. En les voyant, je songe aussitôt à un tableau à Caserte qui représentait Marie-Sophie enfant, coiffée de la même manière.

– *Buongiornu, signuri*, me disent-elle en dialecte sicilien.

Cela me fait sourire. Elles auront tout le temps d'apprendre l'italien. Je me penche pour les embrasser, elles sentent bon la petite fille qui vient de courir.

– Daisy et Viola. Je suis votre père. Je viens vous chercher.

Elles m'observent, les yeux écarquillés.

– Pour aller où ? demande la première.

– Oui, pour aller où ? renchérit la seconde.

– À Milan. On rentre à la maison.

– C'est quoi, Milan ?

– Une ville dans le nord de l'Italie.

Elles se jettent un coup d'œil, puis se tournent d'un même mouvement vers Angelina.

– Tu viens avec nous ?

L'abbesse se penche vers elles avec un sourire un peu crispé.

– Non. Je...

Je rajoute aussitôt :

– Elle viendra vous voir. Souvent.

Elle me lance un regard plein de gratitude. Et soudain, un grondement sourd. J'ai l'impression que la terre vient de trembler. Les remugles de soufre reviennent, âcres. Ça pue. Je me mets à crier :

– Il faut partir ! C'est une éruption. Vite !

On se met tous à courir, je tiens l'une des filles par la main, Nina a agrippé l'autre. Encore un éclair, tout près cette fois, et des secousses. C'est comme si la terre grommelait. Une rafale d'air brûlant balaie le couvent. Le portail est grand ouvert, la voiture et son cocher ont évidemment disparu. On s'égaille sur le chemin. L'une de mes filles a entouré mon cou de ses bras quand je l'ai hissée pour la porter. Je vérifie que Nina dévale la pente à mes côtés. On aperçoit les sœurs et les autres enfants qui descendent aussi.

– Posez-la à terre, crie Angelina. Elle sait courir !

Elle a raison. Je m'exécute tout en la tenant par la main. Angelina attrape l'autre main et court mal, entravée par sa longue robe. Des rafales d'air brûlent nos visages. Il tombe du ciel une pluie fine d'une matière inconnue. À mi-pente, on fait halte quelques instants, essoufflés. Nina se retourne.

– Regardez !

Une masse écarlate environnée de fumée, énorme, gluante, glisse sur les flancs de l'Etna. De la lave, comme une énorme vague qui engloutit tout sur son passage. Elle atteint le couvent, cette lave, elle passe par-dessus les toits. Je crie :

– Vite, il faut fuir !

Nous reprenons notre course. Angelina trébuche, tombe. Je la relève. C'est moi qui suis au milieu, la révérende mère qui n'a plus rien de révérende d'un côté, Viola de l'autre. Plus loin, Nina avec Daisy. Terrorisées, les petites s'appliquent à courir sans trébucher. J'entends un grondement sourd dans mon dos. C'est la lave. Je jette un coup d'œil derrière moi. Du couvent, il ne reste plus que le clocher. Une immense gelée noirâtre a tout recouvert et coule à une vitesse effrayante. C'est l'Etna qui vomit tout en haut, qui dégueule cette gelée. Sur la gauche, j'aperçois la sœur tourière, elle court avec difficulté, empêtrée dans sa tenue. Elle n'a pas couru depuis l'enfance, elle ne va pas assez vite. Le monstre gélatineux la rejoint, elle accélère, mais elle est aussitôt submergée sans un cri. La masse grumeleuse, fumante, puante l'a avalée.

On court toujours, la lave se propage sur notre droite. Il faut obliquer de l'autre côté, vers la mer. Du ciel, il tombe cette pluie de grêlons chauds et sifflants. Soudain, Angelina s'écroule et roule au sol. Nina pousse un cri. Je leur fais signe de continuer, je relève Angelina qui hurle de douleur. Je lâche Viola et empoigne l'abbesse, elle est plus légère que je l'aurais cru. J'avance avec elle dans les bras. Nina court en tenant les filles par les mains. Angelina s'agrippe à mon cou. La lave nous a dépassés sur la gauche et se jette dans l'eau en bourdonnant, sous une pluie de cailloux enflammés. Nous sommes à la lisière de l'eau, mais la lave fonce sur nous. Un cri de Nina, elle montre une barque attachée à un plot, le mât incliné.

On se précipite en pataugeant pour rejoindre la petite embarcation. J'ai de l'eau jusqu'à la taille, Angelina me lâche et avance bien dans l'eau malgré sa douleur. J'attrape Viola et la dépose à l'intérieur de la barque, Nina fait de même avec Daisy. Je défais l'aussière qui relie la barque au poteau, je hisse Angelina, je la pousse à l'intérieur et elle s'effondre au fond. Je m'empare d'une rame, Nina de l'autre. On les glisse dans les tolets, on souque comme on peut. Je me retourne, il ne reste plus dans mon dos qu'une énorme masse visqueuse et sombre d'où s'échappent des geysers de fumée. Mais une nouvelle vague de lave dépasse la première et pénètre dans l'eau avec des chuintements affreux. La pluie de cailloux devient plus dense.

Nina abandonne sa rame et relève le mât, je l'aide à le maintenir au centre de la barque, elle défait la bôme. La voile est attachée avec des garcettes, je les tranche avec mon couteau. Nina me fait signe de défaire la drisse. La voile monte sur le mât, le vent s'engouffre dans la toile et la barque fait une embardée, mais Nina tient la barre et redresse la barque.

– Dans une autre vie, j'ai été marin pêcheur ! crie-t-elle.

Elle me montre une corde qui claque. Elle a l'air de s'y connaître.

– Tire sur l'écoute !

J'obéis et la voile se rapproche, mais Nina me fait signe d'insister. Le vent souffle maintenant en tourbillonnant. On s'éloigne du rivage et de la lave qui s'est arrêtée. La lave, c'est la mort. La mer, on ne sait pas, car c'est une mauvaise mer, gris sale, avec des vagues rageuses qui vont dans tous les sens et se heurtent entre elles.

Blotties l'une contre l'autre, les filles nous jettent des coups d'œil effarés, à Nina arc-boutée sur la barre, à Angelina au fond, et à moi. Le rivage a disparu sous une couche de brume. On ne voit plus le soleil, la lumière est diffuse, on se croirait à l'approche de la nuit alors qu'il est à peine midi. Nous sommes au milieu du détroit de Sicile, entre l'île et le continent. Il me revient de mes lectures antiques que c'est à cet endroit que se situent Charybde et Scylla, les deux pièges bien connus d'Ulysse et d'Énée aussi, je crois. Si on échappait au premier, l'autre ne vous ratait pas. Ça n'a pas l'air d'inquiéter Nina, notre pilote, notre salvatrice. Sans elle, on était dévorés par la lave ou noyés. Elle crie à Angelina d'aller chercher dans la minuscule cabine des vêtements de marin. Trempée jusqu'aux os, elle s'y traîne à quatre pattes tandis que Nina me fait signe de prendre la barre et rampe pour aller l'aider. Le rivage s'éloigne, mais la mer enfle, le vent dans le détroit souffle de plus en plus fort. La pluie de grêlons s'est arrêtée. J'apprends à attaquer les vagues en oblique pour aller au sommet et redescendre, toujours en oblique, de l'autre côté.

– Ça va ? me demande Nina.

Je réponds oui. Il faut lâcher l'écoute car le vent maintenant souffle dans notre dos. J'ai compris cela tout seul. Nina réapparaît, je lui rends la barre.

– Et Angelina ?

Elle a un rire. C'est la première fois depuis longtemps. Je comprends pourquoi quand Angelina ressort avec un pantalon, un sarrau de toile rêche et ses cheveux de nonne coupés ras. Les filles n'en reviennent pas. Elles en rient toutes les deux. Angelina aussi, je ris avec elles. On est sauvés.

58.

JOURNAL DE MARIE-SOPHIE

Bateau de Civitavecchia jusqu'à Marseille, puis la diligence, et enfin le train jusqu'à Paris. J'ai deux accompagnatrices, Marietta et une autre dont j'oublie toujours le nom. C'est peu et beaucoup, j'espère avoir les moyens de les payer si j'élève et entraîne des chevaux comme me l'a proposé le baron de Rothschild. À moins de trente ans, j'ai raté ma vie. Ma fille légitime, Cristina Pia, celle qui rachetait tout, n'aura vécu que trois mois. Mes deux autres filles, je les aurai à peine entrevues. Giacomo les retrouvera-t-il ? Je l'espère tout en me disant que s'il réussit, je vois mal ce que je pourrais leur offrir. Elles sont les enfants de l'amour et l'amour n'est plus. J'ai désormais perdu Giacomo en choisissant mon royaume plutôt que mes filles. Royaume définitivement acquis aux Savoie. Il me reste un mari dont je ne veux plus. Dont je n'ai pas voulu dès le premier instant où je l'ai vu sur le navire *Le Fulminant*. J'ai vécu une vie de reine, une vie de combattante, de révolutionnaire, d'amante, d'épouse. Mais que reste-t-il aujourd'hui, à part le roulement du train jusqu'à Paris ?

Mes voisins de compartiment parlent en français. Cela me fait plaisir d'entendre la première langue étrangère que j'ai apprise à Possi. Comme ils ne savent pas qui je suis ni d'où je viens, ils discutent librement. Et leur conversation m'inquiète, ils évoquent une guerre proche, probable entre la France et la Prusse. La guerre, non merci ! J'ai déjà donné, surtout avec la Prusse qui, à Sadowa, a battu l'empereur François-Joseph à plates coutures. Quelle idée, de faire la guerre aux Prussiens ! Pourquoi ? Napoléon III a été bon pour nous, les anciens souverains de Naples. Et je n'ai pas quitté Rome pour me trouver mêlée à un conflit qui ne me concerne pas. Suis-je maudite ? Ferais-je mieux de me jeter par la portière pour en finir avec une existence dominée par un destin contraire ? Ces pensées sombres m'accompagnent pendant tout le voyage.

À Paris, sur le quai, un jeune homme se présente, belle lavallière, belles moustaches, belle mèche de cheveux. Il s'approche, s'incline et m'appelle Majesté.

– Je suis infiniment heureux de vous rencontrer, madame, me dit-il. Vous êtes une héroïne extraordinaire. Pour tout vous dire, j'ambitionne d'écrire un livre sur vous, à votre gloire.

– Mais qui êtes-vous, monsieur ?

– Mon nom est Daudet, Alphonse Daudet. Je veux passer ma vie à écrire des livres.

59.

Ça pue fort dans cette pièce bas de plafond, au sol en terre battue, à la fenêtre comme un trou sale. Un jambon pend au bout d'une ficelle, et sur la table en bois rude, des écuelles, on dirait des mangeoires. On est cinq sur un banc qui branle, et une grosse femme aux cheveux gras nous sert un ragoût, un *pasticciu* composé de je ne sais quelles viandes. Pas mauvais. Les jumelles ont faim. Elles mangent en se coulant des regards à l'appui de réflexions en sicilien, elles pouffent. L'abbesse Angelina leur parle avec douceur, elle ne ressemble plus à ce qu'elle était encore ce matin. Ses traits, comme ceux de Nina, comme les miens sans doute, sont striés de gouttes séchées qui font comme des cicatrices de sel. La traversée du détroit avec ses vents furieux est passée par là. Nina est de nous trois la plus à l'aise. Elle tente de lier conversation avec la grosse femme pour savoir dans quel endroit de la côte le sort nous a jetés. Elle s'exprime dans un sabir de campagne qu'elle a dû apprendre au cours de ses années de *brigantessa*. La femme lui répond avec des mimiques et même des grognements. Ce n'est pas le même dialecte, mais elles se comprennent à peu près. Dans la cheminée, des braises gardent au chaud ce qui reste du *pasticciu*. Nous partageons, Nina et moi, le vin râpeux. Tout à l'heure, quand nous avons abordé, seule nous guidait la silhouette de la cheminée avec ses volutes de fumée. Nous avons sauté dans l'eau tourbillonnante, les filles dans les bras jusqu'à la plage, les monceaux d'algues qui marquent le rivage. Le vent sifflait toujours, des grains de sable nous griffaient les joues. On a escaladé le talus comme on a pu. Des gosses sont rapidement arrivés, ils tournaient autour de nous en ricanant. Deux ou trois types ensuite ont tiré le bateau et l'ont amarré à un vieux tronc d'arbre. La grosse femme est apparue. On avait l'air de ce qu'on était, des naufragés de l'éruption. Nina a engagé la conversation, si l'on peut dire. Je n'ai rien compris à ce qu'elle disait. La grosse femme menait le cortège en se dandinant dans ses bas de laine noire. Nina s'est tournée vers moi.

– Je leur ai demandé où on se trouve, et tout ce que j'ai compris, c'est que Reggio, c'est par là, dit-elle en pointant vers l'ouest.

Devant nous, plusieurs maisons en bois, en brique, en torchis, autour d'une petite église en pierre.

– Il faudrait de quoi manger, une voiture et des chevaux. J'ai de quoi payer.

J'ai aussitôt sorti des billets de ma veste chiffonnée et trempée, achetée via Toledo à Naples dans les beaux magasins autour de San Carlo.

– Planque ça ! a soufflé Nina. Ce sont des billets piémontais. Laisse-moi faire, j'ai des ducats Bourbons.

Il m'a semblé apercevoir un éclair dans le regard de la femme à la vue des billets, mais je n'en suis pas sûr. Nina s'est penchée sur moi.

– Pas de voiture ni de chevaux. Ce sont des miséreux. Ils n'ont rien. Ici, il ne faut jamais montrer son argent.

Elle a extrait de sa poche une pièce à l'effigie de François et Marie-Sophie. La femme s'en est emparée avec des grognements, et s'est empressée de la fourrer dans une des innombrables poches de sa jupe. C'est ainsi qu'on s'est retrouvés autour du *pasticciu* avec les écuelles et la cruche de vin innommable.

Je sors un instant de la maison, la mer se calme un peu, mais le bateau a disparu en même temps que les hommes.

– Il y a peu de chances de le revoir, ce bateau, dit Nina en me rejoignant.

On retourne à l'intérieur. Plus de trace des hommes ni des gamins. Il ne reste que la femme qui jacasse dans son dialecte. Les jumelles se sont endormies sur un banc dans un coin. J'échange avec Angelina un regard inquiet, je tâte dans mon pantalon la crosse de mon pistolet. La femme se remet à parler avec Nina. Elle arbore un sourire qui dévoile sa bouche édentée. Je comprends qu'elle pose des questions et que Nina lui répond brièvement. Soudain, elle se tourne vers moi.

– Elle veut savoir qui on est. D'où on vient. Je lui ai répondu : de Catane, où l'Etna est entré en éruption. Écoute, j'ai l'impression qu'elle se fout des questions et de mes réponses. Elle cherche à gagner du temps. Elle attend quelque chose.

Je comprends aussitôt.

– On s'en va, tout de suite !

Angelina réveille les jumelles, qui se frottent les yeux. J'ouvre la porte. Trop tard. Des bruits de sabots dehors. Une silhouette bouche l'entrée. C'est un gros homme aux traits tourmentés. De son large ceinturon dépasse une arme.

– Bonsoir, je suis le maire, annonce-t-il dans un italien rocailleux.

D'autres le suivent, quatre ou cinq hommes, je crois. Ils ont mis pied à terre. Dans le fond, on distingue leurs chevaux. Je m'incline pour le saluer, la main sur mon pistolet. Je ne sais pas s'il est un maire, mais il a tout d'un *brigante*.

– Nous sommes ravis de vous voir, monsieur le maire, mais nous devons repartir. Je vous remercie de vous soucier de nous.

Il lève la main, il a remarqué les jumelles au fond.

– Attendez, je dois relever vos identités. Videz vos poches !

Et puis quoi encore ? J'exhibe mon arme, le chien relevé.

– Reculez ! Sortez les mains sur la tête !

Il porte la main à sa ceinture, mais je tire entre ses jambes. La balle ricoche au-dehors et touche l'un de ses hommes. Des coups de feu éclatent. Je blesse à la cuisse le gros qui se prétend maire, il s'écroule. Je m'empare de l'arme qu'il portait à la ceinture. Je la tends à Nina derrière moi. Nous tirons ensemble. L'un des hommes recule, un autre braque un fusil. Nina l'abat d'un tir bien ajusté. Tous s'enfuient en courant et en abandonnant les chevaux.

– On y va !

Je prends une jumelle sous le bras, Nina l'autre. Angelina nous suit, et saute en selle avec une agilité étonnante. Nous voici partis tous trois au galop. En tête, je tiens une des fillettes devant moi, Nina l'autre, et Angelina derrière. Mais les *briganti* reviennent ! Ils tirent sur nous. Un cri. C'est Nina ! Je me rapproche, la petite se met à hurler, mais Angelina est déjà à la hauteur de Nina, les deux ralentissent et l'enfant passe de l'une à l'autre. Je me retourne et lâche des coups de feu au hasard. Nina est couchée sur l'encolure de son cheval, elle glisse sur le côté. Une tornade de galop derrière.

– Va ! Va ! crie-t-elle, les filles d'abord !

Je talonne mon cheval, Angelina aussi. Bientôt nous parvenons à mettre de la distance entre les poursuivants et nous.

Je me retourne encore. Nina est au sol, les poursuivants l'entourent. Je ne peux rien faire. Angelina est dans mon dos. Je vérifie qu'elle a bien placé l'enfant devant elle, comme moi. Mon cheval accélère l'allure, c'est un bon cheval. Nous sommes maintenant sur un chemin de terre. Les chevaux ralentissent, il faut les laisser souffler. Le soir est en train de tomber. Au bout de quelques minutes, le chemin débouche sur une vraie route. J'ai envie de laisser les jumelles entre les mains d'Angelina pour retourner sauver Nina, mais elle devine mes intentions et secoue la tête. Les jumelles avant Nina. La petite, arc-boutée sur le pommeau de ma selle, n'en peut plus. Tétanisée, elle n'ose même pas pleurer. Dans la nuit, nous abordons les faubourgs de Reggio. Nos chevaux vont au pas maintenant. Je sais où se trouve la caserne des *bersaglieri*. C'est de là que je suis parti pour aller à Catane. Devant la porte, une sentinelle nous ordonne de nous arrêter. C'est un jeune, il se débrouille mal pour tenir son arme.

– Ouvre ! j'ordonne de ma voix de général.

– Qui êtes-vous ?

Il nous regarde, Angelina et moi, chacun avec un enfant sur la selle, il va donner l'alarme.

– Donnez le mot de passe.

– Ouvre ! Je suis le général Cesari.

Il n'en croit pas un mot, il va braquer son fusil sur nous. Brusquement ça me revient.

– Piémont et Cavour !

Il abaisse son arme et s'approche.

– Dépêche-toi, soldat, je n'ai pas toute la nuit !

C'est alors seulement qu'il me reconnaît.

60.

JOURNAL DE MARIE-SOPHIE

Le baron de Rothschild ne sait que faire pour m'être agréable. Il m'invite à dîner sur les boulevards avec quelques amis. Une trentaine en réalité. Des hommes, des femmes, tous habitués de la cour de Napoléon III. On nous sert en terrasse. Les garçons sont en habit avec des tabliers qui descendent jusqu'aux pieds. Les plats sont magnifiques. Quelques journalistes font partie des convives. Ils ont même fait venir des photographes. L'anecdote de cet aspirant écrivain venu m'attendre à la descente du train a beaucoup amusé le baron et a fait le tour du Paris qui compte. On me surnomme « l'héroïne de Gaète ». Je dois une fois de plus raconter le siège de Gaète, puis la bataille de Mentana où j'ai été blessée. Je montre la médaille offerte par Pie IX. Les femmes, impressionnées, me bombardent de questions, certaines un peu insidieuses. Les hommes me font une cour empressée, le baron de Rothschild est ravi. Il me donne rendez-vous pour me faire visiter ses écuries. On me demande si je suis tombée de cheval lorsque j'ai été blessée.

– Non, j'étais à pied. Mon cheval venait d'être tué.

Un silence tombe aussitôt. Puis les convives se répètent entre eux ce que je viens de dire. Les hommes m'adressent un signe de respect, les femmes se lancent dans un caquetage distingué. Comment ? Cette femme, cette reine si belle, si bien habillée, a eu son cheval tué sous elle dans une bataille contre Garibaldi ! Ainsi elle a sauvé le pape ! Elles imaginent mal, ces femmes habituées aux réceptions, aux robes somptueuses, aux histoires de petits-fours, de domestiques et d'amants, comment l'une d'entre elles a pu se trouver dans une telle situation ! Certaines viennent m'embrasser, d'autres m'adressent des regards pleins d'éclairs haineux. On porte un toast en mon honneur. Des musiciens nous entourent chaleureusement. L'un d'eux est italien. Il me glisse :

– Je suis napolitain, madame.

Je lui demande s'il connaît le nouvel hymne de Naples, celui d'après la conquête. Bien sûr, il peut même le jouer. Les autres rangent leurs instruments, et les premières notes de cet hymne résonnent. Alors, je me lève et de ma petite voix, j'entame en napolitain :

Vittorio vattene, ca si nu marinolo
Chello ch'aje fatto a Napule nun sta bonono
Napuli aje spugniato e Turino vestuto
Brutto futtuto[1] *!*

Personne n'y comprend rien, mais tous m'applaudissent. Le dîner se termine. Les vendeurs de journaux se pressent sur le trottoir, ils annoncent : « L'Etna entre en éruption à

1. Victor va-t'en car tu es un mariole / Ce que tu as fait à Naples c'est pas bien / Tu as déshabillé Naples pour Turin / Va te faire foutre.

Catane », « Un couvent entièrement englouti par la lave ! » La nouvelle me glace. Je me précipite vers eux. Le couvent, c'est San Benedetto ! Giacomo, Nina et mes filles, sont-ils tous morts dans l'éruption ?… Je suis dévastée.

61.

J'explique en hâte la situation au colonel qui commande la caserne. Il faut absolument retourner auprès de Nina, la sauver. Le colonel m'en dissuade. Il n'a pas assez d'hommes sur place, et les renforts qui ont été appelés ne seront pas là avant l'aube.

– Ils ont déjà dû filer vers leur camp.

– Où est-il ?

– Nous allons bientôt le savoir.

Il envoie deux hommes en civil trouver des *pentiti* à Reggio, qui donnent des informations en échange d'une amnistie. Il me propose de me reposer en attendant leur retour. Les jumelles se sont endormies, épuisées. Avant de s'installer à leurs côtés, Angelina me dit :

– Cet homme qui prétendait être le maire, je l'ai déjà vu. Il faisait partie de ceux qui ont amené les enfants. On l'appelle *U curtu*[1].

Je m'assieds, le corps lourd. Et ferme les yeux. Le nom tourne dans ma tête. Mon sommeil est entrecoupé de

1. Le petit (dialecte sicilien).

cauchemars, de visions hallucinées. Tout y passe, le soi-disant maire, Marie-Sophie, les jumelles et Nina. Surtout Nina. À l'aube, le colonel m'attend avec deux hommes hirsutes, les *pentiti.* Je leur demande aussitôt :

– Qui est *U curtu* ?

Un éclair de terreur dans leur regard. Ils se ferment aussitôt. Je sors mon revolver où je glisse un nouveau barillet. Je m'adresse au premier.

– Dépêche-toi de répondre.

Il se tait, je lâche une balle, elle effleure sa joue avant de se ficher dans une poutre, il saigne un peu. Je relève le chien.

– C'est bon, dit-il, on va parler.

C'est le chef d'une bande de brigands qui se réfugie derrière la bannière des Bourbons, mais qui ne craint pas d'œuvrer pour l'occupant piémontais. En réalité, *U curtu* n'a qu'un intérêt unique : le sien. Toute la région à l'est de Reggio lui obéit. C'est un Sicilien.

– Combien d'hommes ?

Il ne sait pas, plusieurs milliers certainement, mais disséminés dans plusieurs camps commandés par ses lieutenants.

Je lui explique qu'*U curtu* est intervenu très peu de temps après notre arrivée au village.

– Quel village ?

Je ne connais pas le nom. On apporte une carte de la région assez détaillée. Je repère le hameau, San Giorgiu.

– Le camp est proche, selon moi, une heure de cheval.

Les deux *pentiti* se penchent sur la carte, se consultent du regard, puis ensemble mettent le doigt un peu plus loin.

– Il a dû venir de là…

J'interroge le colonel. Connaît-il les lieux ? Il fait un signe de dénégation avant d'expliquer qu'il s'agit d'un paysage typiquement calabrais. Pas de route ni de chemin, des sentiers que seuls les gens du pays connaissent. Je reviens aux *pentiti*, je m'adresse à celui éraflé par la balle que j'ai tirée.

– Conduis-nous au camp.

Il hésite. Dénoncer, expliquer sur une carte est une chose, accompagner les Piémontais dans une expédition en est une autre. Il sait ce qui l'attend s'il est pris. Il se lance dans une description effrayante d'*U curtu* et de sa bande. Féroces et cruels, on sait ce qu'ils font aux traîtres.

– Que leur font-ils ?

– Ils leur arrachent le cœur et ils le donnent aux cochons.

Cela me paraît un peu gros. Je me tourne vers le colonel, qui approuve. Il fait venir le médecin de la caserne. L'homme a examiné les cadavres retrouvés sans cœur, et confirme :

– Je dois dire que c'était plutôt bien fait pour des gens qui ne pratiquent pas l'anatomie. Mais…

Il s'arrête, un instant avant de poursuivre :

– Mais les victimes étaient encore en vie quand cela s'est produit.

Un aide de camp annonce l'arrivée des renforts, trente hommes commandés par un capitaine. Je vais à leur rencontre. Cette unité m'a souvent accompagné dans nos actions de guerre contre les *banditi*. Ils sont très durs, certains spécialisés, comme les éclaireurs ou les pisteurs. Le capitaine à leur tête n'a pas froid aux yeux, ses hommes encore moins. Tous sont rompus au combat dans les maquis.

– Capitaine, on va chercher *U curtu* chez lui.

Ses yeux brillent. Il dit qu'il attendait ce moment depuis longtemps.

– Vous savez où le trouver, mon général ?

– Ces *pentiti* vont nous guider. Ils jouent leur vie et leur liberté. Quand ce sera fini, on leur remettra un certificat d'amnistie avant de les expédier dans le Nord. Ici, ils ne survivraient pas.

Le capitaine hoche la tête. Il va prévenir ses hommes. Je retrouve Angelina et les filles à la cuisine. Elles me demandent comment elles doivent m'appeler.

– Appelez-moi Giacomo.

Je me tourne vers Angelina, toujours avec son sarrau et son pantalon de pêcheur. Je lui tends des billets.

– Laissez les enfants ici à l'abri. Mais allez en ville acheter des vêtements pour vous trois. Ni vous ni les petites ne pouvez rester comme cela. La femme du colonel va vous accompagner et vous guidera.

Elle acquiesce.

– Vous allez chercher Nina ?

– Oui, on reviendra quand on l'aura retrouvée. Cela peut prendre plusieurs jours. Ici, vous êtes en sûreté.

– C'est une fille extraordinaire !

– Je sais.

Je retourne auprès des hommes. Ils sont déjà à cheval avec un équipement pour plusieurs jours. Ils ont même des mitrailleuses. En tête, les *pentiti.* Je demande que le médecin de la caserne nous accompagne. On m'apporte un billet qui a été remis à la sentinelle, un papier crasseux.

« Les jumelles contre la Reine des pauvres. Dans deux jours au village à minuit. »

62.

JOURNAL DE MARIE-SOPHIE

C'est la guerre ! Demain, après-demain, la semaine prochaine, je ne sais pas. Je ne comprends rien à cette histoire de dépêche d'Ems. En quoi un courrier du roi de Prusse à Bismarck, son chancelier, peut-il déclencher une guerre ? Surtout pour faire renoncer un cousin du roi de Prusse (à moitié français par ailleurs) au trône d'Espagne, auquel ce fameux cousin a d'ailleurs déjà renoncé ! Les Français se disent vexés, humiliés. Ils veulent le conflit, cette affaire n'est qu'un prétexte, même si Bismarck l'a un peu caviardée pour irriter les Français. Cela, je le comprends lors d'un dîner chez la princesse Mathilde, cousine de l'empereur, une des grandes dames de Paris, peut-être la plus grande, la plus célèbre après Eugénie.

Je suis placée à côté d'un officier français, du genre noble. Mais on sait bien qu'à la cour de Napoléon III, il en existe de toutes sortes. Ceux créés par l'empereur actuel, ceux créés par son oncle, ceux qui enfin existaient avant la Révolution et ont échappé à la guillotine. Cet officier appartient à la dernière catégorie, celle des nobles de souche, aux terres, aux châteaux et aux ancêtres décapités. D'ailleurs, il me dit que c'est justement la guillotine, le véritable signe, comme une sorte de diplôme. Toujours est-il que ce colonel, ce noble authentique, après avoir relevé ce lien qui nous unit, me fait une cour éhontée. Il m'abreuve de compliments sur mon apparence, la qualité de mon français, les charmes de ma conversation. Il en fait trop, mais ce n'est pas désagréable. Il veut que je lui parle de Naples. Une ville qu'il a connue au temps du roi Ferdinand. C'était, selon lui, indescriptiblement joyeux, festif, délicieux. Il prétend même m'avoir contemplée si longuement dans ma loge royale qu'il n'a gardé aucun souvenir de l'opéra que l'on y donnait ! Il décrit avec enthousiasme et précision la robe que je portais. Sans doute une de celles que j'ai abandonnées à Capodimonte lors de notre fuite à Gaète. À cette remarque, son enthousiasme redouble. Cela fait longtemps que je n'ai subi pareil assaut. Au passage, il me glisse qu'il est veuf. Sous-entendu auquel je réponds que je suis mariée, même si ma séparation avec François est officielle. Il me demande aussitôt de l'excuser. Autour de nous, les conversations s'échauffent, ceux qui prétendent être informés des secrets du palais annoncent la guerre pour le 19 juillet. Les plus acharnés sont surnommés les « mamelouks ». L'Assemblée vote cette nuit les crédits pour la conduite de la guerre. On raconte que Thiers, qui y est opposé, s'est fait traiter de vendu, de Prussien, et même de trompette du désastre ! Mon voisin m'indique que vingt mille personnes ont battu le pavé cet après-midi en conspuant Bismarck et en exigeant la guerre sans délai.

– Et vous, qu'en pensez-vous, monsieur ?

– Appelez-moi Armand, je vous en prie.

– Armand, donc, que pensez-vous de cette guerre qui s'annonce ?

Il hésite, me confie avoir fait carrière dans l'armée où il s'occupe de l'intendance, sans jamais avoir eu l'occasion d'affronter l'ennemi en face.

– Vous, madame, vous avez entendu siffler les balles ennemies, vous avez été blessée. Pas moi. Pour vous, la guerre a été une réalité. Mon opinion importe peu.

Il a un sourire modeste et me demande de lui raconter la bataille de Mentana. Il m'avoue en s'excusant avoir beaucoup d'admiration pour Garibaldi, le soldat et l'homme.

– L'avez-vous croisé ?

– À deux reprises. Sur le Volturno et à Mentana. Nous nous sommes défiés.

Je lui souris et son visage s'éclaire. La soirée va s'achever. Soudain, il se lance, il m'invite à dîner un jour prochain, en tout honneur, précise-t-il avec cette bonhomie militaire qui tient lieu de sincérité. J'ignore si j'ai raison ou tort dans la situation où je me trouve. J'accepte.

63.

Le chemin est sinueux, encombré de broussailles et de ronces, de buissons et d'arbustes touffus, tellement étroit qu'il a fallu renvoyer les chevaux. Quand on aperçoit le camp d'*U curtu*, il est désert. Nos *pentiti* ne sont pas surpris. Les *briganti* ne cessent de se déplacer pour survivre. Il faut donc poursuivre sous un soleil accablant, les assauts de moustiques rageurs, les bruits de bêtes, et les silences suspects qui font craindre une embuscade. Mais rien. Un *pentito* et un soldat partent en éclaireurs. Ils s'arrêtent pour nous attendre, puis filent devant nous. La journée se passe ainsi. Chaleur et bestioles. À intervalles réguliers, il faut s'arrêter pour boire. Le soir tombe enfin. Au fur et à mesure que nous progressons d'une colline à l'autre, la végétation se fait plus dense. Les lieux gagnent en sauvagerie avec des côtes escarpées, des descentes en pente raide où nos bottes dérapent souvent. Je demande à continuer jusqu'au second camp, plutôt vaste et organisé, où *U curtu* a ses habitudes, mais cela nécessiterait des torches ou des lanternes. Moyens garantis de se faire repérer. Il faut donc faire halte. Fourbus, les hommes se laissent tomber au sol sitôt rejoints les éclaireurs de tête. On organise les tours de garde. J'interroge les *pentiti.* Le camp est à trois heures de marche. L'un des deux me désigne une hauteur pierreuse qui se détache sur le ciel.

– C'est là-bas derrière.

Je distingue mal son visage dans l'obscurité, mais je devine à sa voix qu'il a peur. Le capitaine nous rejoint. Pas question d'y aller par le sentier. Il faut profiter de l'effet de surprise, et donc contourner la falaise. On s'endort, les *pentiti* sous bonne garde. J'ai l'impression qu'ils n'attendent qu'une occasion pour filer. Sommeil agité dans l'herbe.

À l'aube, on repart. Il fait suffisamment clair pour marcher. Les *pentiti* qui se relayent sont devant, l'un, puis l'autre. Je remarque que la distance entre les éclaireurs et notre troupe se réduit peu à peu. On grimpe, on descend, puis on recommence. Il n'y a plus de sentier, l'herbe est haute, il faut la tailler au sabre pour passer. La falaise est contournée maintenant. Le second repenti nous fait signe de ralentir. Mais où est passé le premier avec le soldat qui l'accompagne ? Des frôlements partout dans le maquis, les bêtes sont-elles en chasse ? J'envoie le second *pentito* avec un soldat retrouver le premier. Je les vois qui s'éloignent avec précaution. Soudain un cri étouffé. Ils reviennent, blêmes. Dans un sous-bois, deux formes gisent au sol. Nos deux hommes ont été égorgés. Ils n'ont pas eu le temps de crier. Je fais un signe, les hommes défont la bandoulière de leur arme. Un silence, le bruit du vent dans les herbes. On reste tous immobiles. Cela dure plusieurs minutes. Au moment où je lève la main pour reprendre la marche, une balle siffle, puis une autre, puis une salve presque à bout portant. Des hommes basculent. C'est l'embuscade !

64.

JOURNAL DE MARIE-SOPHIE

Il s'appelle Armand de Lawayss, vieille famille du Nord, à cheval sur la Belgique. Il m'invite à dîner chez lui, dans sa maison de famille dont il n'occupe qu'une partie, le reste étant loué. Dans cet immense appartement, nos pas résonnent. Je devine que le repas a été commandé chez un traiteur et que la domestique n'est là que pour la soirée. Sa solde d'officier ne doit couvrir les frais d'entretien qu'avec difficulté. Il m'en fait l'aveu avec une gêne souriante, ajoutant qu'il doit chaque année écorner un peu plus le patrimoine familial. Je le rassure. J'ai moi-même offert mes bijoux à François pour faire face aux dépenses de notre cour d'exilés. C'est donc une situation que je connais. Dans un couloir, le portrait d'une dame plutôt jolie au maintien modeste avec un bandeau noir sur le côté du tableau. C'est l'épouse défunte, emportée par la phtisie dans les premières années du mariage. Puis il me parle de lui, de sa condition de militaire, qui ne le satisfait pas. En réalité, il ne fait que suivre la tradition familiale. Ce qu'il veut, ce qu'il aime, ce sont les livres. Le reste de sa solde y passe. Il cite en vrac Chateaubriand, Balzac, Flaubert, Hugo, ce dernier en exil pour l'heure. Il me récite des pages d'*Atala*, du *Père Goriot*, il reprend des répliques d'*Hernani*. Je l'écoute avec intérêt. La cour d'où je viens était plutôt étrangère à la littérature, sauf les Anciens et *L'Imitation de Jésus-Christ* que François connaissait par cœur, le tout assez assommant. Je l'admets avec un peu de honte, mais il n'en a cure. Il se propose de m'en prêter, et me tend aussitôt plusieurs ouvrages que je peux garder le temps qu'il me plaira. Cela me touche profondément, cette offre d'initiation. Armand est un tendre, un fragile, un gentil. Rien à voir avec François confit en dévotion. À Naples, à Rome, je n'ai connu que des hommes épris de Dieu ou de luttes pour le pouvoir, ou de politique. Les livres, ce n'était pas leur monde. Lui voudrait écrire, il a des choses à dire, des personnages à créer auxquels il pense souvent. Il me fait cet autre aveu, celui d'écrire sans oser soumettre ses textes à un éditeur de peur d'essuyer un refus.

– Vous par exemple, vous êtes un personnage de roman.

– C'est amusant, Alphonse Daudet m'a dit la même chose !

– Vous le connaissez ? Ce jeune homme deviendra célèbre[1].

Je lui raconte l'accueil qu'il m'a réservé à ma descente de train et son souhait d'écrire sur moi. Je lui ai donné mon adresse à Neuilly, mais il ne m'a pas encore rendu visite. Le fera-t-il ? Je ne sais, mais l'homme me paraît sincère dans son projet. Armand n'en revient pas, il dit que je mérite certainement un livre, que je suis un sujet à moi toute seule.

– Je ne sais pas, je n'ai pas choisi ma vie. J'écris un journal.

1. Dans *Les Rois en exil* d'Alphonse Daudet, on retrouve le personnage de Marie-Sophie.

Il renchérit. Un journal, c'est précieux, c'est intime. On n'est jamais aussi sincère qu'avec son journal. Il en déduit que ma vie n'a pas été facile. Je lui réponds qu'à vingt-neuf ans je considère que ma vie est devant moi.

– Oui ! s'exclame-t-il. L'avenir vous attend !

Je devine qu'il participerait bien à cet avenir, mais il est trop bien élevé pour m'en faire la proposition. Avec Giacomo, les choses s'étaient jouées plus brutalement, si j'ose dire, à coups d'échanges de regards pour commencer, et jusqu'à *L'occhiello rosso* cela n'avait pas traîné.

Je souris à M. de Lawayss, à son œil bleu, limpide et sincère. Cet homme ignore tout de ma vie. Giacomo, la Rizzo exécutée dans les caves de Gaète, mes jumelles accouchées en douce dans un couvent de Bavière, et surtout ce choix infâme qui me hante.

– Armand, ne tournons pas autour du pot, lui dis-je soudain. Je suis prête à rester avec vous cette nuit.

65.

– Tous à terre !

Le capitaine à l'arrière répète mon ordre. Les hommes se jettent au sol, moi le premier.

– Feu à volonté !

Les *bersaglieri* sont équipés de carabines légères, avec des barillets qui permettent des tirs à répétition. L'effet sur les assaillants est prodigieux. Leur but était de nous attirer dans l'ombre des sous-bois. La ruse ne prend plus. Nous leur opposons un barrage de feu auquel les *briganti* ne s'attendaient pas. Les silhouettes s'écroulent les unes après les autres. Ceux qui restent tentent de répliquer, mais n'en ont pas le temps. Il ne reste qu'un enfant blessé, qui se précipite vers nous les bras en l'air. Je le reconnais, il avait aidé à tirer le bateau sur le rivage. Il ricanait avant de disparaître pour alerter *U curtu* et sa bande.

– Halte au feu !

Je lui fais signe d'avancer. Il marche à petits pas en grimaçant. Quand il est à portée, deux hommes l'encadrent aussitôt, les autres partent en quête de survivants dans le bois.

Plusieurs coups de feu claquent. Ce sont les blessés que l'on achève. Dans cette guerre, personne ne fait de prisonniers.

Le gamin ne parle pas italien. On appelle l'interprète. Il lui demande en dialecte où est le camp d'*U curtu*. Le gamin fait un signe en montrant la falaise avec des gestes, on comprend que c'est derrière.

Je l'interroge sur la fille, la Reine des pauvres. Au début il fait semblant de ne pas comprendre et j'arme le chien de mon revolver. Le double déclic produit un effet sinistre. Il finit par répondre qu'elle est bien là. Je lui trouve un air gêné.

– Et *U curtu*, il est là ?

Il confirme sa présence. Il se met à trembler, il croit qu'on va l'abattre maintenant qu'il a tout dit. Je m'y oppose, il n'a même pas treize ans. Il a été élevé dans le monde des *briganti* et n'en connaît pas d'autre. Et nous avons besoin de lui pour nous guider puisqu'il ne nous reste plus de repentis. Notre dernier *pentito* a été abattu parmi les premiers d'une balle en plein front. Ce n'est pas un hasard.

– Conduis-nous au camp.

On installe une corde avec un nœud coulant serré autour de son cou, et la colonne se met en marche. Le soleil est levé à présent. Je ne sais pas si le bruit des coups de feu a été perçu jusqu'au camp, mais il ne faut plus tarder. Encore un sentier, plutôt bien tracé cette fois, signe qu'il est emprunté souvent. Le gamin, la corde comme un licol, marche en tête. Cela dure une heure environ. Les sentiers s'entrecroisent. On se rapproche. Mais il n'existe pas de camp sans sentinelles. Nous sommes au pied de la falaise. Je demande des volontaires pour servir d'éclaireurs. Deux se présentent, dépouillés de leur uniforme, armés d'un simple poignard.

– Ce sont des habitués, me dit leur capitaine.

– Je sais, je les ai déjà vus à l'œuvre.

Ils partent en courant d'un pas léger, puis se séparent. On les attend assis par terre. Enfin, ils reviennent, l'un puis l'autre. Dans un mouvement identique, ils écartent la main, deux doigts repliés, trois dressés.

– À vos ordres, me dit le capitaine.

– On y va.

Le sommet de la falaise est rapidement atteint. Je fais amener les deux mitrailleuses montées sur trépied. Sur le chemin, on a croisé les cadavres des trois guetteurs jetés sur le bord. Le camp est en vue. Au fond, trois baraques. Des hommes sont regroupés autour d'un chaudron sur un feu. J'en compte une vingtaine. Je repère la grosse femme en noir du village, elle touille dans la marmite devant les hommes qui font la queue. Une balle claque. Le gamin au licol s'écroule, le front troué. J'ordonne l'assaut. Nous sommes le 19 juillet 1870. Il est sept heures du matin.

66.

JOURNAL DE MARIE-SOPHIE

J'ai couché avec deux hommes, l'un était mon amant, l'autre mon mari. J'ai aimé le premier, j'ai subi l'autre. Tous deux m'ont aimée, j'en suis certaine. Si la situation entre Giacomo et moi avait été différente, nous vivrions ensemble avec nos filles. Quant à François, un homme comme lui avec une femme comme moi… Nous n'avons pu concevoir qu'une enfant vouée à une mort précoce. S'il y avait un signe du ciel que notre union était maudite, c'est bien celui-là.

Je suis donc dans cette situation la nuit où je me donne à Armand. C'est un amant sincère, tendre et un peu maladroit. Il n'en aurait jamais rêvé, de cette jeune reine entre ses bras. Il parvient à me faire escalader les degrés du plaisir. C'est moins violent, moins immédiat qu'avec Giacomo, mais c'est doux, c'est bon.

C'est la première fois que cela m'arrive, l'amour sans conditions ni réticence. L'amour paisible. Je m'endors avec lui, sereine. Mais au matin, le lit est vide. Je trouve un mot sur l'oreiller :

« Ma reine, j'ai laissé du thé et de la brioche dans la cuisine avec des livres. Je ne vous ai pas dit hier soir, cette nuit, parce que cela aurait été inconvenant, que la guerre avec la Prusse sera déclarée aujourd'hui et que j'ai reçu l'ordre de regagner mon régiment dès l'aube. Je vais vous écrire, je vais revenir. Je crois que je vous aime et que vous ne me détestez pas.

Armand »

Nous sommes le 19 juillet 1870, il est sept heures du matin.

67.

À l'instant où l'assaut est donné, les *briganti* se dispersent en courant. D'autres surgissent des baraques, le fusil à la main. C'est de là qu'est venue la balle qui a eu raison du garçon. Ils nous attendaient, c'est évident. Une première salve est tirée par les *briganti,* mais nos soldats se sont mis à l'abri des rochers. Ils répliquent aussitôt avec leurs carabines à répétition. Une salve encore. Deux ou trois soldats s'écroulent. Les *briganti* dégainent les sabres et montent à l'assaut. Ce sont des hommes courageux, mais inconscients. Ils poussent des cris, lancent des injures en dialecte et en italien.

– Cesari, on t'aura !

Les voilà qui arrivent. Les deux mitrailleuses sont en place sur leurs trépieds, comme les tireurs. Le serveur fait défiler la bande.

– Feu !

Les rafales sont courtes, mais bien ajustées. La charge des *briganti* s'arrête net. Certains se jettent à terre, d'autres font demi-tour. Mes hommes ne tirent plus. Ce n'est pas la peine. Les mitrailleuses font le travail. Cela ne dure pas longtemps, deux minutes. En face il ne reste plus aucune silhouette debout. Un silence, puis un hurlement. Nina !

Deux ou trois *briganti* s'enfuient d'une baraque, mais je ne sais pas laquelle. Je fais signe à nos tireurs d'élite postés sur les rochers. Ils en blessent au moins un, peut-être deux. Je dévale la pente le premier, mon pistolet à la main. Je cours vers les baraques, je pénètre dans la première, défonce la porte à coups de pied. Rien. Dans la seconde non plus. Le cri est donc venu de la troisième.

– Nina !

Pas de réponse. La porte est ouverte.

Nina, la tête écroulée sur la poitrine, est attachée à un poteau. Elle est nue, un couteau enfoncé jusqu'à la garde dans son sein. Son sang inonde le sol.

– Nina !

Je m'approche, elle respire encore, mais ne bouge plus. Je veux relever sa tête, je défais les liens, elle s'effondre sur moi. Le médecin arrive en courant, il se penche sur elle, je vois sa grimace. Il se relève, elle essaie de parler, mais un caillot de sang obstrue sa bouche, elle prononce mon nom, puis ces mots :

– Souviens-toi de moi.

Le médecin voit son regard se figer. Il se tourne vers moi en secouant la tête. C'est fini. Elle est morte, Nina. Je me précipite au-dehors.

– Rattrapez les types de la cabane !

Deux d'entre eux sont étendus au sol. Le premier est mort, l'autre respire encore. Je m'approche.

– Qui est le troisième ? *U curtu* ?

– Il t'a bien eu. Tu ne le rattraperas pas. Crève, Cesari !

Je lui tire une balle dans la tête. Je fais venir les pisteurs, ils sont tous deux spécialisés dans la traque des fuyards. Je les ai déjà vus à l'œuvre.

– *U curtu* a quelques minutes d'avance. Je viens avec vous.

On part tous les trois dans la direction où ce salaud s'est enfui. Ils courent devant, repèrent les herbes couchées, les branches brisées et je ne sais quoi encore. Parfois, l'un d'eux se retourne, il me fait signe de la main en désignant une direction.

– C'est pour nous dérouter, il change souvent, mais il court toujours dans le même sens.

Je regrette de ne pas avoir amené des chiens, mais il m'aurait fallu un vêtement de l'homme à renifler. Tant pis. Cela dure un moment, cette poursuite d'un fantôme. Le pisteur se retourne encore une fois.

– Il fatigue, il ne va pas tarder à s'arrêter.

Du coup, on ralentit. S'il nous entend, il est capable de nous tendre une embuscade, même tout seul. On m'a dit de lui que c'est « l'homme aux mille ruses », comme Ulysse. Le pisteur se retourne encore, il montre un trou dans la roche plus haut.

– Je parie qu'il est là-dedans.

On s'approche lentement. L'homme est peut-être en train de nous ajuster, il attend qu'on se rapproche pour tirer, posté dans un arbre, avec des branches qui se perdent dans la futaie. Il y a un autre risque, celui d'une sortie de l'autre côté de la roche qui lui permettrait de s'enfuir. Brève conférence par gestes. L'un des pisteurs nous demande de l'attendre et se coule dans les herbes. Une demi-heure plus tard, il est de retour avec un signe négatif. On va débusquer *U curtu*. Le trou est étroit, mais il permet le passage d'un homme. Celui qui entrera le premier sera forcément exposé. On peut attendre qu'il sorte, mais cela peut durer jusqu'à la nuit. Nouvel échange par gestes.

Les pisteurs ont une idée. Tandis qu'ils coupent des herbes hautes, qu'ils lient entre elles avant de les enflammer et de les jeter à l'intérieur du trou, je me poste en surplomb. Il se dégage aussitôt une épaisse fumée. Il me semble percevoir des bruits de toux. Le pisteur qui a jeté la gerbe se place bien en vue devant l'entrée. Cela ne tarde pas. L'homme paraît soudain, sa pétoire entre les mains, je le vois en dessous de moi, et le reconnais. C'est celui qui s'est fait passer pour le maire. Je lui tombe dessus. Nous roulons ensemble sur le sol. Sa pétoire lui a échappé des mains. Il veut enfoncer ses doigts dans ma bouche, puis agrippe ma gorge.

– Crève, Cesari !

Mais l'autre pisteur est déjà là, il dirige son arme sur la tempe d'*U curtu*.

– Ne tire pas, dis-je.

L'étreinte se desserre. On le menotte dans le dos, il se relève, moi aussi. Il me crache dessus. Il crie :

– Tue-moi !

Je ne réponds rien, on ramasse sa pétoire, une corde est passée autour de son cou et je tiens l'autre bout comme au garçon ce matin. Il est couvert de terre et de sueur, ses yeux sont rouges à cause de la fumée. Il est resté dans la caverne jusqu'au dernier moment. On le ramène jusqu'au camp. Ce retour est plus bref que l'aller. À un moment donné, il veut s'arrêter pour pisser. On ne l'écoute pas. Il mouille son pantalon. Il veut me parler, je n'écoute rien. Alors il se tait. Le camp enfin. Il ne reste pas un seul *brigante* vivant. Même la grosse femme en noir gît avec les autres, tous entassés dans un coin. Tous fusillés. *U curtu* ne leur jette pas un regard. Les hommes se rapprochent. Certains crachent sur lui, je les laisse faire. Le médecin annonce :

– J'ai examiné le corps de cette jeune femme, elle a été violée plusieurs fois et ils l'ont torturée. J'ai relevé des traces, je vous ferai un rapport écrit.

Je hoche la tête. On amène *U curtu* dans la baraque, on

l'attache au poteau où était attachée Nina en utilisant les mêmes cordes. Il tente sa chance une dernière fois.

– Cesari, écoute-moi. J'ai des informations qui vont t'intéresser.

Nos regards se croisent et il comprend que c'est fini, qu'il va mourir. Il veut avoir la mort d'un chef *brigante*, *la bella morte*[1].

– Tue-moi !

– Pas tout de suite.

Je me tourne vers les hommes, je les connais bien, ils sont durs, impitoyables. Des hommes comme des pierres. Des hommes comme moi.

– Arrachez-lui le cœur !

---

1. La belle mort.

68.

JOURNAL DE MARIE-SOPHIE

Je ne sais plus où j'en suis. Me voici face à moi-même. Cela ne m'était jamais arrivé. Dans mon enfance, à Possi, mes sœurs, le bon duc Max et même Ludovica, ma terrible mère, occupaient ma vie, sans parler des chevaux. À Naples, à Rome, aucun instant ne m'appartenait. Et maintenant, le silence partout dans cette maison étrangère de Neuilly où je viens de rentrer. Cet homme la nuit dernière, généreux, sensible, débordant de franchise, je lui ai cédé d'un coup par curiosité, par désir aussi. En réalité, c'est moi qui l'ai entraîné, lui ne me demandait rien ni ne tentait quoi que ce soit. Sans doute a-t-il été le premier surpris. Je crois que j'étais tellement seule que j'éprouvais le besoin effréné de me rapprocher d'un homme, dans tous les sens du terme.

De Giacomo, aucune nouvelle. A-t-il retrouvé nos filles ? Ont-ils pu échapper à l'éruption de l'Etna ? Comme je m'en veux ! J'étais folle de mettre en balance la chair de ma chair contre l'ingrat royaume. Et j'ai tout perdu, le royaume, qui n'est rien, Giacomo et mes filles, qui sont tout. Je veux dire que tout ce que j'ai fait de bon, tout ce qu'il me reste, me glisse entre les doigts par ma faute. Pardon, Daisy et Viola ! Pardon, Giacomo !

Je viens de passer un moment à sangloter sur mon canapé. Cela m'a fait du bien. Les larmes ne brouillent pas l'esprit, elles le lavent, au contraire, du désarroi qui l'encombre. Mes filles, rien n'est encore perdu. Giacomo est un homme d'action, il a dû tout mettre en œuvre pour les ramener à Milan. Avant l'éruption. Il le faut. Je les verrai, je m'expliquerai. Quel âge ont-elles maintenant ? Neuf ou dix ans ? Le cœur de l'enfance ? Je me revois au même âge, période délicieuse où par bonheur on ignore tout de ce qui nous attend, où l'on se sent vaguement privilégié sans comprendre pourquoi et sans imaginer qu'il y aura une contrepartie, une rançon. Mes filles ont besoin d'une mère, de moi ! Que fais-je ici, à Paris, dans ce monde de reine exilée, entre deux amants, celui d'hier soir et d'autres à venir ?

Je reçois la visite du baron. Toujours charmant. Il me propose d'aller voir ses chevaux. Tout plutôt que de rester seule à me morfondre. Mon humeur change quand j'aperçois les écuries. Des bêtes splendides, vaillantes, dont la robe luit dans leurs stalles. Il veut que je revienne pour les monter. Mon avis lui importera pour les courses où il va les engager. Les palefreniers, les garçons d'écurie s'inclinent sur mon passage. J'ai un peu honte de mon irruption dans leur univers.

Le soir, je lis Balzac, *Le Lys dans la vallée*. Mme de Mortsauf a plus de scrupules que moi. Elle mourra sans rien savoir des joies de l'amour ni des émotions de l'adultère. Mais M. de Vandenesse n'est pas Giacomo ! L'image de mes petites passe et repasse devant mes yeux telles que je les imagine. L'idée qu'elles puissent être mêlées au fracas des armes, dans l'odeur de la poudre et les cris de la guerre, me terrifie. Je traverse une nuit troublée. J'entends les appels de mes filles, dans quelle langue, en allemand, en français, en italien, en dialecte peut-être ? Elles m'appellent au secours. Je m'adresse à toi encore une fois, Marie-Christine de Savoie, la Sainte. Tu as déjà sauvé Giacomo. Je t'en prie, je t'en supplie, sauve-les ! Rends-les-moi, pauvre pécheresse que je suis. Je ne te demande pas le retour de Giacomo, ce serait impie. Écoute, la Sainte, si tu me rends mes filles, je suis prête à reprendre François. C'est le marché que je te propose, mes filles contre François ! Je ferai tout ce qu'il voudra. S'il veut l'amour, il l'aura, et s'il s'y refuse, nous irons te prier ensemble dans la chapelle sacrée.

Au matin, je m'éveille en sueur. Marietta n'est pas encore rentrée. Je me traîne sans courage. On me livre des journaux auxquels le baron m'a abonnée. Je résume leurs titres : vive la guerre ! Je me moque de la guerre, je n'en veux plus. Le baron m'a prévenue : pas question de quitter la France, surtout pour une personne comme moi, bavaroise de naissance alors que mon cousin Louis II est un allié de Bismarck. Et puis les frontières sont closes. Tant pis ! D'ailleurs qu'irais-je faire en Bavière ? À Possi ? Ludovica m'a prévenue, ce n'est plus ma maison.

On sonne à l'entrée. Un télégraphiste me tend une dépêche qui vient de Calabre. J'ouvre l'enveloppe en tremblant. Elle est signée de Giacomo, elle est glaciale :

« J'ai retrouvé nos filles, je les emmène à Milan pour les élever. Nina, la Reine des pauvres, a perdu la vie dans ces événements. »

Je pleure de bonheur pour mes filles, de désespoir pour Nina. Le bonheur et le malheur en même temps. Je ne sais pas s'il faut remercier la Sainte. L'exaucement des prières coûte cher.

69.

Les chevaux nous attendaient au village, nous avons chargé nos morts sur des charrettes avec le corps de Nina. La nuit tombait et l'on n'entendait sur le chemin que le claquement régulier des sabots au rythme du trot. Les hommes se sont mis à fredonner leurs vieux chants de guerre. Tous voulaient oublier le cri de Nina quand *U curtu* l'a poignardée à mort, et le hurlement que lui-même a poussé à l'instant où, d'un coup de coutelas, on lui a entaillé la poitrine pour en arracher le cœur et le donner aux cochons.

Je traîne avec moi la peine immense d'avoir perdu Nina. D'elle je n'aurai connu que ses éclairs. C'était une fille comme ça, elle existait par flamboiements successifs, et chaque fois, j'en étais ébloui.

Avant de l'envelopper dans son suaire, je me suis penché sur elle et j'ai effleuré sa bouche. Je paye un maçon pour qu'elle ait le plus beau tombeau de Reggio. Pour la Reine des pauvres, rien ne sera assez somptueux.

Angelina m'accompagne. Elle porte une tenue bourgeoise de bon aloi achetée en ville avec la femme du colonel. Ses cheveux ras sont dissimulés sous un foulard. Le capitaine et son épouse viennent faire nombre. Le soir, je vais embrasser mes filles, je m'aperçois que mon uniforme les impressionne beaucoup, de même que la robe civile d'Angelina. Elles me demandent si j'ai retrouvé Nina, pour laquelle elles ont une espèce de dévotion. J'élude.

Les jumelles endormies, j'invite Angelina à dîner sur le port. J'ai besoin de boire. Je commande deux verres de marsala.

– C'est pour moi, le second ?

– Évidemment !

Je vide d'un coup la moitié de mon verre, elle m'interroge des yeux. Je lui fais signe de boire. Elle avale la moitié comme moi en clignant des paupières, puis elle se détend. Elle sourit.

– C'est bon ?

Elle fait un signe d'approbation. Je subodore que cela ne lui est pas arrivé depuis longtemps, un coup de marsala le soir dans une trattoria de port. Peut-être jamais. Je commande à dîner, elle me laisse choisir, elle hésite à me parler.

– Je suis allée me renseigner à l'archevêché cet après-midi. La lave de l'Etna s'est arrêtée aux limites de la ville de Catane, mais le couvent…

Elle s'interrompt un instant.

– Il n'en reste plus rien ni personne. Les sœurs, les enfants, tout a été englouti.

Elle a un sourire amer. Pas de miracle de San Benedetto cette fois ! Elle fouille dans son sac acheté en même temps que la robe, et exhibe une photo assez floue où la lave est comme un monstre accroupi. Il ne reste que le clocher qui dépasse.

– Qu'allez-vous faire, Angelina ?

Elle ne sait pas. Elle explique que son couvent était à l'origine un couvent d'hommes. Avec ses sœurs, elles l'ont investi quand les moines ont dû partir. Elles ont gardé la règle de saint Benoît car, hommes ou femmes, c'était toujours la règle de Dieu. Le Vatican s'en est accommodé.

– Si je le demande, ils me trouveront un autre couvent, mais ce n'est pas le moment avec la guerre en France.

J'avais oublié cette guerre avec la Prusse. Je comprends ce qu'elle veut dire. Les troupes de Napoléon III protègent le pape, mais si la guerre tourne mal, l'empereur les fera rentrer en France pour combattre les Prussiens, et à ce moment-là…

– À ce moment-là, reprend-elle, Victor-Emmanuel se jettera sur Rome et le pape n'aura qu'à s'en aller.

Elle a suivi ma pensée. Pour l'heure, le gouvernement italien siège à Florence, nouvelle capitale de l'Italie. Mais le but, à l'évidence, c'est Rome. On dispose des assiettes devant nous.

– Et vous, Giacomo, qu'allez-vous faire ?

– Je vais solliciter un congé au gouvernement, qui ne pourra pas me le refuser. Cela fait longtemps que je suis à Naples. Le moment est venu de me remplacer.

– Vous rentrez à Milan avec vos filles ?

– Oui. Ma mère les attend. C'est maintenant une très vieille dame et elle s'occupera bien d'elles. J'ai besoin aussi de faire connaissance avec elles.

Un silence. Elle baisse la tête, la séparation avec les jumelles va peser lourd dans sa vie. Une lueur soudain.

– Puis-je vous demander votre âge, Angelina ?

– Trente ans.

– Qu'êtes-vous allée faire dans le clergé ? Si vous m'autorisez cette question à laquelle rien ne vous oblige à répondre.

Elle hausse les épaules. J'ai l'impression que les événements de ces derniers jours ont ouvert une fissure dans cette muraille, et que tout est près de s'écrouler. Elle parle à toute vitesse.

– J'appartiens à une très vieille famille sicilienne. Je ne voulais pas me marier avec celui que l'on m'imposait. Rester vieille fille, chez nous, cela signifie que les hommes vous ont rejetée, soit l'opprobre non seulement sur moi, mais aussi sur les miens, que j'aime, avec toutes leurs tares et leurs défauts. C'était cela ou le couvent.

Elle vide son verre de marsala d'un coup. Elle a un rire sec, ses yeux pétillent. Elle hésite entre le sanglot et le soulagement d'avoir raconté son histoire. Je devine que ce qu'elle vient de me dire, elle l'a contenu longtemps. Je l'observe. Elle n'est pas très jolie, elle est pure. C'est cela que signifie la clarté de ses traits.

Je n'ose lui demander pourquoi elle n'est pas partie, mais j'y renonce car je connais d'avance la réponse. Dans ces régions du Sud extrême, tout est plus compliqué qu'ailleurs, surtout dans ces grandes familles. Elle n'est pas partie parce qu'elle n'en avait pas les moyens, c'est tout.

– Merci de me l'avoir dit, mais j'ai été indiscret. Pardonnez-moi.

Elle a un rire plus gai cette fois. Elle dit que c'est une vie très simple. Il suffit d'obéir. À la mort de la précédente abbesse, les autres l'ont élue.

– Aucune ne voulait être abbesse. Elles préféraient continuer à obéir, contrairement à moi. Commander, ça me plaisait bien. Alors je suis devenue la révérende mère. Quand les jumelles sont arrivées, ma vie a pris un autre tour. Je me suis mise à vivre pour elles, et finalement, c'était pour moi aussi.

On se lève ensemble. Je jette des pièces sur la table, du bon argent piémontais. Le patron nous accompagne, plié en deux.

– Écoutez, Angelina, vous ferez ce que vous voudrez. Si vous voulez retourner en Sicile, je vous aiderai pour le voyage et le reste. Mais si vous préférez…

– Oui ? demande-t-elle aussitôt.

– Vous pouvez venir avec nous. Et rester le temps que vous voudrez, les filles seront auprès de vous.

– J'accepte, dit-elle.

70.

JOURNAL DE MARIE-SOPHIE

Six semaines sont passées depuis que la guerre a été déclarée. Je dois dire que je n'y comprends rien. Selon les journaux légitimistes, l'armée française se comporte merveilleusement. On parle de la charge héroïque des cuirassiers de Reichshoffen. La presse républicaine est beaucoup plus réservée. Elle suggère à demi-mot que les opérations ne se déroulent pas aussi bien que l'on souhaiterait, et surtout qu'on l'affirme. Deux lettres très courtes d'Armand, l'une la veille d'une bataille, mais je ne sais pas laquelle, l'autre quelques jours plus tard depuis un hôpital où il soigne une blessure au bras et à l'épaule. Une blessure noble, m'écrit-il avec un humour grinçant. Le pire, c'est d'être touché au ventre ou plus bas encore. Je lui ai répondu par des mots d'encouragement, car il ne faut jamais donner à un blessé de guerre le sentiment d'un abandon. Mais en même temps, je suis surprise. N'y a-t-il que moi à qui il peut écrire ? Ne lui reste-t-il pas une famille ? Des amis ?

Un matin, on sonne à la grille. Marietta revient, l'air ravi et mystérieux.

– C'est un militaire, un officier !

Je descends dans le jardin et découvre Armand en uniforme, le bras gauche en bandoulière.

– Ma chère amie, me dit-il, je n'ai que vous à Paris, le reste de ma famille ne m'intéresse pas. Alors, je viens vous voir si vous voulez bien m'accueillir un moment.

Combien de temps va durer ce moment ? Peu importe. Je l'embrasse avec chaleur et lui demande de me raconter sa guerre. Armand n'enjolive rien. Il relate les événements le plus fidèlement possible.

– À Reichshoffen, il fallait dégager la division Lartigue et le général Michel nous a lancés sur le village de Morsbronn. Il n'y a pas eu vraiment de charge. Les Prussiens étaient planqués dans les maisons derrière les fenêtres et sur les toits. Les rues étaient bouchées par des chariots. Entre les chariots, des canons. Cet ensemble aurait arrêté n'importe quelle charge. Nous avons dû reculer dans le plus grand désordre. Ce jour-là, nous avons eu mille morts. La charge des cuirassiers de Reichshoffen n'a pas existé, ce n'est qu'une invention pour les journalistes.

Il parle de la suite de cette journée catastrophique du 6 août. Une vraie charge, cette fois, des cuirassiers lourds de Bonnemains pour couvrir les troupes en retraite vers Reichshoffen, en terrain découvert au milieu des vignes, droit sur les canons prussiens.

– Aucun de nous n'est arrivé au bout. Les Prussiens du 5e corps achevaient les blessés à l'arme blanche. Si les turcos n'étaient pas venus à la rescousse des survivants, nous y serions tous restés. C'est là que j'ai été blessé.

Il dit que l'Alsace est perdue. La Lorraine ne va pas tarder à l'être. Je suis stupéfaite, les journaux impériaux ont annoncé la victoire. Les jours qui suivront, j'apprendrai qu'il n'a fait qu'énoncer la vérité.

– Il y avait aussi les Bavarois avec les Prussiens. À Wissembourg, sur les rives de la Lauter, c'étaient les Bavarois.

Il me regarde droit dans les yeux. Ces Bavarois, ce sont les soldats de mon cousin Louis II, l'ami de Sissi, celui qu'elle a toujours défendu, le fou de Wagner et peut-être le fou tout court. Son père Maximilien nous avait envoyé des régiments à Naples pour suppléer les Suisses en révolte. On les avait accueillis en triomphe, et voici que maintenant les Français se battent contre eux, la Bavière étant l'alliée de la Prusse. L'homme qui me raconte ces faits d'une voix hachée est sincère, c'est aussi un homme seul. Comment lui en vouloir de s'être battu contre les Bavarois ?

Il me parle des livres qu'il m'a offerts, me demande si je les ai lus. Pendant que nous débattons de ces lectures, Marietta nous prépare à dîner, et je la renvoie vers un amoureux qu'elle s'est trouvé aux confins de Neuilly. Le soir, Armand reste avec moi, je le garde jusqu'au matin, cet homme blessé qui me fait l'amour en réprimant parfois une grimace à cause de son épaule douloureuse.

Sa présence, sa chaleur me font du bien. J'ai un peu l'impression de trahir le cousin Louis. Mais tant pis, je n'en dirai rien à Sissi quand je la reverrai, ou peut-être le lui dirai-je quand même, car elle est la seule qui me comprend.

À l'aube, un fiacre vient le chercher pour le reconduire à la guerre. J'apprends qu'il a passé l'essentiel de sa permission à voyager vers Paris sur des routes encombrées par les troupes, celles en retraite et d'autres qui montent en ligne. Tout cela pour une soirée et une nuit avec moi, dont il n'était pas assuré. J'en suis très émue tandis qu'il s'installe dans le fiacre, en route vers de nouvelles batailles contre les hommes de Bismarck et ceux du cousin Louis. Je lui dis que je l'aime, que je l'attends. Cette phrase, je l'avais dite à Giacomo. À deux amants successifs, la déclaration devient un peu moins vraie à chaque fois. Mais tant pis !

71.

À la mi-août, voici presque trois semaines que nous sommes au palazzo Cesari aux portes de Milan. Ma mère nous a accueillis avec des pleurs de bonheur. Les jumelles ne reconnaissent rien puisqu'elles ont été enlevées au berceau. Mais c'est sans importance, car l'endroit est enchanteur pour des enfants de leur âge. Un instant, je songe aux propos nostalgiques de Marie-Sophie sur son enfance à Possi, mais je veux bannir la reine de Naples de mes pensées. Reste Angelina. Nous avons décidé de faire silence sur sa condition ecclésiastique. Je l'ai donc présentée comme une amie qui s'est occupée des filles. Lorsqu'elle s'est inclinée devant la comtesse Cesari, j'ai été surpris par son aisance dans sa révérence.

– Angelina de Villadorata, je suis sicilienne, a-t-elle dit simplement.

En grande dame, ma mère lui a souhaité une gentille bienvenue, lui proposant de choisir parmi les plus belles chambres du palazzo. Mais quelques jours plus tard, elle est venue me trouver avec son air faussement mystérieux.

– Figure-toi que je me suis renseignée sur ton amie.

Je savais que cela signifiait qu'elle s'était précipitée à la commission de la noblesse pour consulter les agendas des grandes familles qui pullulent dans les rayons.

– C'est une princesse, et pas n'importe laquelle ! Les Villadorata sont une des plus anciennes familles de Sicile. Leurs palais sont prestigieux, surtout la villa Eleonora dei Nicolaci près de Noto dans la province de Syracuse…

Je l'ai interrompue car cela risquait d'être long.

– Pour moi, elle est seulement Angelina, celle envers laquelle mes filles et moi-même avons une dette. Vos petites-filles ne sont pas arrivées ici par l'opération du Saint-Esprit. Il a fallu traverser des événements éprouvants dont je vous épargne le récit.

– Cela a été si difficile de les reprendre ?

– Oui. Et c'est à Angelina qu'elles doivent d'être ce qu'elles sont devenues.

– Une dernière chose et cette conversation prendra fin : as-tu l'intention de l'épouser ?

C'était bien ma mère. J'ai éclaté de rire.

– Je n'ai jamais abordé cette question avec elle et j'ignore totalement si je le ferai un jour.

– Dommage.

Nous n'en avons plus reparlé. Les jours passent et je fais connaissance avec Daisy et Viola. Ces moments sont doux, heureux. Leurs amies du couvent leur manquent, alors on invite les enfants des familles proches. Et la maison s'emplit de rumeurs joyeuses, de petites silhouettes qui cavalent les unes derrière les autres en criant et en riant. Angelina leur apprend à monter à cheval. Parfois, elle m'accompagne dans Milan. C'est une femme curieuse de tout ce qui touche à la pensée et à la culture. Je lui fais visiter les musées, lui montre *La Cène* peinte par Léonard, ainsi que les lieux où je me suis battu avec Nina et les autres durant les cinq jours.

– Tu étais sur les barricades ?

On se tutoie maintenant. C'est venu naturellement.

– Et comment !

Elle ne me demande pas quelle relation nous avions, elle est bien trop discrète. De même qu'elle ne me pose aucune question sur la mère de Daisy et Viola.

Ces temps sont délicieux, mais malheureusement rompus lorsque je reçois par les carabiniers une convocation à Florence. Une assignation judiciaire. Je dois comparaître devant une commission spéciale sur les événements de l'ancien royaume de Naples. Elle est composée de hauts gradés de l'armée et de parlementaires. Je comprends qu'on me reproche des actes qui n'entrent pas dans les règles de la déontologie militaire et qui portent atteinte à l'honneur de l'armée italienne.

– Quel genre d'actes ? me demande Angelina.

– J'ai exigé que l'on arrache le cœur d'*U curtu*.

– Sur son cadavre ?

– Non, il était vivant. Il avait poignardé Nina à mort.

Elle ne m'interroge pas sur un pardon que je n'ai pas demandé ou une autorisation que j'aurais dû solliciter ni ne me demande si j'ai des remords. Mais je tiens à cette affirmation :

– Je ne regrette rien.

Elle prend ma main, elle la serre très fort.

– Si tu veux, je t'accompagnerai à Florence.

72.

JOURNAL DE MARIE-SOPHIE

C'en est fini de l'Empire, ou ça va l'être ! Napoléon III, c'est acquis, avec la défaite à prévoir ! L'empereur s'est rendu à Bismarck. Le voici prisonnier à Sedan. Bientôt, on ne parlera plus de lui, comme on ne parle plus de François II ni de moi. L'Italie nouvelle n'est pas intervenue malgré ses appels au secours. En un mot, elle n'a pas rendu ce qui lui avait été donné par la France, vendu, plutôt. Peu importe. Le tour des Savoie viendra un jour. Mais serai-je là pour applaudir leur chute ?

Paris est assiégé. Un seul homme émerge du fouillis général : Gambetta, enfui de Paris en ballon ! Il veut reprendre la lutte, j'ai des doutes.

Je mène une vie de semi-recluse en plein été. Les courses de chevaux sont suspendues pour l'heure, évidemment. J'ai tenté d'écrire à Giacomo, mais en vain. Le courrier ne part plus, et même si c'était le cas, il n'arriverait pas à destination. Je suppose que mes filles vont bien. Giacomo, si dur soit-il à mon égard, me donnerait sûrement des nouvelles d'elles, si le destin se prononçait en mal à leur égard. Il ne me reste plus qu'à attendre et à espérer. Je ne demande plus rien à la Sainte, j'en ai assez de me prosterner et de lancer des suppliques. Je crois que François est en Italie du Nord, il se fait appeler « comte de Castro » et personne ne sait qui il est. On me raconte qu'il se promène avec une canne dont il a maintenant besoin, et prie toujours autant. Cette vie doit lui convenir parfaitement. Et Armand ? Ah, Armand !... Il est revenu me voir après la défaite, il ne croit pas dans les chances françaises de renouer avec la victoire. Il est désabusé, furieux contre l'armée et le monde politique, Gambetta compris. Il m'a, par ailleurs, annoncé une nouvelle assez stupéfiante : l'un de ses camarades, membre des zouaves pontificaux, lui a proposé de venir le rejoindre. Mais quelle idée ! Que va-t-il faire là-bas ?

– Ce n'est pas ton combat, tu n'as rien à en attendre. Je connais Pie IX, il n'est ni généreux ni reconnaissant. En un mot, il ne fait rien pour rien. C'est le pire homme politique de l'Italie, plus néfaste, plus sournois encore que Victor-Emmanuel et Cavour, qui avaient au moins l'ambition de parvenir à une Italie unie !

Il ne répond rien. Je découvre alors son entêtement. En réalité, il est profondément vexé d'avoir appartenu à une armée de vaincus. Il imagine qu'en s'enrôlant parmi les zouaves, il se rachètera.

– Toi-même, Marie-Sophie, à Mentana tu as été vainqueur !

Certes, mais comment lui expliquer qu'avant de connaître cette petite victoire, surtout obtenue grâce aux Français et à leurs fusils Chassepot, il m'a fallu subir d'immenses défaites ?

Mais je le comprends. À Rome, je ne supportais plus d'être exilée. J'étais prête à tout pour renverser la situation et reconquérir mon royaume.

– À tout, tu entends, Armand ? À tout, y compris au pire !

– Que veux-tu dire ?

J'hésite un instant, mais nous sommes parvenus à une telle intimité que je peux tout lui avouer. Je m'enveloppe dans une robe de chambre. Il s'installe sur le fauteuil en face du mien. Ce ne sont pas des choses qui se racontent au lit entre la couverture et l'oreiller. Il tire sur une cigarette et m'en offre une. J'ai gardé cette habitude de fumer. Et je parle. Ça dure un moment dans la nuit. Et tout y passe, François, la *matrigna*, la Sainte, Giacomo, *L'occhiello rosso*, le Volturno avec Garibaldi presque vaincu mais finalement vainqueur, Gaète, la scène dans la cave de la forteresse, l'amour sur le sable et l'exécution de la Rizzo. Il écoute sans dire un mot. Il me regarde et dans ses yeux, je sais qu'il gardera le secret. J'ai une confiance absolue en lui. Nous sommes tous les deux des vaincus et la solidarité entre vaincus, c'est plus fort que tout. Il se lève et vient me caresser la joue.

– C'est cela que tu appelles le pire ?

Je secoue la tête, le pire reste à venir. Armand ne me quitte pas du regard, je sens que ces événements que je revis en les lui racontant, il les ressent lui aussi.

– Que pouvait-il y avoir de pire que de perdre ton royaume ? demande-t-il.

Alors, je lui livre la suite. Ma grossesse, le départ forcé de Rome et le retour en Bavière sous un faux prétexte, ce conseil de famille avec le roi Maximilien et son frère, l'abbé, le terrible abbé, ma mère impitoyable, mon père et Sissi heureusement. Je raconte comment ces enfants sont nées en secret dans une cellule de couvent.

– Il y en avait deux ?

– Oui, deux adorables petites filles ! L'abbé les a baptisées Daisy et Viola.

Je raconte encore comment Giacomo les a enlevées pour les emmener chez lui à Milan. Il soupire de soulagement.

– Au moins elles étaient sauvées ! dit-il.

Je secoue la tête. C'est cela, le pire. Les *briganti*, la pharmacie Vagnozzi, l'arrivée de Giacomo et de la Reine des pauvres.

– Il m'a montré le papier laissé par les auteurs du rapt. J'ai eu le choix : mes filles me seraient restituées si je quittais Rome et renonçais au royaume de Naples. Il fallait choisir. Je sortais à peine de la réunion qui venait de se tenir avec tous ces gens qui se dévouaient pour moi, qui donnaient leur vie.

– Et tu as choisi le royaume.

– Oui. J'ai abandonné mes filles, j'ai refusé de quitter Rome, de renoncer. J'ai laissé mes filles crever ! Je suis une salope, une mère indigne.

Il attend la suite. Je lui parle de Nina, de Mentana, de l'autorisation du pape.

– Et après ?

– Giacomo est allé chercher les filles. Il les a trouvées. Grâce à Nina, et elle en est morte. Elle a payé de sa vie leur retour.

Armand reste sans rien dire. Assis face à face, chacun dans son fauteuil sous la lampe à huile, à tirer sur sa cigarette. Au bout d'un temps infini, il écrase son mégot et s'approche de moi.

– Je ne veux plus jamais t'entendre dire que tu es une salope ! Tu m'entends ? Tu as été prise dans des événements plus forts que toi.

Le lendemain, il repart à Rome avec les zouaves du pape, il a une filière pour quitter Paris.

73.

J'ai demandé à mon avocat de m'accompagner à Florence. Pas n'importe quel avocat, un type redouté, vaillant dans les actes de défense, très fin en même temps. C'est ce que l'on dit de lui.

Il veut tout savoir. Il apprend donc tout depuis Marie-Sophie à *L'occhiello rosso* jusqu'au moment où je fais arracher le cœur d'*U curtu*. Je ne dissimule rien. Je voudrais que lui juge mes actes avant les juges de la commission militaire. Il s'y refuse. On ne juge pas les clients, on les défend, ce n'est pas pareil. Nous décidons de convoquer le médecin. Le bourreau, les pisteurs, ce n'est pas la peine, ils n'ont fait qu'obéir à mon ordre. Le seul responsable, c'est moi.

– Je dois vous prévenir, dit-il, les hommes qui composent ce genre de commission, je les connais. Ces militaires gradés n'ont participé qu'à des batailles rangées. Ils ignorent tout des combats que vous avez menés dans le *Mezzogiorno*. Ils n'en ont pas la moindre idée et ne connaissent que le règlement.

– Et les parlementaires ?

– Ce sont de simples politiques. N'attendez rien d'eux, ils jugent en fonction de leurs intérêts. Le reste, ils s'en moquent.

Il fouille dans les documents que je lui ai apportés.

– Je vois que la commission sera présidée par *l'onorevole*[1] Casati, un Milanais. Vous le connaissez ? Il a été plusieurs fois ministre.

– Je l'ai croisé aux cinq jours de Milan. Il était le *podestà* de la ville. Sa fille Anna a été ma maîtresse. Je l'ai renvoyée quand j'ai découvert qu'elle m'espionnait pour le compte de Radetzky, le gouverneur autrichien.

– Que pensez-vous du père ?

– Du mal ! Il voulait se rallier au plus fort, d'abord à Radetzky, puis à Charles-Albert de Savoie, qui faisait payer cher son intervention. C'est un opportuniste acharné.

Il hoche la tête.

– Qu'est-ce que je risque ?

– Tout, répond-il, surtout le pire.

Cette longue nuit qui s'annonce me fait penser à celles qui précèdent les batailles, quand on ignore si on sera encore vivant le lendemain. Ces nuits hantées par les soupirs des hommes, les hennissements de chevaux, et les mots de passe chuchotés à l'entrée du camp. Mais cette nuit, je suis seul, j'erre dans la ville sacrée de la Renaissance et n'entends que mes pas qui résonnent sur les pavés. Demain, m'a dit mon avocat, Oddo Bocci, tout peut arriver. Je peux être acquitté ou déclaré coupable, chassé de l'armée, envoyé devant un peloton d'exécution. En réalité, le véritable motif de cette commission est d'attaquer le gouvernement à propos du *Mezzogiorno*. C'est purement politique.

1. L'honorable, c'est-à-dire le parlementaire.

– Cela dépendra de quoi ?

– De tout, de vous d'abord, de votre manière de répondre, de la déposition du médecin, de l'état d'esprit des juges surtout.

– On les connaît…

– Sans doute, mais ils peuvent avoir une idée préconçue et en changer en cours des débats. Ils peuvent vous détester le matin et vous adorer le soir… En matière de justice, une seule règle compte, la qualité des hommes !

J'aurais préféré n'importe quelle bataille à ce combat-là. Il m'a été conseillé de dormir, mais je n'y arrive pas. Je déambule entre le Bargello, l'Académie, la Signoria et San Marco. Quand j'étais enfant, ma mère m'avait emmené à Florence. J'étais tenu de tout admirer, mais je m'ennuyais ferme. Aujourd'hui, dans cette capitale déserte et fastueuse, je repasse aux mêmes endroits. J'ai quarante-deux ans, je suis général, je suis seul, et demain, je vais affronter une situation où je ne maîtriserai rien. Mon sort dépend du bon vouloir de mes juges. C'est cela qui m'inquiète, de voir mon sort remis en des mains étrangères, moi qui ai le plus souvent décidé et commandé. Je repense aux femmes de ma vie, Krista, Marie-Sophie, Nina, Graziella… jusqu'à Anna Casati, celle qui m'a espionné, la fille de celui qui me jugera demain. Je me décide enfin à rentrer à l'hôtel. Une silhouette dans l'ombre.

– Je t'attendais, dit Angelina.

74.

« Rome, 5 septembre 1870.

Madame, ma reine, Marie-Sophie, mon amour,

Le trône de saint Pierre est, de tous les trônes, le mieux organisé. Il correspond avec ses nonciatures par des réseaux secrets bien plus efficaces que toutes les postes d'État. C'est ainsi que j'ai appris que je pouvais t'écrire autant que je le souhaitais, avec la garantie que ma lettre te serait personnellement remise par un messager du nonce. Tu pourras en faire autant en indiquant à ce messager le jour et l'heure auxquels tu lui remettras la lettre qui me sera acheminée par les mêmes voies.

Me voici donc à Rome, au service du pape ! Je porte le chèche, les pantalons bouffants, la chemise, tout ce qui fait un vrai zouave ! Pie IX m'a salué en passant les troupes en revue, il m'a félicité de mon engagement, et comme je lui disais que je t'avais rencontrée à Paris, il m'a chargé de te transmettre sa paternelle et pontificale bénédiction. Voilà qui est fait !

Mais parlons plutôt de nous. Notre rencontre, j'en fais l'aveu, est l'événement le plus extraordinaire, le plus merveilleux (pour la suite et les adjectifs, lis la lettre de Mme de Sévigné à son cousin Coulanges pour lui annoncer le mariage de Lauzun avec la Grande Mademoiselle, il y a dix lignes d'adjectifs, et je me les approprie tous...) de ma vie. Mon mariage ne m'a pas rendu malheureux ni heureux non plus. Le destin est passé par là. Et voici qu'au moment où je m'apprêtais à poursuivre ma vie entre des exercices militaires et l'exploration des livres, avec peut-être quelques rencontres de hasard qui l'auraient égayée, je te croise, fabuleuse héroïne des temps nouveaux, astre inaccessible, voici qu'on se revoie, tu l'acceptes...

Il me fallait être digne de toi. Il me fallait exister. En quête d'une gloire qui n'a cessé de me fuir, je dois revenir auréolé de lauriers. Vaine et puérile recherche ? Je n'en suis pas certain, je crois même l'inverse. C'est une idée que je me fais de moi et de nos rapports à venir. Un peu d'égalité, je te prie !

En attendant, j'arpente Rome en compagnie de cet ami qui m'a fait venir. Je me suis arrêté devant le palais Farnèse, aujourd'hui fermé, qui a été ton dernier palais. Je suis même allé jusqu'à la pharmacie Vagnozzi au Campo dei Fiori, là où sur l'ordre d'un pape furieux fut brûlé Giordano Bruno. Je te vois partout, je te respire partout, j'apprends l'italien. J'attends la guerre qui ne devrait pas tarder selon ce qu'on me dit. Je veux en revenir vivant et enfin digne de toi.

Armand »

75.

Cette première nuit à l'hôtel *Mona Lisa*, nous la passons à parler. Elle surtout, parce que cela suffit, de parler de mes guerres. Et que d'elle, je veux tout connaître. Du procès du lendemain, pas un mot. C'est assez de savoir qu'il aura lieu. Donc, il faut qu'elle dise tout sur sa propre vie. Je le lui demande parce que je suis curieux d'elle, comme on l'est d'une femme que l'on est prêt à aimer. Elle le ressent, cet amour que je vais lui offrir et qu'elle me rendra. Cet amour que nous n'avons jamais évoqué.

D'une voix entrecoupée de soupirs, elle raconte cet homme qu'elle devait épouser. Cet homme plus âgé, et bien fait de sa personne, issu de la même aristocratie sicilienne. Cet homme effrayant par l'autorité terrifiante qui se répandait autour de lui comme un brouillard.

– Mais enfin, il devait bien rencontrer des résistances. Toi par exemple, il n'est pas parvenu à t'avoir.

– Parce que je me suis enfuie. Je suis allée trouver l'évêque et il m'a aidée. Le lendemain, j'entrais au couvent, celui de San Benedetto parce qu'il n'était pas encore régulier et que les règles d'admission étaient plus faciles.

– Et il n'a pas tenté de te reprendre ?

– Il ignorait où j'étais. Et il a été pris de court. J'ai disparu du jour au lendemain, la veille de l'annonce de notre mariage.

On ne passe pas des années dans le *Mezzogiorno* sans apprendre les dures règles qui gouvernent les familles siciliennes.

– Il t'aimait, cet homme. Tu lui plaisais, sinon il ne t'aurait pas choisie.

L'aimait-il à sa manière ? Elle l'ignore. Ce dont elle avait la certitude, c'est que du jour où elle serait son épouse, elle cesserait d'exister.

– Comment cela ?

Souvent, elle s'est posé cette question sans jamais trouver de définition. Un jour, elle avait cédé et couché avec lui. Elle ne s'était pas sentie en mesure de lui opposer quoi que ce soit, comme si d'elle il pouvait déjà tout exiger.

À peine entrée au couvent, elle avait écrit à sa mère une longue lettre, une lettre de mère à fille, de femme à femme. Cette lettre n'avait jamais reçu de réponse.

– Plus tard, quand mon père est mort, le notaire m'a écrit pour m'informer que j'étais exclue de sa succession, et me demander si je contestais le testament qui me privait de tout, sauf de mon titre de princesse. Je lui ai répondu que je n'avais aucune observation.

Elle s'interrompt et se serre contre moi, elle n'en peut plus, elle s'est vidée de son histoire de mariage et de famille. Il fallait qu'elle la confie à quelqu'un, et cette personne, c'est moi.

– Et puis, reprend-elle, les années sont passées. Un jour, les filles sont arrivées, portées par des *briganti* qui ne viendraient peut-être jamais les reprendre. Ce moment-là, c'était pour moi comme une revanche du bonheur. Je me moquais de savoir d'où elles venaient, qui elles étaient et de quoi elles étaient l'enjeu. Elles devenaient mes filles, et dans ma vie aride de révérende mère, les jumelles étaient comme un signe de ce Dieu auquel je ne croyais plus.

Nous nous endormons sur l'histoire des filles, épuisés par la force de l'histoire d'Angelina, elle qui l'a racontée, moi qui l'ai écoutée. Et toute cette force nous a tellement occupés qu'il n'en reste plus pour faire l'amour.

76.

Dans une des salles du palazzo Bernini, au plafond à fresque, au mobilier de bois sombre et aux murs recouverts de portraits des héros du Risorgimento, Casati, empli de sa fonction, va psalmodier les grands principes, susciter l'admiration dévote de ses assesseurs, des militaires et des autres *onorevoli* qui l'entourent. En un mot, il va faire *bella figura*[1]. D'emblée, il m'attaque.

– Général, les faits qui vous sont reprochés sont d'une extrême gravité car ils se situent en dehors de toute règle du droit italien et de toute discipline militaire. Il s'agit, je le rappelle, d'avoir commandé que l'on arrache le cœur de son vivant à un prisonnier, un nommé Arcangelo Pillistrici, plus connu sous le nom d'*U curtu*. Reconnaissez-vous ces faits ?

– Oui.

– Vous ne les discutez pas ?

– En aucune façon, je prends mes responsabilités. J'ai donné cet ordre, j'étais présent lors de son exécution.

1. Faire le beau, la vedette.

– Évidemment, cela simplifie la situation. C'est plutôt courageux de votre part, je dois le reconnaître.

Il se tourne vers ses assesseurs, les militaires (trois généraux) et trois *onorevoli*, qui opinent. Oui, c'est très courageux compte tenu du risque et de l'enjeu.

– Les regrettez-vous au moins ?

– Si c'était à refaire, je n'hésiterais pas.

Ne pas regretter ses fautes, ce n'est pas chrétien, c'est comme une adhésion au diable. Certains juges font un discret signe de croix.

– Vous êtes libre de vos regrets comme de leur absence, assène Casati, glacial.

– J'ai toujours pris mes responsabilités, moi, lui dis-je en le fixant. Dès les cinq jours de Milan. J'avais vingt ans.

– En effet, général, vous étiez présent, je puis en témoigner.

– J'étais sur les barricades, Casati, pendant que vous faisiez vos dévotions au gouverneur autrichien, avant de les refaire au roi piémontais.

Un silence gêné, les juges se jettent des coups d'œil entre eux. Casati bredouille.

– Appelez-moi « monsieur le président », ces temps glorieux ne sont pas l'objet du procès, et je ne suis pas en cause.

Les juges sont déçus. Dommage que l'on n'aille pas un peu plus loin. C'est intéressant, ce que je dis sur le compte de Casati. D'ailleurs, tout en lui manifestant la déférence due au président, on sait qu'ils le détestent secrètement. Casati lit le rapport d'un sergent qui n'était pas présent sur les lieux, mais qui a entendu un soldat raconter l'exécution barbare d'*U curtu*.

– Quelles sont vos explications, général ?

– L'arrachage du cœur était l'une des pratiques habituelles d'*U curtu*. Il le faisait sur nos hommes quand il parvenait à s'emparer d'eux, et sur les siens quand il considérait qu'ils l'avaient trahi.

Chuchotements des juges. Casati se racle la gorge.

– Pouvez-vous prouver ces affirmations ?

L'avocat Bocci se lève.

– Allez-vous mettre en doute les affirmations du général, monsieur le président ?

– Je suis obligé d'exiger des preuves.

Bocci, qui n'attendait que ça, fait entrer le médecin qui accompagnait le détachement lors de l'expédition.

– C'est moi, dit ce médecin, qui ai détaché la jeune femme, la fameuse Reine des pauvres.

– De quelle reine parlez-vous ? demande Casati au médecin. Il n'en est pas fait état dans les rapports.

– Vous ne vous êtes donc pas interrogé sur le but de cette expédition, qui était de délivrer cette femme ? observe Bocci.

– Docteur, poursuivez.

Le médecin raconte tout, des cadavres examinés, jetés devant la caserne, au corps de Nina, avant qu'elle n'expire après m'avoir murmuré quelques mots.

– Général, vous souvenez-vous de ce qu'elle vous a dit ?

– Tout à fait. Elle m'a dit : « Souviens-toi de moi. »

– Vous la connaissiez ?

– Oui, nous étions ensemble aux cinq jours de Milan, à Rome avec Garibaldi au temps de la République romaine. Nous avions été blessés en même temps quand les Français ont attaqué.

Nouveaux coups d'œil des juges entre eux. Ces événements dans la saga du Risorgimento sont considérés comme des moments héroïques.

– Docteur, poursuivez votre déposition, grommelle Casati, qui sent le procès lui échapper.

Le médecin détaille les viols commis par des auteurs différents, toujours avec barbarie. Il en vient aux plaies encore vives.

– Des brûlures, messieurs, sitôt après les viols, sur les parties intimes de cette femme, manifestement au fer rouge. Avant d'être poignardée. Elle a survécu une minute ou deux avant de parler au général, quelques mots seulement.

– Cela n'empêche pas, observe l'accusateur public, un parlementaire désigné par Casati, que les actes du général Cesari envers M. Pillistrici, si critiquable soit ce dernier, ne peuvent être acceptés au sein de l'armée d'un État démocratique. Les peuples d'Europe nous regardent, messieurs les juges. L'ordre dans l'Italie nouvelle ne peut être la répression aveugle ou la torture. Nous devons être inflexibles envers nos propres héros. Je réclame la dégradation du général Cesari, son exclusion de l'armée et dix ans de réclusion dans une forteresse militaire !

Le réquisitoire est aussi bref que percutant. Les juges se regardent encore, se reprochant d'avoir failli céder à l'émotion. Rien ne justifiait de commettre un acte d'une telle sauvagerie. Il aurait fallu le faire fusiller. Mais ça... Casati se rengorge, le procès est en train de tourner à son avantage.

– *Avvocato* Bocci, demande-t-il, combien de temps durera votre *arringa*[1] ?

– Le temps qu'il faudra, répond Bocci sèchement.

Un huissier vient chuchoter à l'oreille de Casati.

– Messieurs les juges, un témoin qui n'a pas été cité demande à être entendu.

Les assesseurs font un signe négatif de la tête. Mais l'huissier revient, chuchote de nouveau. Casati pâlit.

– Messieurs les juges, ce nouveau témoin, c'est Sa Majesté Victor-Emmanuel II, roi d'Italie.

---

1. Plaidoirie.

Nouveaux signes de tête, mais emplis de déférence et de respect alors que le témoin royal n'est pas encore apparu. La porte s'ouvre à deux battants, les sentinelles présentent les armes. Tous se lèvent. Le roi fait son entrée. Il est en uniforme, pansu, moustachu, impérieux, tel qu'en lui-même.

– Sire, dit Casati, suintant d'amour et de dévotion, si vous souhaitez être entendu comme témoin, il faut décliner votre identité.

– Je suis Victor-Emmanuel de Savoie, ma fonction est d'être le roi de l'Italie. Vous faut-il d'autres précisions ?

– Non, bien sûr, bafouille Casati, notre tribunal est très honoré de votre présence. Nous vous écoutons avec intérêt et respect.

– Messieurs, dit le roi, il n'est pas d'usage que le souverain en exercice soit entendu par une juridiction quelconque en qualité de témoin. Le général Cesari aurait pu me faire délivrer une citation à comparaître. Il ne l'a pas fait par un souci de discrétion envers son roi. J'ai donc décidé de venir témoigner afin que les choses soient bien claires dans vos esprits.

Il marque un temps d'arrêt. Silence absolu dans la salle. Le roi fait signe à l'huissier pour que les portes soient fermées et gardées. Nul ne doit pénétrer pour entendre sa déposition.

– Messieurs, ce qu'a fait le comte Cesari, et qui lui est curieusement reproché à la suite de manœuvres politiques que je m'abstiendrai de commenter…

Le roi fixe Casati qui, c'est notoire, a voulu ce procès, l'a organisé, avant de le présider.

– Ce qu'a fait le comte, reprend le roi, l'a été sur mon ordre et mon instruction formelle. Mes mots exacts ont été : « Brûle, pille et tue ! » Il avait donc le choix sur la manière de donner la mort. Je lui ai dit que le royaume de Naples devait se soumettre si l'on voulait éviter qu'il échappe à l'Italie. Il s'ensuit, poursuit-il, que le mode d'exécution du brigand

U curtu rencontre mon entière approbation. Qu'aurait dit l'Europe, messieurs, si le royaume de Naples en ébullition était retourné entre les mains des Bourbons ? La guerre est cruelle, je parle de cette nouvelle guerre que nous n'avons pas déclenchée, mais qui nous est imposée après que nous avons gagné la précédente. Selon les informations que je reçois, cette guerre est en train de prendre fin. Le *Mezzogiorno* est à nous. Après les événements de Pontelandolfo et de Casalduni, j'ai personnellement décoré leurs auteurs. Le fait que l'on ait arraché le cœur d'*U curtu* entrait dans la mission du comte. J'en ai terminé.

Le roi fait un salut militaire. Les juges se lèvent de nouveau, les généraux lui rendent son salut.

– *Avvocato* Bocci, vous avez la parole, dit Casati.

Bocci se lève.

– Le roi a mieux plaidé que je ne saurais le faire, dit-il avant de se rasseoir.

La délibération dure une demi-minute. Je suis acquitté de toutes les charges qui m'étaient reprochées, verdict à l'unanimité, précise Casati, de nouveau souriant, affable, politique, comme s'il était au Parlement.

77.

« Mon bon ami,

J'ai reçu avec une heureuse surprise ta lettre à laquelle je m'empresse de répondre. Je crains de supporter dans tes choix de vie et de glorieuse carrière une injuste responsabilité. Sache que rien ne me destinait à rencontrer et à subir les événements que j'ai vécus. J'ai dû réagir à des situations que je ne soupçonnais pas. Et tous mes choix n'ont pas été heureux, loin de là. L'abandon de mes filles en est la preuve. Abandon qui me hantera jusqu'à la fin de mes jours. Cette voie que tu cherches confusément est un piège. J'ai croisé beaucoup d'hommes empreints de cette même gloire, et crois-moi, elle est plus pesante que gratifiante.

Sache que, de toi, je n'attends aucun acte héroïque. J'en ai assez des héros, les vrais et les faux ; assez des clairons, des hymnes et des décorations. Je veux un homme généreux, tendre, sensible et aimant. Cet homme, c'est toi. Reviens ! Reviens-moi, cher Armand, en civil avec des livres sous le bras. Ici, la situation est difficile. Personne ne sait ce qui va se passer. Paris est encerclé et je ne crois pas dans les rodomontades de

Gambetta. La guerre va s'achever et les Prussiens vont se montrer gourmands, exiger l'Alsace et la Lorraine, mais nous survivrons, même si l'Empire allemand est proclamé aux frais de la France. Tu vois, j'en parle comme si j'étais moi-même française ! L'autre guerre, la guerre civile, celle des pauvres, cette guerre-là, je la crains. Elle se prépare, elle gonfle à Paris. J'ai besoin de toi ici. Reviens ! Rejoins-moi par tous les moyens. Là sera ta vraie gloire !

Je t'embrasse, mon bon ami.

Marie-Sophie »

*

La seconde nuit, je la passe avec Angelina. Elle a pu assister au procès à huis clos grâce à l'*avvocato* Bocci, qui l'a fait passer pour sa collaboratrice. Et dans notre histoire survient ce moment de bonheur, ce moment qui dure toute une nuit à l'hôtel *Mona Lisa* de Florence.

Je découvre cette jeune femme tout en douceur, en beauté, en charme et en séduction. Dans ces vies agitées, ces vies tourmentées, il faut ces instants où tout glisse, tout est pur, tout est beau.

Au matin, elle me montre la lettre qu'elle a préparée pour le Vatican pour démissionner de ses fonctions d'abbesse et quitter son état ecclésiastique. Elle la signe : princesse Angelina de Villadorata.

78.

– Ne me remercie pas, cher comte, mon témoignage t'était dû. Et tu sais que je suis comme le pape, je ne fais jamais rien pour rien !

Le roi Victor-Emmanuel se lève et s'approche de moi.

– Avant de tomber, Napoléon III a retiré ses troupes de Rome pour les faire participer à la guerre contre les Prussiens. Rome n'est plus défendue que par les zouaves. Ils sont dévoués, courageux et bons combattants. Il va falloir en venir à bout sans états d'âme. Je te confie cette mission qui te fera haïr de tous les catholiques d'Europe et d'ailleurs. Prendre Rome par tous les moyens ! Rome comme le Sud ! Voilà, cher général, cher comte Cesari, cher cousin, cher Giacomo, ce que ton roi, ce que l'Italie attendent de toi !

Le pape a reçu un ultimatum : laisser entrer les troupes italiennes dans son État. Il a refusé. Alors, j'ai fait amener les canons, et les zouaves se sont postés sur la muraille. Nous sommes le 20 septembre 1870, il est cinq heures du matin, et les bombardements du rempart d'Aurélien ont commencé. Les canons se sont mis à tirer et les zouaves à répliquer. Ils se battent bien, ces zouaves, ils défendent leur pape, l'Église et leur honneur.

J'ordonne un premier assaut. Les hommes se lancent en avant avec des échelles. Rien n'y fait. Les zouaves les repoussent, font basculer les échelles avec des grappes d'hommes accrochées aux barreaux. Parfois les *bersaglieri* parviennent à prendre pied au sommet. Pas question d'emporter des fusils, ça se règle au sabre. Sabre dégainé, je saute sur une échelle, et quand je parviens au sommet, les lames s'entrechoquent. Les blessés basculent parfois à l'intérieur du rempart, parfois dans le vide. Des cris et des corps qui roulent, puis tombent en bas. Des fenêtres des maisons, les zouaves tirent sur mes *bersaglieri*. Puis l'assaut prend fin, le clairon sonne la retraite, et les *bersaglieri* redescendent par les nouvelles échelles que leurs camarades ont appuyées sur les remparts.

C'est le dernier acte, la prise de Rome pour le nouvel État italien. Rome ne peut plus résister longtemps, Rome qui va tomber. Une fois qu'elle sera aux mains de l'État italien, l'unité sera enfin accomplie. Il ne manque plus que la capitale. C'est comme aux échecs. Tant que le roi n'est pas mat, la partie se poursuit. Si le roi est pat, il ne peut plus bouger, mais s'il n'est pas pris, la partie est nulle. Sans vainqueur ni vaincu. Et ils le savent, les défenseurs du pape. Tant que Rome n'est pas tombée, même si le pape ne peut plus agir, ils n'ont pas perdu. En un mot, si l'assaut échoue, si les *bersaglieri* se retirent parce qu'ils ont trop de morts, que leur artillerie est épuisée, le pape sera pat. Et c'est pour cela que les zouaves se déchaînent.

Je demande le décompte des pertes. Dix morts, quinze, vingt maintenant, des blessés, quatre-vingts pour l'instant. À l'arrière, les tentes hôpitaux sont dressées. Je vais voir les blessés, j'accroche des médailles, on m'acclame, ils sont bien aimables, ces blessés. Les morts, eux, ne disent rien.

Il faut changer de tactique. Ces assauts du mur d'Aurélien n'aboutiront pas. Je persiste, je vais m'épuiser. Alors je fais venir les canons, tous les canons. Je les fais pointer sur un endroit du rempart, celui que j'ai repéré. Les salves se multiplient, le haut de la muraille est déjà décapité. Des obus ! Encore des obus ! Et ça n'arrête pas, des morceaux de rempart s'écroulent les uns après les autres, et la brèche apparaît au niveau de la porte Pia. C'est par là qu'il faut passer. Cette brèche ressemble à celle de Gaète. Je lance l'assaut des hommes à pied, baïonnette au canon. Les zouaves forment déjà le deuxième rempart. Ils sont en ligne, les premiers à genoux, les autres debout. Ils tirent les uns après les autres, et mes hommes en face tombent. Je fais donner la réserve, les meilleurs, ceux qui se battent le mieux. Et je me mets à leur tête. Le combat se déroule sur la brèche maintenant. Les cris, la poudre, les lames ! Les zouaves aussi ont placé là ce qu'ils avaient de mieux. Leur colonel tourbillonne, un sabre dans chaque main. Il se bat, ce colonel, fait le vide autour de lui, mais il est encerclé. Il élimine un, puis deux *bersaglieri*, mais le troisième enfonce sa baïonnette dans sa poitrine. Le colonel tourne toujours sur lui-même. Je m'approche, je l'observe, l'arme basse. Il ne va pas tenir longtemps. L'autre me repère, lance encore deux ou trois coups autour de lui.

– Rendez-vous, lui dis-je, vous en avez assez fait.

Nos regards se croisent. Je ne lève pas mon arme. On ne donne pas un dernier coup à un homme pareil. Il plie les genoux, cet homme, les *bersaglieri* reculent. L'un d'eux veut s'approcher l'arme haute, mais je l'arrête. Le colonel s'effondre, ses deux sabres gisent à terre, lui aussi, les mains ouvertes au bout des bras en croix. Il est mort.

Tout autour, des cris, les zouaves reculent. C'est fini. La

porte Pia est tombée, Rome est prise. Les *bersaglieri* se précipitent à l'intérieur. Les Romains aux balcons les acclament, ils arborent des drapeaux italiens. Kanzler, le général des zouaves, vient remettre la reddition de ses hommes. C'est la fin du Risorgimento. Rome est italienne. On m'annonce les pertes : quarante-neuf morts ! Les zouaves, on ne sait pas.

Je veux que l'on ensevelisse ce colonel dans son drapeau, j'ordonne que les honneurs militaires lui soient rendus. On m'apporte une enveloppe trouvée dans ses poches. Elle n'a pas été ouverte et elle est tachée de sang. Une lettre de femme, me dis-je. Je la retourne et aperçois le nom de l'expéditeur : Marie-Sophie de Bavière. Suit l'adresse à Neuilly.

*

« Marie-Sophie,

Je te renvoie cette lettre trouvée dans les vêtements du colonel des zouaves Armand de Lawayss. Il n'a pas eu le temps de la lire, car l'assaut de mes bersaglieri *venait de commencer. Elle est datée sur l'enveloppe du 11 septembre 1870. Sache que le colonel s'est battu magnifiquement, il s'est comporté en héros et je lui ai fait rendre les honneurs militaires. Les filles vont bien. Je t'adresse la présente par l'intermédiaire de l'ambassade italienne via le courrier diplomatique.*

Je t'embrasse,

Giacomo »

79.

JOURNAL DE MARIE-SOPHIE

Voici maintenant six mois que j'ai appris la mort d'Armand. J'aurais pu refaire ma vie avec lui s'il ne s'était entiché d'un rêve de gloire qui lui aura coûté la sienne. Quelle étrange coïncidence, cette rencontre silencieuse entre les deux hommes qui auront compté pour moi, sur le rempart de Rome. J'ai lu dans les journaux le compte rendu de la bataille. Certains écrivent que les zouaves n'ont opposé qu'une résistance de principe, d'autres que l'affrontement a été acharné et les victimes nombreuses des deux côtés. Ma conviction est faite, elle est dans ce mot bref et terrible de Giacomo. A-t-il deviné nos liens ? En *galantuomo*, il m'a retourné la lettre sans l'ouvrir, et en saluant la bravoure de son ennemi. Si Armand avait lu ma lettre, m'aurait-il écoutée ? Je ne cesse de me demander ce qu'il aurait fait. Serait-il aujourd'hui de retour, sans gloire mais vivant, au lieu de croupir dans un quelconque cimetière pontifical ?

Un choc de plus à encaisser. Une perte, encore. J'espérais avoir à Paris une existence sereine, entre les soirées chez la princesse Mathilde et les chevaux du baron de Rothschild. Le sort des nations en décide autrement. À croire qu'il suffit que j'arrive quelque part pour que le cours paisible des événements s'en trouve bouleversé. Je l'ai bien vu à Naples, puis à Rome, maintenant ici. Me voici enlisée dans la tragédie française. La guerre contre les Prussiens est définitivement perdue, celle conduite par la Défense nationale républicaine n'a pas produit de meilleurs résultats que celle de Napoléon III. Je m'en arrangerais si Paris n'était pas assiégé par l'ennemi, et si son gouverneur, le général Trochu, ne s'était pas mis en tête d'organiser des percées qui ont toutes glorieusement échoué. À l'heure actuelle, des tractations seraient en cours entre l'exécutif de M. Thiers et le chancelier Bismarck. En attendant, les obus pleuvent toujours sur la capitale ! Un armistice sera signé à des conditions qui m'indiffèrent, mais qui me permettront de partir. J'aimerais rentrer en Bavière, où ma mère Ludovica ne me repoussera plus, maintenant que ma séparation avec François est officielle. Je pourrais aussi demander à Sissi de m'accueillir à Vienne ou à Pesth en Hongrie, dont elle est désormais la reine. Je sais combien elle a souffert de ce que la Bavière s'est rangée du côté des Prussiens. Elle me l'a écrit. Mais Sissi est aujourd'hui l'une des femmes les plus célèbres d'Europe, si ce n'est la plus célèbre. Le moindre de ses gestes est décortiqué par la presse internationale. On voit sa photo partout. Je sais qu'elle cherche à marier sa fille, qui a quinze ans. Malheureusement Gisèle ressemble plus à François-Joseph qu'à sa mère ! Sissi est folle de vouloir la marier si tôt. Il faut attendre qu'elle s'arrange un peu. D'ailleurs, elle est en train de faire avec sa fille ce que notre mère a fait avec elle. Enfin, ma sœur est libre de ses choix. À ce qu'on dit, le comte Andrassy, le premier ministre, est à ses pieds. A-t-il été son amant ? Les ragots se sont tus, mais… Je m'égare.

En vérité, tout ceci ne sert qu'à repousser une nouvelle qui m'atterre : le mariage annoncé de Giacomo et de la princesse Angelina de Villadorata. Je feins l'indifférence, mais d'imaginer mon amant d'autrefois avec une autre me rend malheureuse. Parfois, la silhouette d'Armand, son sourire, son visage traversent mon esprit. Les morts nous rendent-ils visite ? Ma solitude me pèse. Ma vie me pèse.

80.

JOURNAL DE MARIE-SOPHIE

Nuit du 18 au 19 mars 1871. Je viens de vivre une nuit de folie. Alors que je rentrais de l'ambassade, où j'ai l'habitude d'aller lire la *Gazzetta del Mezzogiorno*, je me suis retrouvée en pleine insurrection.

Depuis la fin de la guerre le 1er mars, le comité central de la garde nationale a voulu mettre à l'abri des canons et mitrailleuses pour les faire échapper à la convoitise de Thiers et de ses Versaillais. Thiers, qui vient d'installer ses quartiers à Versailles, a envoyé plusieurs brigades pour reprendre ces pièces d'artillerie. Sans doute pour en finir avec l'insurrection larvée des milieux populaires. Non seulement les colonnes envoyées n'ont rien obtenu, mais en plus les troupes se sont retournées contre leurs chefs, après avoir mis la crosse en l'air. Deux généraux, Lecomte et Thomas, ont été fusillés par leurs propres soldats. Les autres généraux ont échappé de peu au même sort. Les insurgés se sont emparés des canons, ainsi que d'une poudrière et de l'Hôtel de Ville. Dès la nuit, l'insurrection s'est rendue maîtresse de la capitale. Thiers et ses ministres se sont réfugiés à Versailles après avoir donné l'ordre d'évacuation de toutes les troupes de Paris.

Voilà ce qu'on m'a dit, mais j'ai vu et entendu les insurgés braillards, les coups de feu et les chants révolutionnaires. Je me suis aussitôt hâtée de rentrer, mais le cocher du fiacre m'a abandonnée pour rejoindre l'insurrection. J'ai dû courir, j'étais seule, je n'étais pas armée, et d'ailleurs si je l'avais été, je ne sais ce que j'aurais pu faire. Je me suis perdue, j'ai dû demander mon chemin, je me suis fait traiter de sale bourgeoise ! J'ai fini par arriver chez moi, où Marietta m'attendait, folle d'inquiétude. Son ami est dans la garde nationale. Il lui a tout expliqué et elle m'a raconté. Heureusement, elle s'est gardée de dire qui j'étais, une reine, pensez donc ! Ces révolutionnaires dépourvus de chef me semblent pires que les garibaldiens.

Je me laisse tomber dans un fauteuil en pensant à ma vie. Plus rien n'a de sens. Cette ville dans laquelle je suis comme piégée, mon passé dont je ne parviens pas à me défaire, tous ces liens qui me retiennent et dont je n'ai, en réalité, aucune envie de me détacher. Pour être honnête, je ne suis sortie cet après-midi que pour trouver des informations sur Giacomo dans la *Gazzetta del Mezzogiorno*. Je voulais savoir si son mariage avec sa princesse avait eu lieu. Souci dérisoire d'une femme encore amoureuse et qui ne veut pas se l'avouer ? Sans doute… Pauvre Armand. Je l'ai déjà oublié, Armand. Il est mort, glorieusement, mais il est mort. Et si j'en ai été malheureuse en l'apprenant, je ne le suis plus. L'homme était plaisant, rassurant, chaleureux, un bon amant. Le genre de compagnon avec qui on passe sa vie dans une douceur dangereuse. Armand, c'était l'eau tranquille, le lac romantique. Je l'aimais beaucoup, je l'aimais bien, je ne l'aimais pas. Pas comme Giacomo. Lui, c'était l'éclair, les coups de feu qui claquent, les mots aussi ! Un désir violent, envahissant, impérieux, un désir comme un torrent que rien n'arrête. Et cette princesse, qui est-ce ? Est-elle belle ? Elle n'est que princesse, alors que moi, je suis une reine ! Qu'ont-ils vécu ensemble ? Supportera-t-elle mes filles ? Cette fois je m'arrête, je ne reverrai probablement ni Giacomo ni mes petites. Je vais finir seule, encerclée de séducteurs mondains auxquels je cèderai de temps à autre avant de les quitter ou d'être quittée. Voilà ce qui m'attend. J'arrête avec mes angoisses. Il est temps d'essayer de dormir.

81.

Rien n'est plus beau, plus romantique que ce voyage sur le bateau qui nous conduit de Gênes à Palerme. J'avais à peu près fait le même parcours avec Garibaldi, il y a onze ans, mais ces temps héroïques peut-être, tragiques sûrement, ne sont plus. Place est faite aux jours heureux. Les jumelles jouent à la marelle sur le pont, ma mère contemple avec bonheur les eaux bleues et tranquilles. Angelina et moi, accoudés au bastingage, l'âme et le cœur en paix, regardons défiler les côtes de la mer Tyrrhénienne. Parfois, une pensée, un mot, un souvenir passe entre nous. Le destin qui nous a secoués, chahutés, violemment bousculés, nous a oubliés. Il nous laisse aller vers un avenir qui ressemble à ce flot à peine agité de vagues frisottantes, surmontées d'une écume légère, une mousse charmante comme des cheveux d'enfant. Elle me parle, Angelina. Elle me confie qu'en se réfugiant dans ce couvent, elle avait eu le sentiment de commettre un délit familial, un genre de péché mortel car il était bien connu que de ses père et mère, comme de tous les ancêtres qui les avaient précédés, il ne pouvait advenir que du bon. Elle me décrit cette veille attentive et bienveillante que les morts exercent sur les vivants, de sorte que tout ce qui vient de la lignée ne peut que leur être favorable. C'est pourquoi les rescrits parentaux ne doivent pas être discutés puisqu'ils naissent de ce même devoir d'une action heureuse des anciens envers les enfants. Je lui fais observer qu'avec de telles règles, on peut aller loin… Elle m'approuve d'un mouvement de tête appuyé en signe qu'elle y a réfléchi, que l'infraction à cette loi, ancrée depuis l'enfance, parfois la hante encore. Je lui demande comment ses propres parents avaient pu maintenir ce mariage avec cet homme dont elle ne voulait pas.

– C'est toute la question. Je crois que l'image, la réputation de cet homme étaient si fortes dans toute la Sicile qu'à mon avis ma répugnance n'a rien pesé. Il possède, comme on dit chez nous, « la moitié de la Sicile ». Ses ancêtres ont bâti des palais, et même des villes. Leur blason est partout.

– Comment s'appelle-t-il ?

– Carlo Maria Carafa Branciforte, prince de Butera. Tu n'as jamais entendu ce nom ?

Je fais un signe de dénégation.

– Ma mère peut-être, elle est férue des dynasties nobiliaires et connaît toutes les grandes familles d'Italie. Mais je préfère ne rien lui demander.

Elle a un rire.

– Elle pourra en parler avec ma propre mère, qui vit là-dedans elle aussi. Elle était persuadée d'agir pour mon bien et celui de la famille. Épouser un prince de Butera, c'est un honneur qui rejaillit sur tous. En plus, m'a-t-elle encore fait remarquer, il est beau et intelligent. Quoi de mieux ?

Elle décrit cet homme qui semble omnipotent. Cet homme aux manières parfaites, à l'esprit vif, orné d'ironie et d'un mépris qui jamais ne s'exprime, mais qui émane de lui en permanence. Le roi Ferdinand II l'appréciait et l'invitait souvent. Lui-même organisait des réceptions parmi les plus fastueuses de la région. Il se battait souvent en duel. C'était interdit, mais personne ne s'en offusquait. Il passait pour un bretteur redoutable et mortel.

– Et tu as refusé un homme pareil !

– On ne savait jamais ce qu'il pensait. Il se disait en ville que c'était le pire. Je n'y croyais pas. J'avais tort.

Elle serre mon bras. Cette conversation réveille chez elle d'abominables sensations de peur et d'angoisse.

Le deuxième jour, Palerme est en vue. Je sens qu'Angelina est tendue. Elle me dit brusquement :

– Ne me quitte jamais.

Sur le port, une nuée de valets nous attend avec des livrées aux armes des Villadorata, et une voiture blasonnée elle aussi. Angelina contemple cette ville qui a été celle de son enfance. Je vois bien que son regard ne manque rien des rues, des palais, des statues de Palerme. Par la fenêtre lui parviennent les intonations délicieuses du dialecte.

Nous voici devant le palais des Villadorata, un premier porche puis un second, maintenant une cour dallée entourée de façades ornées. Encore des valets. Au sommet d'un escalier à double révolution, une femme lui ouvre les bras. Sa mère.

Angelina descend la première, elle va monter l'escalier, elle me murmure avant la première marche :

– Méfie-toi des Siciliens.

82.

JOURNAL DE MARIE-SOPHIE

« Le peuple n'est pas méchant, me dit Marietta. Il l'a été déjà, il le sera encore, mais aujourd'hui on ne doit rien craindre de lui. Allez, sortez de chez vous, venez voir Paris à l'heure de la Commune ! » Ma servante a raison. Cela suffit, de me morfondre, de ressasser mon histoire, mes hommes, mes filles, tout ce que j'ai perdu. J'ai eu de la chance, ma maison n'a que peu souffert des bombardements versaillais qui visent pourtant Neuilly et le quartier des Ternes. J'ai donc eu de la chance d'y échapper. Pour autant, une fois lus tous les livres confiés par Armand (je viens d'achever le dernier tome des *Misérables*), le moment est venu de sortir. Le printemps est là, celui de la Commune aussi. Il paraît que Paris s'amuse. Allons voir !

Je l'accompagne, elle et son amie Mimi, ouvrière textile dans Paris. J'y passe l'après-midi. Place Vendôme, gît à terre la colonne qui supportait la statue de Napoléon Ier. Il paraît que c'est le peintre Courbet qui en a obtenu la démolition, ce qui a donné lieu à des fêtes grandioses. La colonne a fini par tomber tandis que les orchestres jouaient *La Marseillaise*, puis *Le Chant du départ*. Le bronze a été récupéré pour la manufacture des Monnaies, la foule a escaladé la barricade et planté sur le piédestal des drapeaux rouges qui sont toujours là. On a tout aussi solennellement brûlé la guillotine aux cris de « À bas la peine de mort ! ». Et enfin l'hôtel particulier de Thiers, place Saint-Georges, a été livré à la pioche des démolisseurs. Tout le mobilier a été vendu au profit des « veuves et orphelins de la guerre infâme que nous fait l'ex-propriétaire de l'hôtel *Georges* ». Sur l'emplacement de la luxueuse maison, on construira un jardin public.

Marietta, Mimi et leurs deux gandins, membres de la garde nationale, m'entraînent au spectacle. On donne *Les Gammes d'Oscar*, opérette en un acte, ou *Le Canard à trois becs* qui en compte trois. Mais le mieux, c'est le bal quand s'annonce la nuit au Luxembourg, aux Champs-Élysées. Les musiciens jouent, les chanteuses s'époumonent aux applaudissements du public. J'ai entendu Mme Rosa Bordas, la reine des quartiers ouvriers, qui l'adorent. Cette femme forte aux traits massifs chante *Le Bonheur des champs*, et surtout *La Canaille*, le meilleur morceau de son répertoire, que le public reprend en chœur : « C'est la canaille ! Eh bien ! j'en suis ! » On me tend un verre, puis deux, et moi aussi je chante : « La canaille, j'en suis ! »

Je me laisse entraîner sur la piste. Je ne connais pas ces danses, mais je me grise avec bonheur et cela ne m'est pas arrivé depuis longtemps. Mais là, dans cette foule chaude, gaie, ivre, cette foule qui parcourt le bal en plein air avec les rires énervés des filles, les grosses voix des hommes qui les enlacent, je me laisse conduire, car personne ne me connaît. Un garçon me colle un peu, il veut danser avec moi et écarte les autres postulants. Au début, je proteste, puis je me laisse faire. Nous voici sur la piste, il veut m'embrasser. Je détourne la tête. Il n'insiste pas, mais a un air contrit. Alors, c'est moi qui l'embrasse et il n'en revient pas. Il a de grosses rouflaquettes sur les tempes et une casquette à carreaux. Il me demande comment je m'appelle et je lui réponds : Marie-Sophie. Il me tient par la taille, il veut encore m'embrasser, mais je détourne encore la tête.

– Allons, Marie-Sophie…

Il reprend son air contrit, il est mignon avec cet air-là. Il lâche ma taille, il prend ma main, et nous quittons le bal. Dans les jardins du Palais-Royal, on entend au fond alternativement les voix du théâtre de Guignol, le crincrin des violons et plus loin le bruit du canon. Ici, il fait sombre. Nicolas est artisan peintre, il me demande :

– Et toi ?

– Cousette.

– T'as pas l'air d'une cousette.

– Eh bien tant mieux.

Ça le fait beaucoup rire. On s'assoit dans l'herbe et je me laisse embrasser. Comme c'est bon d'être entraînée par un homme, un inconnu que je ne reverrai jamais. Nicolas me fait l'amour sur l'herbe du jardin du Palais-Royal et j'aime ce moment, cet instant. C'est très beau, c'est très bon, le meilleur de la Commune.

Plus tard, il s'en va en me disant adieu et il disparaît dans la nuit. Il me semble que les gens courent. Où vont-ils ? Pourquoi ? Les canonnades encore, plus près peut-être. Je me hâte dans la rue. Un fiacre veut bien me prendre, mais payé d'avance. Il multiplie le prix de la course par quatre. Je lui donne ce que j'ai. Ça a l'air de lui convenir et il fouette son cheval. On va à rebours du flot des gens. Enfin, il me laisse devant chez moi. Le canon se rapproche.

Marietta m'ouvre la porte, elle est pâle. Dans sa main un sac avec ses affaires, les miennes aussi.

– Madame, je vous attendais depuis longtemps. Mon ami est là, une voiture va arriver. On doit partir.

– Mais enfin, que se passe-t-il ?

– Les Versaillais sont dans Paris. Ils massacrent tous ceux qu'ils rencontrent sans chercher à savoir à qui ils ont affaire. Il faut partir, madame, fuir, maintenant !

83.

La Sicile est la terre des contrastes. La plus grande pauvreté côtoie la plus grande richesse. L'accueil des Villadorata est somptueux. Je connais nombre de *palazzi*, mais rien ne dépasse ni n'égale à mes yeux la majesté solennelle et l'éclat de leur demeure de Palerme. Sa famille nous ouvre les bras, sa mère sur le parvis, ses frères, eux qui étaient des enfants quand Angelina est partie sont des hommes maintenant. Le retour d'Angelina, c'est celui de la fille prodigue, on ne va pas tarder à tuer le veau gras. Cette mère ressemble à la mienne. Vieille dame argentée, impérieuse et chaleureuse, l'œil est noir mais vif, la voix mélodieuse avec par instants, selon les circonstances, des accents de raucité. L'allure est empreinte d'une douce grandeur. Il en faut, des siècles, pour aboutir à une femme comme celle-là. Angelina, mince avec ses traits ordonnés et de la noblesse dans tous ses gestes ou ses attitudes, lui ressemble déjà.

Pas un mot sur le passé. Encore moins de pleurs ni d'émotions. Chez les Villadorata, on ne se repent jamais. Mais des attentions, des douceurs, des regards, des mots en dialecte sicilien dont on devine qu'ils sont doux.

Ravie, ma mère scrute les blasons, déchiffre les inscriptions et les signes qui y figurent et les commente savamment. Elle est férue de science héraldique et, avec la *principessa*, a enfin trouvé à qui parler. Les jumelles ouvrent de grands yeux. Elles sont très impressionnées par ce palais.

– C'est chez toi ? demandent-elles à Angelina.

– Oui, c'est chez moi.

Elles hochent la tête avec gravité. Ce spectacle les enthousiasme. J'ai une pensée pour Nina. Il n'aurait pas fallu la faire venir dans un lieu pareil.

Les festivités dureront plusieurs jours. Il y aura une réception pour les autorités et les grands nobles de Palerme, une autre pour le peuple. Je me dis que le peuple s'en fiche, mais Angelina, qui me connaît et suit ma pensée, me chuchote que c'est important ici de le faire participer aux événements familiaux. Je m'incline.

Le mariage a lieu dans la chapelle du palais. Seule la famille est admise et tous sont venus. On me les présente et je dois n'en rater aucun. Cela dure un moment. Angelina est inondée d'amour, et nombreux sont les compliments qui me sont adressés. La cérémonie est belle, Angelina resplendissante. L'évêque est venu pour la célébration. J'apprends que c'est un cousin. Son homélie ne dit pas un mot de son passé de révérende mère. Elle est très émue, une larme perle au coin de son œil quand je glisse l'anneau à son doigt, et qu'elle fait de même. Je pose un baiser sur ses lèvres, ma mère, au premier rang avec les jumelles, me fait un signe, il lui fallait cela avant de quitter le monde. À la sortie, c'est l'acclamation familiale avec tout ce que l'on jette sur les mariés pour l'occasion, les fleurs et les grains de riz. Le soir, Angelina me dit simplement qu'elle est heureuse.

Le lendemain matin, elle nous entraîne dans les jardins et nous montre les endroits où elle jouait enfant, une grotte, un ruisseau avec un pont. Tout est là.

Tombe le soir. Les salons et les jardins ont été aménagés pour la réception. Plusieurs camarades et amis sont venus de Milan et de Naples, certains en uniforme de parade comme moi. Cela me touche de les voir. Défilé des grands nobles de Palerme et alentour. Amabilités convenantes, compliments ampoulés. Il se dit que le maire viendra en dernier. Je suis encore assommé de congratulations et de serrements de mains ou d'étreintes. Soudain, Angelina se crispe. Le dernier invité, en grand habit de prince, s'avance. L'aboyeur s'écrie :

– Le prince Carlo Maria Carafa Branciforte, prince de Butera, maire de Palerme.

Suit une énumération de titres que le prince interrompt d'une main lasse.

– C'est lui, me chuchote-t-elle.

84.

JOURNAL DE MARIE-SOPHIE

Je suis montée dans cette carriole, moi, la reine de Naples. Ils sont sept ou huit à l'intérieur. Des gardes nationaux avec des fusils, deux femmes, des furieuses habillées à la va-comme-je-te-pousse, avec des pantalons et des sarraus, qui chargent des fusils sans un mot. Soupçonneuses, elles me fixent car je ne leur ressemble pas. Les hommes commentent la progression des Versaillais dans Paris. Les deux gares, du Nord et de l'Est, sont tombées, une division a installé des batteries sur les hauteurs de Montmartre. Elle arrose méthodiquement les bouches à feu des fédérés érigées aux Buttes-Chaumont et aux carrières d'Amérique. Depuis les hauteurs, les bourgeois de Versailles contemplent le bombardement. Les communards ont incendié les Tuileries, réduites à un rideau de flammes et de fumée, le feu a été mis au Louvre, la bibliothèque Richelieu a déjà brûlé. Seul le musée est intact. Il reste l'Hôtel de Ville, mais il commence à flamber. Plus loin, on aperçoit la caserne d'Orsay, la préfecture de Police et le palais de justice. Aucun de ces symboles du pouvoir n'échappe aux incendiaires. Les Versaillais fusillent tous les fédérés pris les armes à la main ou dont les doigts sont tachés de poudre noire. Mais les pelotons des fédérés s'en prennent eux aussi aux ennemis du peuple. Il se dit dans la charrette qu'on est allé chercher des otages à la prison Mazas pour les transférer à la Roquette, la prison des condamnés à mort. Il se dit encore que c'est Ferré, substitut du procureur, qui décide du nombre des otages à fusiller. Il écrit sur un papier : « Ordre au citoyen directeur de la Roquette de faire fusiller six otages. » Il paraît que Ferré a désigné des curés, parmi lesquels Darboy, l'archevêque de Paris.

On arrive rue Haxo. La charrette s'immobilise devant une horde de gardes nationaux qui ont arrêté une cinquantaine d'otages que l'on va fusiller sans l'autorisation de personne. Parmi eux, des curés, des gendarmes, des gardes de Paris et des individus baptisés « mouchards de Versailles ». La charrette ne peut plus avancer. Je me mets à trembler. La foule crache sur les otages condamnés, elle les frappe et elle les injurie.

– À bas les cognes !

Pas moyen d'échapper au spectacle. On les fusille dix par dix. Tout le monde tue, les gens du peloton improvisé, ceux qui surgissent, l'arme au poing, et veulent participer au massacre. Un spectateur s'insurge.

– C'est ignoble !

La foule s'empare de lui, le jette au milieu du charnier et l'abat aussitôt. Une nouvelle colonne arrive. La charrette s'apprête à repartir, mais une douzaine d'hommes armés l'arrête et demande :

– Où allez-vous ?

– À la barricade !

– Et ces femmes, qui c'est ?

– Elles sont avec nous.

Soudain un gamin jaillit, son fusil en bandoulière. Il se précipite vers la charrette, monte sur la ridelle, pointe son doigt sur moi.

– Citoyens ! Je la connais, cette femme ! Elle était avec le baron de Rothschild. Il l'appelait « Majesté ». C'est une reine, citoyens !

La foule se met à gronder. Elle tient une victime de choix, une reine, pensez donc ! Les deux femmes dans la charrette se regardent, puis l'une s'écrie :

– Attendez ! Elle est avec nous depuis le début !

Elle se tourne vers le gamin.

– Tu te trompes, citoyen. Cette femme, on la connaît. C'est une travailleuse.

– Je suis sûr de moi. Moi aussi, je travaillais chez le baron. Je l'ai vue plusieurs fois. Regardez-la ! Elle n'est pas comme nous. C'est une reine, je vous dis ! D'ailleurs le baron, il ne connaît que des gens comme ça.

Je me remets à trembler, des hommes grimpent à bord.

– Montre tes mains, citoyenne, me dit l'un d'entre eux.

Machinalement, je tends mes mains, doigts écartés.

– Regardez ! jubile le gamin qui est monté pour voir. Elle n'a pas des mains d'ouvrière, elle a des mains de bourgeoise, des mains de reine !

La foule gronde plus fort.

– À bas la reine ! Faites-la descendre !

– Au mur, la reine, avec les autres !

L'ami de Marietta veut s'interposer, il a tort. À peine s'est-il levé qu'il reçoit une pierre en plein visage. On m'arrache du véhicule, on me pousse, on me roue de coups de pied et de coups de poing. Déjà, des hommes brandissent leurs fusils, des femmes aussi. Mais celle qui m'a défendue se lève encore.

– Citoyens ! Vous me connaissez. Je vous dis que cette

femme est avec nous depuis le début. C'est une camarade. Laissez-la remonter. On s'en va, et vous ne nous verrez plus !

Mais sa voix se perd dans le concert des cris et des vociférations. On va liquider la reine. Déjà, on veut lui lier les mains. On crie :

– Cette reine, c'est Marie-Antoinette !

Je sais que je vais mourir. Encore quelques instants et ce sera fini. Mais une nouvelle voix retentit.

– Holà ! Qu'est-ce qui se passe ici ?

C'est Nicolas, l'artisan peintre du jardin du Palais-Royal, l'homme d'hier soir. Il fend la foule. On s'écarte, car c'est l'un des chefs de la Commune. Il s'approche, il entend les cris :

– À mort la reine !

– Elle, une reine ?

Il éclate de rire. Il s'approche de moi et repousse ceux qui voulaient me lier les mains.

– Qui l'accuse ?

– Moi ! dit le gamin. Je la reconnais, c'est une reine du baron de Rothschild. Regarde ses mains ! Ce sont des mains de reine, pas d'ouvrière !

– Petit con ! réplique Nicolas en se plaçant devant moi.

Je reconnais ses rouflaquettes. C'est le souvenir que j'ai de lui.

– Écoutez, citoyens ! Cette femme s'appelle Marie-Sophie. J'ai passé la soirée avec elle hier au bal du Palais-Royal.

Il ajoute sur un ton gouailleur, un peu complice :

– Elle a des mains très douces, j'en sais quelque chose.

La foule rit maintenant, elle aime bien Nicolas.

– Elle a les mains de son métier, imbéciles que vous êtes ! elle est cousette !

La foule s'apaise, Nicolas se penche sur moi.

– Remonte dans la charrette et filez tout de suite.

L'autre femme me tend la main. La foule s'écarte devant nous, le gamin a disparu. Le cocher agite son fouet. Glacée, je ne peux plus bouger. Je reviens de la mort. On tourne au coin de la rue.

– Où va-t-on ? demande Marietta.

– À la barricade de la rue Ramponneau.

Je me tourne vers la femme qui a pris ma défense.

– Tu m'as sauvé la vie. Comment t'appelles-tu ?

– Louise Michel, répond la femme.

85.

Le prince s'incline devant Angelina, puis l'embrasse sur les joues avant de me serrer virilement la main.

– Comte Cesari, Butera. Je suis flatté de vous rencontrer.

Il remarque le collier de l'Annonciade, la grande décoration des Savoie, sur ma poitrine.

– Le roi vous a distingué, vous êtes devenu l'un de ses cousins. Mes félicitations ! Pour la prise de Rome le 20 septembre, n'est-ce pas ?

J'acquiesce.

– Vous avez la réputation de prendre vos fonctions, comment dirais-je… très à cœur ! lance-t-il avec un sourire froid.

Cet homme n'ignore rien de moi et tient à me le faire savoir. Il nous entraîne à l'écart. Sa petite cour lui fait cortège. Il se retourne.

– Pas maintenant, je vous prie. Laissez-moi profiter de mes amis.

Le cortège s'éloigne et il pousse un soupir de soulagement. Il parle de la Sicile d'une voix chaude. C'est un homme au teint sombre. Le visage est glabre, buriné, mais régulier. Il a sans doute été très beau dans sa jeunesse. Un serveur passe et il attrape au vol trois flûtes de prosecco qu'il nous tend, comme s'il tenait à faire le service lui-même, en évoquant les invasions subies par la Sicile, les Carthaginois, les Arabes, les Normands, et les Français en passant par les Espagnols. Il se tourne vers moi.

– Je ne sais pas quel numéro est celui des Piémontais dans cette liste, mais nous avons l'habitude, à force d'être envahis et occupés. Il existe chez nous, Siciliens, une sorte de résistance silencieuse acquise au cours des siècles. Reconnaissons que depuis les Vêpres siciliennes au Moyen Âge, nous n'avons gagné aucune bataille.

Il se moque de lui-même.

– J'aimais bien les Bourbons. Vous aussi, Angelina, si mon souvenir est juste.

Elle ne répond pas. Depuis qu'il est arrivé, elle n'a pas dit un mot. Il poursuit sans se laisser démonter, pose un doigt sur une cicatrice au-dessus de sa bouche.

– Un souvenir de Calatafimi. Vous voyez de quoi je parle, comte Cesari ?

– J'y étais.

– Belle bataille ! Notre général Lanza a été en dessous de tout. Trop vieux pour ce genre de rencontre face aux vaillants garibaldiens. Qu'en pensez-vous ?

– Rien. À la fin, vos hommes se sont retirés, c'est tout.

Il me scrute de son regard impénétrable, et je comprends ce que voulait dire Angelina en parlant de lui. Le regard très sombre du prince Butera est un lac noir dont les eaux s'agitent parfois avant de retomber. On ne sait jamais ce qu'il pense. Il revient à Angelina, son sourire encore, sardonique, me semble-t-il.

– Dites-moi comment vous allez faire, chère amie, après avoir épousé l'un des ennemis les plus implacables de votre patrie bourbonienne ?

C'est évidemment une question perfide. Angelina serre ma main.

– J'ai épousé Giacomo, pas la nouvelle Italie, cher Carlo, et je suis heureuse de mon choix.

Aussitôt, il se reprend, se confond en excuses. Il s'est mal fait comprendre. Il s'est contenté de remarquer une coïncidence.

– Mais, ajoute-t-il, nous nous ferons aux Piémontais, comme nous nous sommes faits aux autres, et je suis persuadé que nous entretiendrons les plus cordiales relations.

Les jumelles surgissent alors, très excitées par la fête et la foule des invités. Elles embrassent Angelina puis moi, font un salut au prince et disparaissent.

– En voici, enchaîne-t-il, la meilleure illustration.

– Quelle illustration ?

– Ces demoiselles sont vos filles, n'est-ce pas, cher comte ?

– En effet.

– Leur présence prouve bien que vous avez entretenu avec les Bourbons de Naples les plus étroites relations. Vous n'êtes pas tout à fait leur ennemi…

Un silence tombe. La provocation est évidente. Je lâche la main d'Angelina.

– Prince Butera, si vous souhaitez trouver une cause de duel entre nous, dites-le franchement et je serai votre homme.

Il s'incline. Dans son regard brille une lueur de triomphe.

– Je vous enverrai mes témoins demain, dit-il. Vous êtes l'offensé. Votre choix des armes sera le mien.

Je m'incline à mon tour.

– Mes témoins débattront avec les vôtres du lieu et de l'heure de notre rencontre.

Il s'éloigne, aussitôt rejoint par son cortège.

– Tu es fou ! s'écrie Angelina, livide. Il a vingt duels derrière lui. Et il les a tous gagnés.

Je la reconduis à notre chambre, elle se déshabille. Elle a terriblement mal au ventre. On appelle sa mère, qui fait venir le médecin. Il nous fait sortir et l'examine.

– Je ne sais pas ce qu'elle a, je lui ai donné un calmant. Peut-être l'émotion de la fête et du mariage. Qu'a-t-elle mangé ce soir ?

– Rien, elle a bu un verre de prosecco. C'est tout.

– Je reviendrai demain.

Je retourne à la fête, j'entraîne à l'écart mes deux camarades de Milan pour leur expliquer ce que j'attends d'eux. Ils seront mes témoins. Demain, ils devront s'entendre avec ceux du prince. Je choisis de me battre au sabre. Ils m'écoutent sidérés, puis reviennent à leur tâche.

– Quel type de duel veux-tu ? Un arrêt au premier sang ou…

– Ce sera comme il voudra.

La nuit est agitée, non pas à cause du duel, mais d'Angelina. Elle souffre, se réveille en gémissant, puis se rendort. J'essuie son visage emperlé de sueur. Je veux rappeler le médecin, mais elle m'en empêche.

– Il viendra demain, je veux que tu dormes. Carlo est venu pour cela, n'est-ce pas, se battre en duel avec toi ?

– Je le crains, mais je n'avais pas d'autre choix.

Le lendemain, elle ne va pas mieux. Le médecin est inquiet. Il lui donne encore son médicament.

Mes deux témoins m'annoncent qu'ils ont rencontré ceux du prince et que le duel aura lieu à onze heures dans le parc de la Favorite.

– Le prince accepte le sabre. Pour les modalités…
Ils hésitent, je les presse de me répondre.
– Quel genre de duel veut le prince ?
– À mort, c'est un duel à mort qu'il veut.

86.

JOURNAL DE MARIE-SOPHIE

26 mai 1871, le matin. Sur la barricade, on caresse la bouteille, on chante et on rit. Je me laisse prendre par cette ambiance trop festive pour être morbide. Moi aussi, je bois dans le gobelet en fer-blanc qui circule entre les fédérés, je chante, j'éclate de rire avec Nicolas et Louise Michel. Bref, je me sens à mon aise dans cette ambiance de révolution. Même si elle va mourir, car la Commune en vérité n'en a plus pour longtemps. On dit qu'il se dresse dans Paris plus de cinq cents barricades. Et les enfants de la Commune, qui savent qu'ils vivent les derniers moments de leur vie, tout en entassant les pavés descellés, en ménageant des meurtrières pour les tirs, en chargeant les fusils, fredonnent, et plaisantent pour écarter l'idée que leur vie va s'achever tout à l'heure lors de l'assaut des Versaillais de Thiers, ou contre le mur d'à côté quand on les fusillera.

– C'est comme dans *Les Misérables*, avec Enjolras, Gavroche et les autres.

Je n'obtiens pas de réponse. La plupart de ceux qui sont

là ne savent pas lire, et s'ils savent, ils ne lisent pas de livres. Seule Louise Michel lève la tête et acquiesce.

– D'ailleurs, les plus beaux chapitres, ce sont ceux de la barricade. Cette scène surtout, où les soldats pointent un canon sur la barricade et où Enjolras ajuste l'artilleur, un jeune homme, avec son fusil. Combeferre lui demande : « Et si c'était ton frère ? » Enjolras répond : « Il est mon frère. » Et il abat l'artilleur. De toutes les scènes du livre, dit Louise Michel, c'est celle-là la plus belle.

Aux pavés s'ajoutent meubles et matelas, tout ce qui permettra de repousser ou de retarder l'assaut des Versaillais. Nicolas commande sur la barricade. Il est l'un des patrons du mouvement. Il n'a peut-être pas beaucoup lu, mais il parle bien. Du coin de l'œil, il me surveille et enlève de mes mains ce qui lui paraît trop lourd, trop encombrant pour moi. Soudain, il me prend par la main et m'entraîne à l'arrière.

Derrière la barricade, il y a une maison vidée de tout ce qu'elle contenait, la porte est battante. Nicolas la pousse du pied, il me tient toujours par la main, je ne résiste pas, je partage son désir. Alors, on va dans cette maison vide. Nicolas referme la porte, retrousse ma jupe et là, il me prend, moi accroupie contre le battant de la porte et lui debout. Cela ne dure que quelques minutes, car notre envie est forte à tous les deux et le plaisir, immédiat. Puis, toujours sans un mot, on retourne à la barricade.

Louise Michel nous voit revenir avec un sourire. Elle nous a vus nous éloigner tout à l'heure, elle a compris. Qu'on en profite tant qu'on peut, pense-t-elle peut-être, cela ne fait de mal à personne. Son grand amour, c'est Théophile Ferré, l'un des dirigeants emblématiques de la Commune. Où est-il passé, Ferré ? L'amour à la va-vite derrière une porte, c'est un bonheur !

Tout autour, on entend les bruits de la guerre, le canon à intervalles réguliers, les fusils tout le temps. L'ennemi se rapproche. Les chansons s'éteignent, le gobelet circule. Ce n'est plus du vin, mais un tord-boyaux. Chacun boit une gorgée, moi aussi, ce n'est pas le moment de faire la chochotte. Ça me brûle le ventre, cet alcool de guerre distillé on ne sait où. Mais ça ne fait rien. On est en mai, il fait encore frisquet à cette heure. Soudain, à l'autre bout de la rue, les Versaillais arrivent avec leurs pantalons rouges, leurs casquettes et leurs fusils. Les fédérés pointent les armes. Derrière eux, les femmes en tiennent d'autres déjà chargées, prêtes à servir. Les hommes tirent, les femmes rechargent. C'est la règle. De la barricade s'élève un chant à pleins poumons. C'est *Le Chant du départ*.

87.

Angelina ne va pas mieux, la fièvre monte. Un second médecin appelé à la rescousse palpe le ventre de la malade et secoue la tête. Ce n'est pas l'appendicite. Elle vomit plus d'une fois, le médecin envoie les matières rejetées en urgence au laboratoire. Je ne quitte pas son chevet, le temps passe. Il est dix heures quand mes amis viennent me chercher. Il faut un moment pour gagner l'endroit convenu pour le duel, au parc de la Favorite. Les témoins ont retenu une voiture. J'hésite un instant, ce n'est pas le moment de m'éloigner, mais une affaire d'honneur ne se renvoie pas. J'embrasse Angelina, qui a sombré dans une espèce de sommeil lourd.

– Les armes seront apportées par le prince, prévient l'un de mes amis, il est l'auteur de l'offense, les frais sont à sa charge.

En sortant, on croise le médecin qui revient du laboratoire.

– Elle a sans doute ingurgité du poison, dit-il. Ce ne peut être que ça.

– Avez-vous l'antidote ?

Il secoue la tête.

– On n'est pas parvenu à l'identifier. Je croyais tous les connaître, mais ce poison-là est inconnu. Tout le laboratoire cherche, on compare avec d'autres poisons.

– Elle a beaucoup vomi pourtant.

Le médecin secoue la tête.

– Cela ne suffira pas, le poison est en train de s'infiltrer dans le sang. Vous partez ? demande-t-il avec surprise.

– Je vais revenir, je n'ai pas le choix. À ses côtés, je ne sers à rien.

– Un mari sert toujours dans ces moments-là. J'espère vous revoir avant le prêtre.

C'est comme si j'avais reçu une gifle en pleine figure.

– On en est là ?

Le médecin continue de gravir l'escalier sans répondre.

– Allons-y !

Jusqu'au parc de la Favorite, il faut presque une heure de trajet. Dans la voiture, c'est le silence. Puis :

– Il y a longtemps que tu ne t'es pas battu au sabre ? demande un de mes témoins.

– La dernière fois, c'était lors de l'assaut contre Rome, en septembre.

– Cela fait huit mois, tu n'as pas oublié ?

– Je ne crois pas.

– Les témoins du prince n'ont pas discuté le choix du sabre. Ils disent que le prince s'est battu en duel vingt fois dont douze au sabre. Il n'a jamais perdu, mais c'étaient des duels au premier sang, sauf trois où il a tué son adversaire. Il est aussi habile à l'épée qu'au pistolet. Il s'entraîne plusieurs fois par semaine en salle. C'est un fou des duels. C'est interdit, mais il n'en a cure. Il est le maître de Palerme en même temps que le premier magistrat de la ville.

Je ne réponds rien, terrifié par l'état d'Angelina. Je ne parviens pas à anticiper le combat.

– Si tu te fais tuer et si elle ne survit pas, me dit l'un de mes amis, tes filles seront seules avec ta mère.

Je sursaute, je n'y avais pas pensé. C'est moi qui ai la responsabilité des jumelles. Elles n'ont que moi.

La voiture emprunte une allée du parc. Le cocher a l'habitude, l'endroit est désert, dégagé, parfait pour un duel. C'est là que se déroulent la plupart d'entre eux. La police le sait, mais ne vient jamais. Il est déjà arrivé au cocher de conduire l'un des combattants sur les lieux et de ramener son cadavre. La voiture du prince est là, ainsi que ses témoins. Un médecin installe une table où il étale ses instruments.

– Bonne chance, dit le cocher.

88.

Les Versaillais tirent les premiers et les fédérés répliquent. Les balles de ces hommes du 1er régiment de marine rebondissent sur les pavés, s'écrasent contre les murs. Le tir des communards est meurtrier. En face, les Versaillais tombent. Leur chef ordonne de cesser le feu. À cet instant, ils amènent un canon. Au sommet, Louise Michel s'est agenouillée derrière la meurtrière, elle ajuste l'artilleur, le genou plié. Elle est réputée pour tirer juste. En face, l'artilleur se hâte de positionner son canon. Louise épaule. Derrière elle, j'ai pour tâche de recharger les fusils, je lui glisse comme dans le chapitre des *Misérables* :

– Et s'il était ton frère ?

– Il l'est, répond-elle comme Enjolras.

Et elle abat l'artilleur. De la barricade s'élèvent des cris de triomphe. Les Versaillais restent massés au fond de la rue sans tirer ni charger. Cela dure un moment. Les fusils braqués retombent, l'artilleur de la Commune, celui-là bien dissimulé derrière des sacs, éteint sa mèche.

– Qu'est-ce qu'ils foutent ? demande Nicolas.

Louise est redescendue de l'autre côté de la barricade, on la félicite pour son adresse à la carabine. Je l'embrasse, lui dis que j'ai chargé trois fusils que je lui ferai passer après chaque tir. Louise me rend mon baiser. On nous applaudit toutes les deux. Soudain, je me demande ce que je fais ici. À peine la question est-elle posée que j'ai la réponse. Je suis bien avec eux. Je les aime tous, Nicolas, Louise et les autres. Je lui tends un gobelet d'alcool qu'elle boit d'un coup. Elle le remplit encore avec la fiasque et me le rend.

– À ton tour, me dit-elle.

Et je bois. Ce tord-boyaux réchauffe. C'est l'alcool de l'amitié, de la solidarité des pauvres. Les Versaillais, eux, boivent du champagne.

– Je ne sais pas qui tu es vraiment, me dit Louise, mais ça n'a aucune importance. Ce qui est sûr, c'est que tu n'es pas une cousette.

Je la regarde droit dans les yeux. Elle a de beaux yeux, Louise. C'est d'ailleurs tout ce qu'elle a de beau, car le reste du visage n'a rien pour séduire. Le nez est long, le menton fuyant.

– J'ai connu une fille comme toi à Naples, lui dis-je, elle s'appelait Nina. On la surnommait la Reine des pauvres. Tu n'as jamais entendu parler d'elle ?

– Si, je crois, répond Louise. C'est lui qui m'en a parlé.

Elle me désigne l'un des fédérés, Paolo. Lui aussi vient de Naples.

Je poursuis :

– Elle te ressemblait, elle se battait pour les pauvres avec son fusil et son poignard.

– Qu'est-elle devenue ?

– Elle s'est fait tuer.

Louise Michel hoche la tête et fait un signe à Paolo. C'est leur destin, à toutes ces femmes, de se faire tuer. Paolo s'approche.

– J'ai bien connu Nina, dit-il lentement. Toi aussi, ajoute-t-il en se tournant vers moi.

À cet instant, je sais qu'il m'a reconnue.

– Tu es une fille qui sait se battre, dit encore Paolo. Je t'ai vue à l'œuvre.

– Je me demande quelle saloperie ils mijotent, marmonne Nicolas, debout sur la barricade, les yeux rivés sur les Versaillais.

Paolo entoure les épaules de Louise. Elle est célèbre depuis longtemps, Louise Michel. Elle a mené une vie d'institutrice, elle s'est occupée des enfants pauvres auxquels elle a enseigné tout ce qu'elle savait. Quand elle avait un peu d'argent, elle le donnait aux familles, elle écrivait des poèmes qu'elle signait « Enjolras » et les envoyait à Victor Hugo. Déjà, elle rédigeait des articles pour les journaux d'opposition, elle rencontrait les futurs dirigeants de la Commune, Vallès, Varlin et d'autres, surtout Ferré qui est son grand amour. Lorsque l'activiste Victor Noir est mort, elle a assisté, vêtue en homme, à ses funérailles avec des dizaines de milliers d'autres. Quand le mouvement a commencé, elle a fait le coup de feu devant l'Hôtel de Ville, puis le 18 mars, au début de l'insurrection, elle est montée à l'assaut de la Butte avec les gardes nationaux. C'est une dure de la révolution, une vraie, comme Nina, comme Ferré qui, paraît-il, a signé avec réticence, mais a signé quand même, l'ordre d'exécution d'otages parmi lesquels l'archevêque de Paris. Voilà tout ce qu'on dit d'elle, tout ce que j'ai appris parce que les autres me l'ont raconté. C'est pourquoi j'éprouve pour Louise, qui a pris mon parti sur la charrette, un immense respect, mêlé d'affection.

– Attention, ils reviennent ! s'écrie Nicolas.

Il y a du mouvement au fond de la rue, on entend des bruits et même des rires. Une femme apparaît, une vieille femme aux mains liées entre deux soldats. Puis ces mots dans le porte-voix :

– Louise Michel, nous détenons votre mère. Si vous voulez qu'elle soit libérée, rendez-vous !

Pâle, Louise lâche son fusil.

– Tu es folle, s'écrie Nicolas, ils vont te fusiller.

– Je sais.

Elle se tourne vers moi.

– Prends ma place sur la barricade.

Puis elle descend côté versaillais, traverse cette portion de la rue qui sépare la barricade des assaillants. À mi-chemin, elle s'arrête.

– Libérez ma mère d'abord.

On ôte les liens de la vieille femme, elle regarde sa fille, mais on la tire à l'arrière, on la chasse, on n'a plus besoin d'elle.

Louise reprend sa marche, elle s'arrête devant le premier rang des Versaillais et tend ses poignets, qui sont aussitôt liés avec les cordes qui servaient pour sa mère. Puis on la voit monter dans un fourgon grillagé.

– Feu ! ordonne Nicolas sur la barricade.

89.

Le prince ôte sa redingote pour apparaître en chemise, je fais de même. Ce sont des chemises blanches où l'on pourra voir le sang. On apporte les sabres, des armes de duel achetées la veille par les témoins du prince. On mesure la longueur des lames qui doit être identique, on éprouve le fil du tranchant, l'effilé de la pointe, la solidité de la poignée. Chacun de nous essaye l'un, puis l'autre des sabres en faisant des moulinets. Enfin, on les tire au sort. On signe le procès-verbal selon lequel si l'un des protagonistes tombe à la fin de l'affrontement, ce sera à l'issue d'un duel parfaitement équilibré et souhaité par chacun, que dès lors son vainqueur ne saurait être recherché pour blessure ou pour meurtre puisque les moyens de l'attaque et de la défense étaient égaux de part et d'autre. Chacun doit encore écrire de sa main qu'il pardonne par avance à son adversaire de l'avoir occis, car il s'agissait bien d'une dette d'honneur qui ne pouvait être soldée, faute d'arrangement, que par un combat mortel. L'arbitre nous place face à face à trois mètres de distance. Il nous demande une dernière fois si aucune autre solution ne peut être trouvée pour éviter l'affrontement. Chacun déclare qu'il persiste dans sa volonté. Alors, l'arbitre recule et dit simplement :

– Allez !

Nous nous jetons l'un sur l'autre dans un combat furieux, les lames se rencontrent, s'entrechoquent, et soudain le bruit de la forêt s'éteint, les oiseaux, les bêtes, les feuilles des arbres dans le vent. Tout se tait. On n'entend plus que le son clair des sabres et notre souffle. Soudain, le prince se jette en avant et, arc-bouté sur mes deux pieds, je lui résiste. Cette attaque a pour but de m'impressionner, de me décontenancer. Puis le prince s'avance l'arme haute et je ne bronche pas, alignant les parades jusqu'à ce que l'autre recule pour reprendre son souffle. Le prince fait la démonstration de toutes ses qualités d'escrimeur par des mouvements spectaculaires et inattendus. Ces bottes, je les connais car j'ai eu le meilleur des maîtres. Le prince s'aperçoit qu'il a affaire à un adversaire d'un niveau égal au sien. Sur le côté, les témoins suivent en silence les phases du duel. Ils approuvent ou critiquent d'un mouvement de tête ou d'une moue de la bouche les exhibitions qui leur sont offertes.

Et la lutte continue. Cela fait un bon quart d'heure maintenant, sans que ni lui ni moi parvenions à prendre l'avantage. Car moi aussi je me suis lancé à l'attaque, j'ai fait reculer le prince de plusieurs pas. Il a l'expérience des salles d'escrime, moi celle des batailles, ces moments où parfois il faut se battre contre plusieurs adversaires en même temps, parer à droite et tuer à gauche, le tout dans un même mouvement. Soudain, par un geste-surprise, le prince glisse sa pointe jusqu'à l'épaule à la jointure de mon bras. C'est heureusement l'autre bras qui tient le sabre. Mais la douleur est vive, la tache de sang s'élargit sur ma chemise. Le prince a un ricanement. Son avantage, il veut le pousser. Aussitôt, il réitère l'attaque, me force à reculer de plusieurs pas et les moulinets de son sabre jettent des éclairs dans la clairière où le soleil est revenu maintenant et passe à travers les feuilles des arbres.

Tout à coup, je bascule en arrière et roule sur moi-même. Le prince me poursuit. Il veut en finir avant que je puisse me relever. Mais quand il arrive sur moi, je suis déjà à demi relevé, un genou à terre, l'autre replié. Le prince plonge, l'arme pointée sur ma gorge, mais je pare le mouvement de sa main gauche et détourne la lame. C'est ce qu'on appelle une flanconade. Et durant une demi-seconde, le prince est à découvert. Presque agenouillé, les muscles bandés, je me détends comme un ressort. Je m'allonge, me fends, et dans le même mouvement, transperce le prince, lui enfonce mon sabre en pleine poitrine d'un coup unique porté de pointe. Puis je retire l'arme et recule. Je pourrais l'achever, mais je ne le fais pas. Ce n'est pas la peine. Butera a lâché son sabre et tente de sa main de comprimer sa blessure d'où jaillit le sang. Il tombe et lève les yeux vers moi.

– Prends la fiole dans ma redingote, c'est l'antidote pour Angelina. Ne perds pas de temps.

Je me précipite, fouille la poche de la redingote, trouve la fiole tandis que le chirurgien et ses aides transportent le prince vers la table d'opération. Mais c'est trop tard, les yeux sont déjà vitreux. Quand je passe devant lui, il a la force de me dire encore avant d'expirer :

– Belle botte, Cesari. Dommage de mourir, tu me l'aurais enseignée !

90.

JOURNAL DE MARIE-SOPHIE

À l'instant où Nicolas ordonne d'ouvrir le feu, tout le monde tire en même temps. Moi aussi. Le premier rang des Versaillais s'écroule, les autres, derrière, reculent. Ils ne s'attendaient pas à une salve aussi brutale. Je m'aperçois avec horreur et délectation que le combat m'a manqué. Je recharge l'arme, je verse la poudre, la bourre, la balle. Et je vois Nicolas qui s'approche de moi. À côté de lui, Paolo le Napolitain vient de lui parler à l'oreille. Nicolas me sourit, il m'enlève mon fusil et me dit :

– Viens avec moi, Marie-Sophie. Tu ne dois pas rester ici.

Je veux protester, mais il pose un doigt sur sa bouche, les autres n'ont rien vu. Ils surveillent les Versaillais qui s'agitent de l'autre côté. Ils ont ramené leur canon, mais cette fois une plaque de métal est installée tout près. C'est là que l'artilleur va s'abriter. Nicolas m'entraîne à l'arrière et désigne la porte qui donne accès à cette pièce où nous étions tout à l'heure. Je lui souris.

– Ce n'est pas le moment, Nicolas.

Il secoue la tête.

– Il y a une sortie par l'arrière qui donne sur un chantier abandonné. File par là !

Je fais signe que non, mais il m'intime le silence.

– Va-t'en, Marie-Sophie, ce n'est pas ton combat !

– Et toi ?

Il n'a pas le temps de répondre. Le canon a tiré son obus et atteint la barricade de plein fouet, creusant un trou, une brèche. Il y a des morts, de la poussière et des cris. Nicolas abandonne ma main. Il y retourne. Est-ce de la lâcheté ou la conscience brutale que je n'ai rien à faire là ? Je me glisse dans l'ouverture, je referme la porte derrière moi. Je m'enfuis.

91.

– Au palazzo Villadorata, en vitesse !

Le cocher agite son fouet. Le cheval se met à trotter. Encore un claquement dans l'air et il accélère l'allure. La route est déserte, mais quand on aborde les faubourgs de Palerme, il faut ralentir car c'est l'heure d'un grand trafic de voitures. Le cocher fait ce qu'il peut, il double les charrettes trop lentes, il contourne des regroupements, il se fait injurier. Il répond sur le même ton. Cela dure comme cela sur quelques centaines de mètres. C'est trop lent, Angelina est en train de mourir. Je saisis le cocher par le bras.

– Détache le cheval ! Je vais le prendre !

L'autre secoue la tête.

– Pas question, c'est mon cheval !

– Je te l'achète.

Je sors une bourse de ma poche et lui montre des pièces d'or. Le cocher dit un prix, je lui verse les pièces dans la main. Ça a l'air de lui convenir. Il descend pour libérer le cheval.

– Mais vous n'avez pas de selle, pas de rênes, pas d'étriers…

– Pas besoin !

J'agrippe le cheval par la crinière, me hisse sur l'animal, enfonce mes talons dans ses flancs et il bondit. Je crie au cocher :

– Viens le reprendre au palais !

Je fonce à travers les rues et les avenues de Palerme. Les gens s'écartent sur le passage de ce cheval au galop avec son cavalier couché sur l'encolure. Certains s'écrient :

– Il est fou !

D'autres m'applaudissent. Mais des carabiniers se mettent en travers, me font signe de m'arrêter. Je passe entre eux et ils doivent se jeter sur le côté. Dans mon dos, des ordres. Je m'en moque. Puis une galopade, ils ont pris leurs chevaux et me donnent la chasse. Mon cheval ralentit, il n'a pas l'habitude, ce n'est pas un rythme pour un cheval de fiacre. Soudain, il s'arrête et je descends, les carabiniers viennent à ma hauteur. Le sergent fulmine. Il aperçoit la tache de sang sur ma chemise.

– Mettez-vous contre le mur.

– Général comte Cesari. C'est une question de vie ou de mort. Donnez-moi votre cheval.

– Que dites-vous ?

– Sergent, j'ai autorité sur toute la région. Je vous garantis que si je n'ai pas votre cheval, vous serez en prison ce soir !

Les deux autres s'arrêtent à notre hauteur. Le sergent les questionne du regard. L'un d'eux lâche :

– C'est Cesari, *il boia del re* !

Le sergent descend de cheval et me tend les rênes. J'ordonne aux deux autres :

– Ouvrez-moi la route !

Et me voilà reparti, un carabinier devant, un derrière. La foule s'éloigne devant notre trio infernal. Les sabots résonnent plus fort sur les pavés. Des familles, des amoureux, des amis doivent s'écarter d'un bond. Enfin le palais des

Villadorata, le portier veut nous barrer l'entrée, il se retrouve à terre. Premier porche, dans la cour des laquais traînent des ballots, ces ballots sont un obstacle, mais ce cheval est un bon cheval. Je me recule sur ma selle puis m'avance. Un coup de talons et le cheval saute par-dessus les ballots. Deuxième porche. Pour un peu, le cheval monterait l'escalier. Je vide les étriers, je grimpe les marches quatre à quatre. La princesse me voit une fiole à la main avec la tache de sang qui s'élargit sur la chemise.

– Comte… Angelina !

Je n'écoute pas la suite, à l'étage, j'ouvre la porte d'un coup de pied. Le curé est déjà là avec ses enfants de chœur, ses burettes et tout son attirail à l'usage des mourants. Je les bouscule, je cours au pied du lit, m'approche de l'oreiller où gît Angelina. Elle est en train de mourir, un râle léger passe entre ses lèvres craquelées. Je la prends par le dos, la redresse à demi, ouvre sa bouche. Je défais la fiole et d'un coup, je déverse le contenu à l'intérieur de la bouche. Le curé veut recommencer ses patenôtres, je le jette dehors avec sa marmaille sacrée. Il n'y a plus qu'Angelina et moi, je caresse sa joue, je guette ses soupirs, ses râles, ses grognements de mourante. Ça dure un moment. Puis soudain, elle se redresse, elle vomit, elle crache tout ce qu'elle a à l'intérieur. Le médecin arrive, prend son pouls. Elle ouvre les yeux. Il y a de la vie dans ce regard-là.

– C'est toi ! murmure-t-elle en me reconnaissant.

Puis elle retombe sur l'oreiller, elle a des soubresauts sur le drap, elle vomit de nouveau. J'essuie sa bouche, son front, son visage. Elle me parle encore, on ne comprend pas bien ce qu'elle dit. Le médecin veut lui faire boire de l'eau, mais elle la rejette, puis vomit une troisième fois, son front est brûlant. Encore le linge sur son visage, elle s'endort. Je reste à côté d'elle, vérifie sa respiration, mets mon doigt sur sa bouche, tâte le pouls, le cœur bat. L'après-midi se passe ainsi. Les jumelles viennent la voir, elles ne restent pas longtemps. Le spectacle d'Angelina blême, gisante, vomissante sur son lit leur fait peur. Elles reviendront plus tard.

La nuit tombe doucement. Derrière la porte, la *principessa*, la comtesse Cesari, les jumelles et les deux camarades de duel qui ont servi de témoins. On allume la lampe, elle jette des clartés sur les traits d'Angelina. Enfin, elle se réveille. Il est une heure indéterminée de la nuit. Je suis allongé à côté d'elle, somnolent. Elle tend son bras. C'est elle qui me touche, me fait ouvrir les yeux.

– Tu es revenu, tu es vivant, me dit-elle.

– Oui.

– Et Butera ?

– Je l'ai tué.

– Alors je suis vraiment guérie.

92.

JOURNAL DE MARIE-SOPHIE

26 mai 1871, fin d'après-midi. Les colonnes de M. Thiers ont eu raison du peuple de la Commune. « Massacré » serait plus juste. Il faut admettre que les deux ne pouvaient s'accorder, les nobles très nobles, les riches très riches contre les multitudes de très pauvres, ça ne pouvait produire que des explosions. Thiers n'a pas supporté les pauvres, il les a réduits au silence. Les autres sont tombés sur les barricades ou sous les balles des pelotons d'exécution. Les gens répètent avec délectation ce télégramme que le chef des Versaillais vient d'adresser au préfet, une fois établi qu'une tuerie est en train : « Le sol est jonché de leurs cadavres. Ce spectacle affreux servira de leçon. »

On fusille donc à la chaîne, à la mitrailleuse parfois, et j'apprends que les survivants de la barricade ont été conduits au Luxembourg, jetés dans une cave en forme de boyau, où l'air ne pénètre que par une étroite ouverture. On n'en sort que pour être fusillé. Parmi les prévenus, il y a Nicolas. Alors j'y vais. Je l'ai abandonné, même si c'est lui qui m'a fait partir. Je me suis enfuie, même si on ne voulait plus de moi, mais je dois être à la hauteur de l'héroïne de Gaète, j'aurais dû rester et mourir avec eux. Je me hâte dans les rues de Paris encombrées de débris, de morceaux d'immeubles incendiés, d'uniformes versaillais et de communards enchaînés que l'on mène à l'abattoir, comme les esclaves de Spartacus, les vaincus de Crassus et de Lucullus que les légionnaires faisaient défiler via Appia pour les crucifier les uns après les autres, chaque croix en vue de la suivante et ainsi de suite jusqu'à Rome, six mille paraît-il.

Une femme m'arrête.

– Où vas-tu, citoyenne ? Au Luxembourg, je parie ?

– Oui, je veux que mes amis me voient, qu'ils sachent que je suis là quand ils sont près de mourir.

– Alors, ma petite, un bon conseil, lave-toi les mains à la fontaine là-bas, elles sont noires de poudre. Si on te voit avec ces mains, on va te mettre avec eux !

Je cours à la fontaine et je passe mes mains sous le jet jusqu'à ce qu'elles soient nettes.

Au Luxembourg, il y a déjà une petite foule dans laquelle je me glisse comme je peux pour accéder à la cour prévôtale. Un bien grand mot pour désigner un pseudo-tribunal composé de trois officiers de gendarmerie. Ils siègent au rez-de-chaussée. C'est noir de monde, avec des agents de police, des bourgeois haletants et revanchards, des poissardes tout à l'heure en fureur contre les Versaillais, maintenant en liesse. La procédure ne dure pas deux minutes, trois parfois, pour chaque accusé. On lui demande de confirmer son identité, on lit une demi-ligne sur un papier : l'exposé des charges. Qu'a-t-il à dire ? Il reconnaît, il n'y était pas, ce n'est pas lui, on l'a forcé, et tout l'arsenal d'une défense que l'on n'écoute pas. Les juges échangent un regard, hochent la tête. C'est entendu : à mort ! On emmène le condamné derrière. Là il doit attendre que l'on ait achevé de fusiller les précédents, dans le jardin contre la terrasse en sortant à droite. On doit étouffer dans ce boyau.

C'est au tour de Nicolas. Il confirme que c'est bien lui. Non seulement il admet les faits, mais il les revendique.

– Oui, messieurs, j'étais sur la barricade, oui, je suis un des dirigeants de la Commune, oui, je vous hais et si j'en avais l'occasion, je recommencerais !

À cet instant, je joue des coudes, je me faufile dans l'espace étroit entre le premier rang des spectateurs et les juges. Des agents veulent s'interposer, mais je reconnais l'un des juges, un capitaine de gendarmerie qui montait souvent chez le baron de Rothschild, un homme souriant, sympathique, féru de chevaux. Il fait signe aux agents de me laisser passer. Je m'avance et désigne Nicolas.

– Je suis la reine Marie-Sophie de Naples. La foule voulait me lyncher. Cet homme est intervenu, il m'a sauvé la vie ! Épargnez-le !

Nicolas me regarde un instant, puis se tourne vers les juges.

– Je ne connais pas cette femme. Finissons-en !

Il est aussitôt condamné comme les autres. Quand on l'emmène dans le mouroir, la salle d'attente des condamnés, je me glisse dans ce couloir étroit, j'agrippe sa manche, je baise ses lèvres. Il me dit merci. Puis on le tire en arrière, il se retourne, je le revois un instant avec ses bons yeux et ses rouflaquettes. Le boyau est vide, on le conduit avec d'autres vers le mur de la terrasse, dans ce jardin où vont les enfants et les amants, là où Cosette rencontre Marius dans *Les Misérables*. On entend la chanson de Rosa Bordas, *La Canaille*…

Pour palais ils n'ont qu'un taudis
C'est la canaille, eh bien j'en suis…

Un ordre bref, la salve puis le coup de grâce. C'est fini.

93.

Il faut à Angelina plusieurs mois pour se remettre. Le poison était violent, mortel en vingt-quatre heures. L'antidote a eu pour effet de le faire rejeter, mais il en restait suffisamment pour produire cet effet de fatigue qui met tout ce temps à s'effacer. Le médecin a fait procéder à des analyses.

– Ce poison, dit-il, n'entre pas dans la nomenclature de tous ceux recensés sur cette île. L'antidote non plus. Mais on vient de l'identifier.

– D'où vient-il ?

– D'Égypte, qui a une longue tradition en la matière.

– Le prince Butera connaissait bien l'Égypte, intervient Angelina. Il s'y rendait souvent. Il a dû le rapporter de là-bas. C'est lui qui m'a tendu une coupe au début de la soirée.

Elle se tourne vers moi.

– Pourquoi a-t-il emporté l'antidote avec lui pour le duel ?

– Je pense qu'il était sûr de me tuer. Il t'aurait alors apporté l'antidote et aurait été doublement vainqueur, de toi et de moi !

Angelina est troublée. La mort du prince la rassure, lui ouvre la perspective d'une vie sans nuage. Elle me fait l'aveu que même vivant à l'autre bout de la péninsule, elle avait toujours craint de le croiser, de tomber sur lui par un hasard qui n'en serait pas un.

– Quand ma famille nous a invités à Palerme pour le mariage, j'ai hésité. Un refus aurait entraîné une rupture définitive alors que l'on me rouvrait la porte après toutes ces années. C'était l'occasion ou jamais. Mais je savais que je rencontrerais Butera. C'était inéluctable et je me suis dit à ce moment que je ne devais pas hésiter. Seule, je n'y serais jamais retournée. Avec toi, c'était autre chose. J'ai pris ce risque. Je ne me trompais pas, ni sur lui ni sur toi.

C'est la dernière fois qu'elle prononce le nom du prince. Il disparaît de nos conversations. Le retour à Milan s'annonce, la comtesse Cesari est déjà rentrée et l'hiver s'approche. C'est à ce moment-là que la nouvelle se répand à Palerme : l'impératrice Sissi, au terme de l'un de ses voyages, fera escale en Sicile. Elle sera reçue par les grandes familles de la ville, et depuis la disparition de Butera, la plus grande famille, c'est les Villadorata.

– Elle va venir ici ? demandent les jumelles extasiées, parce qu'elles sont à l'âge où l'on admire les vedettes mondaines.

– Bien sûr, répond la *principessa*, vous la verrez.

Elles repartent dans un état de bonheur extrême. J'échange un regard avec Angelina.

Sissi est reçue avec tous les égards dus à l'impératrice d'Autriche, à la reine de Hongrie, à la femme la plus célèbre d'Europe en un temps où le monde, c'est l'Europe.

Les jumelles s'en délectent. La visite de l'impératrice Sissi, voilà une histoire à raconter ! Elles font la révérence qu'Angelina et la *principessa* leur ont apprise. Sissi les embrasse, bavarde avec elles. Elles sont très intimidées.

– Ce sont vos filles ? demande-t-elle à Angelina.

– Non, madame, celles de mon mari, le comte Cesari.

Sissi tressaille.

– Giacomo Cesari, le proche de Cavour, celui qui a pris Rome au mois de septembre dernier ?

– En effet, Votre Majesté ne se trompe pas. C'est bien lui.

Sissi cherche sur leurs traits ceux de sa sœur. Elles ont un air Wittelsbach.

– Le comte est-il à Palerme ?

Angelina fait un signe d'acquiescement. Elle a compris.

– Puis-je le rencontrer en privé ?

– Vos désirs sont des ordres, madame.

L'entrevue se produit le soir dans un salon du palais. Sissi et moi sommes seuls.

– Votre Majesté a souhaité me rencontrer.

– Pas de ça entre nous, je vous prie. Appelez-moi Sissi, je dirai Giacomo. Vous êtes le père, je suis la tante. C'est une réunion de famille.

Je lui souris, je préfère ça.

– Giacomo, j'étais aux deux réunions où il a été question de la situation de Marie-Sophie.

– Je le sais, elle vous en était reconnaissante car vous l'avez beaucoup aidée.

– J'aime ma sœur, dit l'impératrice.

– Je l'ai beaucoup aimée. Aujourd'hui, j'ai épousé Angelina, nous avons vécu de dures aventures ensemble. C'est elle qui a élevé Daisy et Viola. Elles la considèrent comme leur mère.

Sissi se lève, c'est une femme sensible. Marie-Sophie est sa sœur préférée, une sorte de double d'elle-même.

– Leur direz-vous un jour qui est leur véritable mère ?

Cette question me taraude depuis le début.

– Sûrement, mais pas maintenant. C'est trop tôt.

– Mais ma sœur ne verra jamais ses filles, parce qu'elle avait choisi le royaume de Naples. Elle ne s'en est jamais remise.

– Sissi, je vous garantis que mes filles sauront que leur mère est l'ancienne reine de Naples et qu'elles la rencontreront. Mais il faut que le moment vienne. Elles sont encore très jeunes.

Elle m'embrasse sur la joue.

– Merci, Giacomo, merci pour elle et pour moi.

Elle a son beau sourire.

– Cher beau-frère, ajoute-t-elle.

94.

JOURNAL DE MARIE-SOPHIE

Je vais au procès de Louise le 13 décembre. C'est le conseil de guerre, il a déjà condamné des femmes à mort pour avoir donné à manger et à boire aux fédérés, les avoir aidés à piller et surtout avoir pétrolé, c'est-à-dire contribué aux incendies des monuments publics. Louise paraît vêtue en noir, un voile de veuve sur le visage. Son amant, Ferré, a été fusillé quinze jours plus tôt à Satory, en même temps que Rossel, autre figure de la Commune. Le procès est bref parce qu'elle reconnaît tout. Elle refuse d'être défendue, elle a participé aux incendies et s'enorgueillit d'être l'un des promoteurs de la Commune.

– Je vous appartiens, déclare-t-elle à ses juges, faites de moi ce qu'il vous plaira. Je ne vous disputerai pas ma vie. Ici, tous ceux qui combattent pour la liberté n'ont droit qu'à un peu de plomb. J'en réclame ma part.

Le président d'audience, un colonel, ne peut supporter ce genre de propos qui met toujours les juges mal à l'aise, d'autant plus que les journalistes dans la salle écrivent, et que le discours de Louise paraîtra le lendemain. Il semble enfin que le public, pourtant composé de ces mêmes bourgeois qui depuis les hauteurs admiraient le bombardement de Paris, est ému. Certains approuvent Louise, on entend de discrets applaudissements. Du coup, il ordonne à Louise de se taire au moment où elle lance :

– Si vous me laissez vivre, je ne cesserai de crier vengeance !

Elle jauge du regard ces juges de Versailles.

– J'ai fini, s'écrie-t-elle. Si vous n'êtes pas des lâches, tuez-moi !

Pendant la délibération, sur son banc entre deux gendarmes, elle observe la salle. Elle me remarque au premier rang, celui des personnalités. C'est bien ma position de reine qui m'a fait obtenir cette place. Je m'approche du box, et lui dis :

– Je t'aime, Louise.

– Moi aussi, je t'aime.

Les juges reviennent. Tout le monde attend l'annonce de la mort. Louise se tient debout, déjà méprisante. On ne la condamne qu'à la déportation. La foule applaudit, je repère Victor Hugo dans le public, il lui envoie un poème quelques jours plus tard :

Ton œil fixe pesait sur les juges livides,
Toute la vaste salle était pleine d'effroi.
Les juges murmuraient : Qu'elle meure. C'est juste.
Elle est infâme. À moins qu'elle ne soit auguste,
Disait leur conscience…

Je me fais reconduire chez moi, je n'en peux plus. En arrivant, je trouve une enveloppe aux armes de la cour impériale d'Autriche. C'est une lettre de Sissi :

«J'ai vu Giacomo, j'ai vu les filles. Elles nous ressemblent au même âge… J'ai arraché la parole de Giacomo. Il te les amènera dès qu'elles seront en âge de supporter le choc de leur histoire…»

95.

Les années ont passé. Daisy et Viola sont désormais de vraies jeunes filles. Elles ont l'âge de Sissi quand on l'a mariée à François-Joseph. J'ai refusé tous les postes de ministre qu'on me proposait, je ne me suis jamais présenté aux élections. Je conserve mon grade dans l'armée, mais n'exerce aucun commandement effectif, d'autant plus qu'aucune guerre n'est en vue. De temps à autre, le roi me convoque, me confie ces missions secrètes qui ne peuvent être accomplies que par un homme seul. Je les exécute, rends compte au roi avant de rentrer à Milan, me plonge dans la gestion de la fortune des Cesari.

Un jour, le roi me convoque. C'est la réception habituelle dans le cabinet royal au palais du Quirinal. Le roi m'appelle « cousin » depuis que j'ai reçu le collier de l'Annonciade qui fait de moi un cousin du monarque.

– J'ai une proposition à te faire, une proposition gratuite et sans contrepartie, ce qui n'est pas mon genre. Le poste d'ambassadeur d'Italie à Paris se libère. C'est un endroit important et sensible, avec leur république. J'ai l'intention de t'y nommer si tu acceptes.

– J'accepte.

Cette voiture sur la route de Neuilly. Les jumelles ne savent pas où elles vont. À l'intérieur il n'y a qu'elles et moi. Angelina n'a pas voulu venir.

– Je vous attendrai, vous me raconterez, c'est mieux.

– Où va-t-on ? demande Daisy.

– On attend la réponse, insiste Viola, légèrement insolente.

Je souris. L'heure est grave, si l'on peut dire. Quand les jumelles étaient enfants, elles ne posaient pas de questions ou très peu. Mais maintenant qu'elles sont adolescentes, leur curiosité s'est éveillée. Et puis, il y a les interrogations des amies.

– Et ta mère, ce n'est pas Angelina ? C'est qui alors ?

– Elle est morte, ta mère ? Dis-le-nous. Au moins on le saura.

– Pourquoi ce n'est pas Angelina ?

Après avoir infructueusement fait le siège d'Angelina, elles sont venues me trouver. J'ai lâché l'information par bribes.

– Vous vous souvenez de Sissi, l'impératrice ?

Si elles s'en souviennent ! C'est l'une des grandes étapes de leur vie, leur rencontre avec Sissi, qui leur écrit chaque année pour leur souhaiter leur anniversaire et leur envoie des cadeaux.

– Eh bien, votre mère, c'est la sœur de Sissi.

J'ai refusé d'en dire plus. C'est une affaire où l'on doit annoncer les choses prudemment. Mais elles s'entêtent, interrogent sournoisement la comtesse Cesari, qui ne peut plus les renseigner, et en tout cas s'y refuse. Mais les jumelles, fines mouches et obstinées, lui ont dérobé un almanach des familles royales. Sissi est une Wittelsbach, elle a quatre sœurs en âge d'être leur mère, Hélène, Marie-Sophie, Mathilde et Sophie-Charlotte. Laquelle est la bonne ? Je ne réponds pas, je ne veux pas sombrer dans d'interminables et méandreuses explications. Je réponds seulement :

– Vous verrez votre mère à Paris.

– Qu'est-ce qu'on va faire à Paris ?

– On va y habiter quelque temps. Je viens d'être nommé ambassadeur d'Italie.

Elles m'ont encore assailli, encombré, assommé de questions, mais rien à faire.

– Vous saurez tout à Paris.

Cela fait maintenant un mois que j'ai remis mes lettres de créance au président de la République. Les filles me rappellent ma promesse avec une insistance ironique.

Un dimanche, je leur annonce soudain :

– Cet après-midi, on va voir votre mère.

Elles se font habiller par Angelina, elles sont prêtes, rutilantes, magnifiques. Je les embrasse. Elles montent avec moi.

– Où va-t-on ?

– À Neuilly.

– Elle habite Neuilly ?

– Oui, il arrive que les reines habitent Neuilly.

– C'est une reine, notre mère ?

J'acquiesce.

– La reine de quoi ?

– Du royaume des Deux-Siciles.

Elles se récrient toutes les deux, en lycéennes qui ont appris l'histoire de l'Italie.

– Ça n'existe plus, ce royaume !

– Oui, mais c'était un très beau royaume. Maintenant il fait partie de l'Italie.

– Tu l'as connu, ce royaume, quand il existait ?

– Oui.

– Vraiment connu ? Tu y es allé ?

– Oui.

Je ne dis plus rien, elles n'insistent pas, car la voiture vient de s'arrêter devant un portail en fer forgé. Je fais descendre les filles. Les jumelles s'inclinent. Devant une reine, on fait la révérence. Mais la reine les attend sur le perron, le cœur battant. Elle descend les marches en courant, elle ne veut pas de révérence, elle veut les étreindre toutes les deux dans un même mouvement. À l'arrière, elle me repère. J'ai bien vieilli. Elle aussi. Cela fait seize ans que nous ne nous sommes pas vus. Je me suis marié, elle a ses amants. Nous nous regardons. Nos vies sont séparées désormais.

– La guerre est finie, lui dis-je. Je suis au rendez-vous.

FIN

Remerciements

À mes chaleureux compagnons de livres, Alain Roger, Suzanne et Jean Rouzaud, Gilles Antonowicz, Regis Cayrol, Anne-Claire Almuneau, Denis Mondon, Olivia Judet qui n'ont pas épargné leurs efforts et commentaires.

Amitiés à toutes et tous.

DU MÊME AUTEUR

Rhapsodie italienne
Albin Michel

Une jeunesse italienne,
prix Jean Carrière 2014, Anthema.

Retour à Palerme,
Aubéron.

Ciao bella,
Aubéron.

Faena,
Singulières.

Les vies parallèles,
Lacour.

Retour des dieux,
Lacour.

Rendez-vous après la guerre,
Lacour.

Le scribe de César,
Huguette Bouchardeau.

Les haines vigilantes,
Lacour.

Le retour de Mathilde,
Huguette Bouchardeau.

Les guetteurs d'orage,
Lacour.

Les passions mitoyennes,
Jean-Claude Lattès.

Un notable affranchi,
Herme.

Femmes obscures vers la maison carrée,
Lacour.

Le jeu de Jan,
Fanval.

Le manipulateur,
Trévise.

Procès pour une amante défunte,
Trévise.

L'audience solennelle,
Grand Prix de littérature policière 1982, Trévise.

Composition : IGS-CP
Impression : CPI Firmin-Didot en décembre 2021
Éditions Albin Michel
22, rue Huyghens, 75014 Paris
www.albin-michel.fr

ISBN : 978-2-226-46136-0
N° d'édition : 24468/01 – N° d'impression : 167741
Dépôt légal : janvier 2022
Imprimé en France